大鱼

有爱的青春陪伴者

小布爱吃蛋挞 著

时光里的星星

天津出版传媒集团

天津人民出版社

图书在版编目（ＣＩＰ）数据

时光里的星星 / 小布爱吃蛋挞著. -- 天津：天津
人民出版社，2024.6
ISBN 978-7-201-20313-3

Ⅰ.①时… Ⅱ.①小… Ⅲ.①长篇小说－中国－当代
Ⅳ.①I247.5

中国国家版本馆CIP数据核字(2024)第065506号

时光里的星星
SHIGUANG LI DE XINGXING

小布爱吃蛋挞　著

出　　版	天津人民出版社	
出 版 人	刘锦泉	
地　　址	天津市和平区西康路35号康岳大厦	
邮政编码	300051	
邮购电话	（022）23332469	
电子信箱	reader@tjrmcbs.com	

责任编辑	玮丽斯	
特约编辑	狐小九	
装帧设计	颜小曼　孙欣瑞	

制版印刷	长沙鸿发印务实业有限公司	
经　　销	新华书店	
开　　本	880毫米×1230毫米　1/32	
印　　张	9	
字　　数	266千字	
版次印次	2024年6月第1版　2024年6月第1次印刷	
定　　价	42.80元	

C 目录 ts

目录

第一章
最近桃花特别旺

八月底的北城仿佛蒸笼，柏油马路上隐约可见一层晃动的雾气，走在路上好像一踩一个坑，黏腻得让人不想走下一步。

午后醒来，宿舍窗子透进明亮的阳光。躺在床上的安然捂着眼睛"哼唧"了一声，趴到床边朝下面看了看，屋里只有室友小西在，她正戴着耳机看视频。

安然冲她喊了一声："小西，吃饭了吗？"

小西听见声音，摘下一只耳机，仰头看向安然："四点半了，你问的是午饭还是晚饭？"

这么晚了……

安然挠头，昨天飞机到达时间是夜里十点多，回宿舍收拾完行李就凌晨了，她以为自己只是错过了早饭，没想到直接睡到快吃晚饭的时间了。

安然穿着睡裙，随手抓了个丸子头就迷迷糊糊地跟小西一起去食堂打饭。

临近开学，路上陆陆续续能看见拉着行李箱返校的学生，还有零星被家人拿着相机左拍右拍的青涩新生。

"安然，跟你说了要涂防晒，你瞧，你这胳膊都有'分界线'了！"小西摸着安然袖口处黑白分明的皮肤，摇头叹气，"你可长点心吧！"

"涂了呀，但是训练晒太久了，没用。"安然打着哈欠，低头看向自己的胳膊，"等秋季赛打完，带完下届大一的，我就可以退役啦。"

"金教练舍得让你退？咱们安安可是垒球队的'扛把子'，学校还指望你再拿个冠军为校争光呢，怎么可能大二就放你退……啊呀！"小西的话没说完，就以一声尖叫终止。

她俩正走在喷泉旁的草地边，这片草坪刚浇过水，路边还有没蒸干的水渍，此刻，那些水珠带着泥土被旋转的车轮碾压着飞溅到靠外走的安然的衣服和鞋子上。

安然："……"

罪魁祸首是一辆招摇的红色豪车，车窗半开，肇事者摘下墨镜，才发现安然的白色裙子上被溅了一串泥点子，像是宣纸上潦草的泼墨画。

他在车上朝安然敬了个礼："同学对不住。你是哪个班的，我赔你条裙子吧！"

"不用。"安然有点恼火，又觉得跟他纠缠的话似乎是小题大做了，扯扯小西的手继续走。

"同学等一下！那个，你知道图书馆怎么走吗？"

安然"好脾气"地随手指了指图书馆的反方向，加快了步子。

"谢谢你！"那个"豪车男"的声音从身后飘过来。

"真倒霉，大一新生怎么这么蹀？"小西看到车上放的新生引导资料大礼包了。

安然附和："而且来了不找宿舍找图书馆，也是够奇葩的。"

话没说几句，安然眼神直直地盯着前方某个位置，手伸向小西脑袋上的鸭舌帽："借我戴戴！别和我说话！"

小西还没反应过来，安然已经把她的帽子戴到自己头上，帽檐压得低低的，遮住了大半张脸。

怎么平时精心打扮从来碰不到他，偏偏今天邋里邋遢、灰头土脸的就遇上了呢！

小西不明就里地陪着安然观赏了一会儿音乐喷泉，小声问："什么呀？

遇到债主了？"

"吴漾……"安然小声解释，说完小心地回头看了一下，人已经走远了。

"哦！情债！你的绯闻男友！"小西补充了句，"前男友！"

"你闭嘴吧。"安然又看了一会儿那人的背影，有些遗憾的样子，"今天怎么这么不顺，快帮我瞅瞅是不是又'水逆'了。"

"没问题，回去就给你看。"小西顺着安然的视线看向白色 T 恤的背影，啧啧摇头，"绯闻男友还挺帅。"

"那当然！"安然与有荣焉。

不然也不会让她惦记了好多年。

那还是安然高一的时候，新生入学报到，她在偌大的实验楼前迷了路，那个男生逆着清晨的阳光向她走来，脸上似乎看得到浅浅的绒毛，清朗的声音像弹玻璃球一样击中她的心："你绕着这栋楼走了三圈了。"

安然脸红："我找不到去高一（13）班的路了。"

男生抬手看了眼手表，说："顺路，跟我走吧。"

安然跟在他身侧，安静得能听见自己的心跳声，就像路过的篮球场里那一下一下拍球的声音。她抬眼看他，很清爽干净的侧脸。

鼓了半天勇气，安然终于开口，两人的声音几乎是同时发出的。

"你是哪个班的？"

"到了。"

男生低头，对上安然的眼睛，指了指右前方尽头的教室，说："那个是十三班。"

安然本就红扑扑的脸更红了，她没有勇气再搭讪一次，低着头小声说了句"谢谢"就跑向自己的教室。

不过很快安然就知道他是哪个班的了，甚至知道了他的名字。

他是高三（1）班的，学习成绩很好，据说可以保送中新大学。他作为优秀学生代表在开学典礼上讲话。

他叫吴漾。

安然坐在大操场上听着主持人介绍他的名字时，尚不知道是哪两个字，只是单从发音来看就已经感觉奇妙。

而她开朗多话的同学曲多多已经把她心里的话说出来了："安然，吴漾。你们这名字简直是天生一对！"

坐在左右的同班新同学都起哄地笑了，安然窘迫得涨红了脸。班主任巡视到附近，拿着一卷试题，在手中敲了敲："安静安静，不要说话！"

人群安静下来，安然充血的脸却还是红着。她仰头看主席台上演讲的男生，他的声音从大喇叭里传出来，和前天那个近距离说话的声音好像有点不一样，但其实她根本不算认识他，本来就是陌生的声音。

——你们这名字简直是天生一对！

这句话好像有什么魔力，一直在耳边回荡。

那天，阳光特别耀眼，大喇叭带着刺啦刺啦的杂音，少女的心动开始得如此简单，只是一句起哄，便让人乱了分寸。

已经大二的安然不会再因为朋友的打趣就舌头打结了，她坐在宿舍里吃饭，甚至主动编起自己跟吴漾的小剧本："如果刚才溅我一身泥的是吴漾，那他说不定会主动下车，单膝跪地，拿出一张手帕纸，替我擦掉脚背上的……"

"再替你穿上这双打折促销的灰色中老年男士拖鞋吗？"小西无情地戳破她的粉红泡泡，忽然一拍桌子，"金火四分，你要拿偶像剧女主角剧本了！"

安然凑到小西桌前，看她电脑上的星盘，虽然看不懂但还是饶有兴趣地让她仔细说："我跟吴漾的爱情线要开始了？"

"金星双子四分火星处女，爱的竞争，两男抢一女……"小西指着星盘跟安然解释，"简单点说就是你最近桃花运特别旺，而且容易陷入三角关系。"

"我这么抢手呢？"安然乐呵呵地笑。

"不止呢。木星过天顶，你最近还要红！"小西发出惊叹声，"我是不是现在应该让你给我签个名？"

"红？"

"嗯，要出名。"小西开始替她琢磨，"莫非是有两个帅哥疯狂追你，什么直升机喷彩虹、热气球挂横幅之类的，让你成为风云人物？"

安然敲敲她脑袋："少看点电视剧！"敲完又忍不住自己开始幻想，"如果吴漾跟我告白的话我是立马答应还是假装矜持一下第二天再答应呢？"

"真搞不懂你，这么喜欢的话干吗不直接去跟他告白？"

安然语塞，没有再继续这个话题，吃完饭爬回自己床上打算补觉。

没躺多久，收到垒球队群的消息，队友们喊她晚上出来吃夜宵。

安然不是很想动弹，可禁不住队友们再三邀请，只好起床换衣服。出门前想化个妆，但她看看自己被晒黑的脖子，放弃了粉底，只简单化了眼妆涂了唇彩就去了。

垒球队的夜宵约在学校一站地铁外的小饭馆，他们这一大桌热热闹闹的，还有几个安然不认识的人。

起初安然以为是队友的家属，走近了一看，居然有傍晚那个在学校里开豪车的男生。

卡座里只有角落的位置了，安然只好坐在那个男生身边，侧头看见他笑着露出来的小虎牙。

有队友介绍，这是大一的师弟，是个体育生，练撑竿跳的。

"是我高中校友。"队友说着，又看向安然，"也是江市的，和我们是同乡。"

"哦哦。"安然点头。

"我叫迟允，师姐好。"男生好像挺爱笑的。

安然再次点头："我叫……算了，你就叫师姐行了。"

整顿夜宵时间安然都在奋力消灭小龙虾，偶尔应和一下队友们的聊天，在大家对训练安排不确定的时候提醒关键点——她是新任队长。

这顿吃完，队友们又提出续摊，要去隔壁KTV唱歌。安然看看时间，太晚了该回去了。

她不想扫大家的兴，和他们一起进了包厢坐了一小会儿，然后去小食区买了些水和爆米花给队友们送去，就借口来"大姨妈"要休息了，先撤一步。

她走的时候顺便去前台结账，队里还有点团建经费，可以拿去找教练报销。

刚开好发票，迎面遇上了打着电话走过来的迟允。

迟允挂了电话，手里拿着一筐啤酒放在前台扫码："师姐，你要回了吗？"

安然扫了一眼那筐酒，突然有点担心——放队友们在这里安不安全？转念一想，刚才在饭馆里，好几个队友看向迟允的眼神都是噼里啪啦带火花的，哪里需要她担心。

"少喝点，注意安全。"她提醒。

"好的师姐。我送你去地铁站吧，你方向感好像不太好。"迟允一脸单纯，"下午你跟我说图书馆的位置就说反了。"

安然不知道他是真的这么想，还是在嘲讽她，她轻轻皱了皱眉头："不用了，我叫了车。"

"那我送你下楼吧，正好接一下我朋友。"迟允把酒放在前台，自说自话地按了电梯按钮，跟安然一起下楼。

安然叫的网约车已经到大门口了，迟允走到车头前，拿起手机对着车牌拍了张照片。他动作很大，甚至开了闪光灯，像是说给司机听的："到学校了说一声。"

安然心里一暖，对他挥了挥手说再见。

车子消失在夜色里，也就两分钟，车子离开的方向逆光走过来一人。

是吴漾。

迟允脸上的笑意扩大，朝前走了两步，抬手就要给吴漾一个热烈的拥抱，被对方一脸嫌弃地推开。

吴漾抬头看向花里胡哨的灯牌："这就是你跟我妈说的惨兮兮地饿着肚子等我？"

"你确实是放了我鸽子啊！"迟允理直气不壮地抱怨，然后又挂了个讨好的笑，"帮个忙呗，小舅！"

"首先，是你迟到了，不是我放你鸽子，我跟你说过我六点要去见导师。"吴漾从包里拿出纸袋装的汉堡给他，"其次，一般你嘴甜的时候都没憋好事，所以我拒绝。"

迟允接过汉堡，咬了两口："喂！吴漾！不要这么绝情嘛！就一点小事，我今晚开车来的，你帮我把车开学校去吧，省得我找代驾了，姨姥姥给你带的东西就在后备厢里，你自己拿。"

吴漾依旧是摇头："我要回西校区，不去本部了。"

"那你就把车开走吧，不然你还要打车，过两天来本部再开过来。"迟允怕他继续拒绝似的，说完把车钥匙塞他手里，扭头就跑，边跑边举着汉堡挥了挥手，"我不爱吃洋葱，下次记得别加！"

吴漾掂了掂手里的车钥匙，对这个比自己小三岁的外甥有些无可奈何。

安然回宿舍后却没有什么睡意，大概是白天睡得太多，大脑有时差了。

她百无聊赖地翻看着手机朋友圈，发现了一条劲爆的状态。

老K:【我每天都喊不想努力了，想找个阿姨收留我，结果老天爷不长眼，把阿姨送到了漾哥那里。】

"老K"是吴漾的室友，一次外联社做活动的时候安然跟他加了好友，话没说过几句，但是安然偶尔能从他的朋友圈里看到吴漾的身影。

这条关于阿姨的朋友圈状态，因为没有共同好友，安然也不知道更多的信息，只是看到老K统一回复的评论。

【阿姨送的礼物包括但不限于衬衣、手表、皮带、新电脑、糕团。】

应该是在开玩笑吧？

安然给老K点了个赞，心神不宁地想，虽然吴漾确实看起来挺讨阿姨喜欢，但是他应该不至于这么堕落吧？

她忍不住评论：【师哥的官配不是秋秋师姐吗？】

"秋秋师姐"魏秋是学校播音系的系花，是吴漾的青梅竹马，也是安然一直不敢开口告白的最大阻碍。

发完了，没等回复，安然翻了个身，感觉自己这话说得冒昧了，毕竟她跟这句话里的当事双方都不熟，甚至跟老 K 也不熟，凑什么热闹呢。

安然匆忙点了删除回复，惴惴又烦躁地把手机塞到枕头底下，拉过被子蒙着头睡觉。

这条存在了五十七秒的评论，还没被老 K 看到，就先被吴漾看到了。

几乎不发也不看朋友圈的人，因为室友发了一条自己的"谣言"顺手点开朋友圈，就看到了那个叫"Aran"的评论：【师哥的官配不是秋秋师姐吗？】

吴漾跟老 K 的共同好友都是系里的同学，这是谁，好像跟自己很熟的样子。

他戳开头像，绿绿的背景下一个漫画小女孩在荡秋千，底下标着"快乐咸鱼"四个字。看个人介绍，和自己还是江市的。

吴漾点开对话框，两人的聊天记录停留在打招呼那里。

Aran：【我是群聊"如家出发车群"的 Aran。】

吴漾回忆了一下，去年校庆活动的时候有一个志愿者大群，安排车队接送的统计工作时，因为扫群二维码有人数限制，需要通过加好友的方式拉人进群，那时候老 K 忙不过来，他帮忙把发车群里的人加到统计群里，加完后续就删除好友了，不知道为什么有一条"漏网之鱼"。

他没跟 Aran 聊过天，也对不上号这是哪个师妹，点击右上角按钮，刚按下删除，页面弹出的"请稍后"字样持续了好久，卡住了。

正在打游戏的室友发出一声怒吼，骂了一句："这网！真是用土豆发电呢？"

大概是学校网络线路又在维修了。

吴漾没再纠结陌生好友的事，把手机放到一旁，收拾衣物去洗漱。

今年的新生军训因为基地整修计划被迫延期一个月，于是校园里每天都能听到对大学生活充满向往的新生们发出的欢声笑语。

人类的悲欢并不相通，安然只觉得他们吵闹——虽然去年这个时候她可能也像只小麻雀一样叽叽喳喳的。

"同学，这里填爱好，不是性别。"安然坐在遮阳伞下，指着手里的报名表跟面前的大一女生解释。

女生一脸坦然："我知道，我就是因为爱好身材好的男生才想加入体育部的。"

"……好的。"安然把报名表收进文件夹里，给女生比了个赞，"祝你如愿。"

比起其他社团的熙熙攘攘，体育部的伞前算是非常冷清了，不过没关系，每年体育部都会直接把各项校队的队员直接划入部员，所以不用担心办活动的时候缺人手。

比如安然，因为是垒球队队长，现在就被安排了招新这么麻烦的工作。

她拿着小风扇对着脸吹，风把刘海吹起，空气还是燥热。

"师姐！"一个熟悉又不那么熟悉的声音划破长空，穿着篮球服的迟允跟另外两个高个子男生出现在安然面前。

安然打眼一瞧，不得不说，三个男生长得都挺好。

尤其是前头的迟允，肤色更白一些，五官更精致一些，小虎牙更讨喜一些。

"师姐你在摆摊？"迟允一屁股坐在安然对面，从桌上拿了几张报名表当扇子扇风，"这是什么社，我给你凑人头。"

"体育部。"安然顿了下，给他一支笔，"你本来也要加的。来来，提前统计信息吧。"

"好的师姐。"迟允把自己两个球友也拉过来，"快给师姐冲业绩。"

球友对社团并不感兴趣，拉拉扯扯的，倒是把旁边几个遮阳棚下面的新生吸引过来——安然觉得主要是被迟允吸引来的。

因为新来的几个女生拿着报名表，凑在迟允身边问他："体育部都干吗？是要做运动吗？我正好想减肥！"

"啊？要运动吗？可是我很容易晒黑的，有没有室内运动？"

"应该也有啦啦队吧，我会跳操。"

迟允被问得一头雾水，向安然露出求助的眼神，安然哄着几个女生："都行都能都可以，先来把表填了，具体的咱们慢慢说。"

新生边填表边看迟允："你也要加入体育部吗？"

"对的，你多找几个同学来报名，我请你们喝奶茶。"迟允笑得人畜无害的模样，身边又围过来几个看热闹的新生。

有两个性格外向的女生直接问迟允要微信，其中一个还问了句："小哥哥，有女朋友吗？"

迟允的球友已经去食堂吃饭了，此刻的迟允就像误入盘丝洞的唐僧，弱小无辜还透着可怜。

吹着小风扇在一旁乐呵呵的安然只听见迟允拉她下水的声音："师姐，我可以有女朋友吗？"

"……"安然看到刚才还面目可亲的师妹，表情似乎一下子玩味了起来，眼神带着审视。

而肇事者毫无挑事后的愧疚，非常坦然地看着安然。安然把小风扇当成麦克风一样放在下巴前，郑重地跟大家保证："等你们都入社了，他就有女朋友了。"

社团招新活动最热闹的还是晚上，在文化活动中心的广场上直接支起个舞台，各社团负责人花样百出地展示本团文化，发挥团长魅力，拉团员现场互动，被同学们戏称为"百团大战"。

安然搬着小板凳看体育部安排的啦啦操节目，想起来白天报名的女孩子说的话，觉得自己应该抓几个体育部的壮丁出马。

各团安排好的节目都演完了，就进入到现场自由发挥阶段，台下的观众人手一个纸飞机，时不时地扔到舞台上，或起哄或喝彩。到最后基本变成了各个团长秀才艺，劲歌热舞、乐器演奏，甚至还有个一口气干啤酒和倒立脚顶球的。

"体育部的，出个节目呀。"导播过来找安然。

安然推辞了两轮实在推不掉了，只好硬着头皮自己上了。她往音响师方向走，迎面对上魏秋帮古风社的一个女生搬古筝，两个人看起来都有点费劲。

安然跨了一大步来到她们面前，说了句"我来"，右手轻松把古筝夹起来，手臂肌肉微微绷着，看得那两个女生一起海豹式鼓掌。

音响师也看到了，开玩笑地问："安姐是要来一首《大力出奇迹》还是《爱拼才会赢》？"

"《克卜勒》，手机给你，我找好伴奏了。"安然把手机递给他，拿过麦克风走向大门外的舞台。

连接调试用了点时间，安然站在台上干等着有些许尴尬。

台下有人起哄，让她介绍一下自己。

安然的心跳有点不平稳，但她还是努力克服了紧张情绪，试着说点什么吸引新生。

"欢迎大家加入体育部。体育部是一个有爱的大家庭，当然，其他社团也都挺有爱的，所以只要开心，去到哪里都可以。"她说到这句话时，记忆跟三年前的某个瞬间重合。

那时候吴漾已经确认保送中新大学的天体物理专业，他被她的班主任拉去班里开动员班会，因为太过仓促他显得有些在状况外，但还是简单地给了几句鼓励。

他说："人生海海，保持热爱，好运常在。"

安然说完这句话，音乐前奏响起来了，她悄悄呼了一口气。

等不到你 / 成为我最闪亮的星星

我依然愿意借给你我的光

投射给你 / 直到你那灿烂的光芒

静静地挂在遥远的天上

来本部给迟允送车的吴漾，停好车往校门口走的时候，就听见热闹的广场上传来的安然的声音。

她说的话似乎有种熟悉的感觉，吴漾不禁停下脚步朝行政楼的大屏幕上看过去，那里正实时转播着广场上的节目。

安然的个子不高，人长得偏可爱，但唱歌的声音有些许低，莫名有种伤感的气质。

他多看了两眼，踏着她的歌声去往实验楼，原本要见导师而带来的烦闷感觉似乎清减了许多。

挂在天上放光明 / 反射我的过去 / 提醒我
我不再是一颗寂寞的星星

吴漾不知道这首歌是什么名字，但这段旋律有些刺痛却又安抚人心，他想，是时候做个决断了。

安然红了。

红得莫名其妙。

这届大一新生一入学就搞事，要评选什么校花。安然从来没想过自己有一天居然能跟"校花"这两个字沾边，虽然她觉得自己长得挺可爱的，但最多是邻居阿姨喜欢的那种乖孩子长相，绝对称不上惊艳。

可是在学校内网论坛的校花楼里，有一个名为"这个女人好特别，她成功引起了我的注意"的帖子被置顶加精带火花了。

帖子里放的是校垒球队的拍摄片截图，有穿着球服的安然高清大脸照，有她的领奖照，有她"百团大战"唱歌的照片，甚至还有一张不知道谁拍的她手提四个暖瓶回宿舍的照片。

楼里还有几个外链，放的是她唱歌的视频和她的一段精彩比赛片段。是去年秋季赛时她的一次全垒打，跑垒时最后滑摔的动作还被慢动作重复了三遍，惨帅惨帅的。

跟帖投票的好多是女孩子，一口一个"老婆"喊得安然看帖子的时候还怪不好意思的。

金教练也听说了安然被评为校花的光荣事迹，在群里打趣要保护我方娇花，结果训练的时候虐起人来毫不手软。

黄昏时空气中的热浪也并没有完全消散，垒球队的姑娘们绕着操场跑圈，金教练吹着哨子在后排跟跑。

安然渐渐落到队尾，跟在教练身边，说起自己打算打完秋季赛就退队的事。

安然本就不是体育生，这支垒球队的队员来自各个专业，都是体育课选修垒球项目时被金教练选进队里的，大部分学生都是打两轮大学生联赛就退队了。

不过像安然这种特别优秀的选手，教练是舍不得放人的。

果然，金教练放慢了步伐，跟安然变成并肩走路："怎么就要退队了？"

"我想准备考研，跨考新闻传播，需要花时间去上课和复习。"

"考研好啊。"金教练支持她，"考咱们本校的研究生，然后再给队里效力三年，嘿嘿嘿。"

安然脚步一踉跄："不行不行，我要赎身，不给你当苦力了。"

退队这事本就是学生自主选择的，安然跟教练提前打招呼也只是因为和教练关系好。金教练虽然舍不得人才，也不会勉强地硬留下，带着夸张的哭腔说："你无情我不会无义，逢年过节我会给你群发短信的。你也不要忘了我，毕竟我还是很抢手的。"

金教练年纪不大，长得也挺斯文，戴着圆框眼镜增添了几分萌感，而且还是大龄未婚男青年，他的垒球课一直是热门选修专业。

安然不跟他扯皮，挥挥手，说："反正，你提前张罗新队员吧，队里有一半的老人应该都打算年底退队。"

金教练拍拍她的脑袋："多谢校花指点。"

安然左右摇头甩开他的手，正好队员们已经跑了一圈回到跟前了，她斜切着跑去归队，没注意脚下，差点踢到蹲坐在路边的迟允。

"师姐，多大仇啊？"迟允顺势侧躺在地。

安然无语："……这属于碰瓷了吧？不跟你闹了，我训练去了。"

她说完去追队伍。迟允手一撑地爬起来，也跟着她在队伍后面一起跑。他腿长，为了方便和安然说话，面朝安然倒着跑："师姐，我听见了，你不打垒球了，为什么啊？"

"什么为什么啊？我也不能一辈子都打球吧，我又不是搞体育的。"安然觉得这答案如此理所当然。

迟允也不知道是不是没话找话，问她："那你之前为什么要打垒球啊？"

"体育选修啊，咱们学校垒球最出名。"

安然正回答着，金教练也跟过来了，打断迟允的提问："选垒球的不都是觊觎我的美貌吗，这有什么好疑惑的。臭小子，快去训练，王老师在骂你了。"

迟允是体育生，经常在田径场上晃悠，跟所有体育老师都混了个脸熟。

"师姐训练完别走啊！我请你喝柠檬水！"迟允没再跟着跑，用力朝安然挥了挥手。

金教练热衷吃瓜，一脸八卦地问安然："他追你呢？"

安然挠头，一脸蒙："好像是。"

她心里想起来小西说的星盘，说她会陷入三角关系，难道迟允就是其中一个"角"？

金教练看看安然又回头看看迟允："怎么办，越想越不甘心……"

哈？

安然吓一跳，另一个"角"不会是金教练吧？

"你再待一年吧，考研大三准备也来得及的！"金教练抹了一把并不存在的眼泪，"你不在谁给我拿全国第一啊，拿不到第一的奖金要折一半呢！"

这模样，还真像是拿她当摇钱树的"周扒皮"！

安然抬手砰砰给了教练两拳，撒腿就跑。

太阳已经完全隐没，操场上最后一抹红光也消失了。安然追着队伍，跨过储物室投射下来的阴影，想迟允刚才问的，为什么自己要选择垒球。

不仅仅是因为垒球是中新大学的知名运动项目，也不只是金教练是最受欢迎的体育老师。而是因为安然无意间看过的一场训练赛，看到进攻队员用力挥舞球杆击球后迅速跑垒的样子，那一刹那，安然心底的记忆被激起，毫不犹豫地就决定要学垒球。

要打得狠，要跑得快。

没人知道这是缠绕着安然很长一段时间的念头。

那是她高一那年的冬天，昼短夜长，作为一个走读生，她每天都是踩着星光月辉上下学的。

早上还好，赶路的上班族和街角的早餐店都和她一样勤劳，早早地就忙碌起来。

晚上那段从学校到地铁站的夜路就有些瘆人了，尤其是在她偶尔做完值日自己一个人走的时候，那段路仿佛鬼怪故事里的小道，随时会冒出妖怪取她小命。

没想到妖怪没遇上，遇上了变态。

安然记得那天是圣诞节的前一晚，班长给班里所有同学都发了纸盒子包装的苹果，晚自习的时候班主任又来发了零食，还组织了半小时的联欢会活动，同学们自告奋勇地上台去唱歌。

安然那时候像只鹌鹑，不爱说话，也没人知道她唱歌好听撺掇她表演，她就像她的名字，永远安安静静地待在角落。

那天轮到她值日，班里的垃圾比往常要多一些，清理起来也更费时费力，等她关好灯锁好门的时候，整个走廊里已经没什么人了。

她快步下楼往地铁站赶。夜里的风刮在脸上微微地疼，她穿着马丁靴，走到路边一棵大树下的时候鞋带绊了下脚，于是她蹲下去系鞋带，刚系好一个好看的蝴蝶结，就觉得眼前的地面一暗，背上爬起一层鸡皮疙瘩。

安然站起身，面前出现了一个披着大衣的高个男人，光头，戴眼镜，两手揣在大衣口袋里。

安然后退一步，慌乱地想要跑开，只是还没等她移动脚步，面前的男人忽然拉开大衣，露出自己的身体。

空气凝固，安然感觉有人扼住自己的喉咙一般，想喊但是喊不出声。

光头男得寸进尺地朝她又走近了一步，猥琐地笑起来。

安然终于找回自己的声音，大喊了一声："救命啊！"

几乎是她刚喊出声，就听见了身后有清脆的脚步声靠近。她僵硬着脖子回头，想知道是有人来救自己，还是这个变态还有其他的帮手。那一刻她觉得自己要死了。

还好，她命大。

来的是个穿着冬季校服、背着书包的男生。他冲过来的时候，变态光头男看到只是个学生居然没有立马逃跑，反而想上前去抓安然的肩膀。

安然拔腿往后跑，去那个男学生身边。

跑了两步她就认出来了，是吴漾，优秀学生代表吴漾。

吴漾看了她一眼，弯腰从地上捡了一根枯树枝，猛然朝着那个光头男抽去，光头男躲闪不及被抽了两下，但很快他就握住了树枝往自己的方向拽。

吴漾没有和变态纠缠，把树枝往变态身上用力一推，抓着安然的手腕就向前冲。

"跑！"

这个字像是开启安然运动系统的指令，安然被拽着越跑越快，最后几乎变成了她拉着吴漾跑。

跑过那段路灯昏暗的小路，跑到了地铁口前面的便利店前，安然才喘着气松开吴漾。

"你还好吧？"吴漾问她。

她不太好，但是她没说。她摇头又点头，从书包里翻出班长发给他们的苹果，递给吴漾，跟他说了声"谢谢"。

她还从来没给男生送过礼物，这是第一次，她都没来得及害羞，只觉得对方帮了自己，她应该表达谢意。

吴漾收下苹果，看着安然还有些魂不守舍的样子，跟她说让她等一下，然后就扭头去了便利店。

那会儿安然骤然从危险中脱离，脑子实在有些不太清醒，一晃神就看见吴漾走了，以为对方跟自己道别了，想了想便转身朝着地铁站走去。

也是到了地铁站，看见穿着制服的保安叔叔，她才找回了安全感。她手里攥着地铁卡，用力握紧，边走边哭，眼泪像水龙头里奔涌而出的自来水，怎么都停不下来。

后来很多次，很多个睡不着的夜里，安然会回忆便利店前的那次分别。

她回过神来觉得吴漾应该不是走了，只是去便利店买东西了，而且他好像说了让自己等他。

如果那时候她多等一会儿，没有离开，或许他们就会有另一个故事了。

第二章

一球击中心上人

：
：

安然晚上训练结束的时候已经八点半了，操场上有跑步的学生，还有领着孩子遛弯的家属，还有小朋友玩着滑板车尖叫着冲来冲去。

安然很小心地避开所有朝她冲过来的滑板车，像在玩手机里的跑酷游戏。

她衣服后背湿漉漉的，被风一吹有些凉。她拿着干净的衣服去更衣室换好，想着赶紧回宿舍洗个热水澡然后躺倒睡大觉。

刚出更衣室的门，就看到倚着墙角站那儿等的迟允。

迟允委屈："师姐，不是说等我的吗？"

安然想，自己好像没答应吧？

她擦擦额角的汗，一张脸因为训练而通红："我累了，想回去睡觉。"

她话说得这么不婉转，迟允脸皮再厚也不好意思强拉她出去玩了。他点头："那我送你回宿舍吧。"

从操场回宿舍的路她都走了几百遍了，根本不需要人送。安然打了个呵欠："你不累吗？"

"还好，想跟你请教些问题。"他一笑，安然就觉得好像不应该拒绝他。

他俩边聊边走。因为安然是新闻专业的，迟允询问的还真是专业相关的问题，刚好他大二想要选体育新闻分类。

回宿舍的路上，路过校园超市，迟允从超市里面穿过，买了两杯现榨的柠檬水，分给安然一杯。

安然道谢。

迟允停下脚步，低头看她："师姐，你为什么好像跟我很不熟的样子？"

"啊？"安然语塞，"我跟你，很熟吗？"

"我们是同乡呀。"迟允振振有词，"而且我们也认识这么长时间了。"

"……我们才认识五天。"安然不知道为什么很想笑。

"六天，第六天。"迟允纠正，"你看过《爱在黎明破晓前》吗？有时候一天的时间也已经很长了。"

他们说话的场所是超市门口，时不时有人来来往往，还有安然的同学见到她打招呼，顺便看一眼旁边的迟允。

安然头皮发麻，想着这小子不会是要在这里跟自己表白吧？如果是的话，她要用脚趾抠地库了。

"你没看过吗？"迟允又问。

"我没看过。"

"哦，那我回头发你链接，蛮好看的。"迟允说完喝了一口柠檬水，又继续走了。

这就完了？

安然搞不懂他在想什么。不过既然他没有什么表白的意思，那她也就没那么尴尬了。一直走到宿舍前面的那条小路岔口，正好遇见了从外面吃完饭回来的小西。

因为有室友　起走，迟允也就不再送安然了，挥挥手自己去天桥另　端。

小西拿肩撞安然："可以啊，跟弟弟进展挺快？"

"哪儿跟哪儿！刚才我以为他要跟我说对我一见钟情，吓死我了。"安然小声跟小西咬耳朵，"你说是我自作多情吗？金教练都问我迟允是不是追我呢。"

"我觉得他这么殷勤，绝对不是为了跟你拜把子。"小西摸摸下巴，"改天你问他要一下生日，我给你们看看搭不搭。"

安然双手一起摆："别别，我对他没有非分之想，我有我的白月光！"

小西不赞同她一直搞什么纯纯暗恋。两人已经进宿舍了，说话也更方便了一些，小西直接在宿舍内发起投票，同意让安然开始新恋情的举手，同意让安然继续守着白月光暗恋的头顶脸盆去走廊翻十八个跟头。

不出意外，大家都同意第一种方案。

室友欣欣鼓励她："你就跟你暗恋的师哥提一下恋爱议程呗，他同意了皆大欢喜。"

"他不同意呢？"

"他不同意你就另觅佳人。"

"我不要佳人，就要吴漾。"安然抱着抱枕。她何尝没想过告白，只是她承担不起失败的后果，不想被吴漾斩断所有念想，以后连独自喜欢都变成冒犯。

室友们纷纷发出感叹，情绪颇为复杂，有恨铁不成钢也有些佩服，佩服她能搞这么多年暗恋，纯情得像童话故事里才会有的样子。

虽然从安然的只言片语里，她们听过一些吴漾师哥的事迹，但是关于安然到底为什么这么执着于这个男生她们就不得而知了，只以为是那个"安然无恙"的姓名之缘让安然心里放不下。

其实不是，安然有很多和吴漾的小交集，很多都是独属于她一人的秘密。

比如说考上同一个大学，就是为了追随他的脚步，不然以她当年的成绩，只能够得上一个二本师范学院，因为想要和吴漾在一个学校，她才会在高三那年埋头疯学，连她爸妈都被她的劲头吓到了，劝她不必那么用功，健康开心最重要。

她在他不知道的地方，一直悄悄努力，向他靠近。

像是一颗卫星，环绕着他转，但又保持距离，只怕稍稍偏航就是爆炸性的毁灭。

尽管跟教练提了退队的打算，但是作为队长的安然如今的训练还是场场不落，她立志要带垒球队在今年的秋季赛里再拿一次冠军。

金教练已经从大一新生里挑了三个新队员，交给安然陪她们训练。

安然带着三人在树荫下，先练击球。

新队员练了半天都掌握不好要领，安然颠着球棒，给她们做示范动作，英姿飒爽地打了个好球。

新队员一起呱唧呱唧拍手，还有个女生夸张地拿出手机来想再录一段视频发朋友圈。安然现在可是有"校花候选人"光环的师姐，新队员对她的滤镜有三米厚。

因为暂时休息，队员们就浅浅地聊起天来，说着说着，话题就变成了八卦："迟允今天怎么没来训练啊？"

此前连着几天，迟允都会在附近训练，然后训练间隙就跑来看她们垒球队打比赛，尤其是安然上场的时候，他一定是喝彩声最高的那一个。

垒球队里有女生很喜欢迟允那一款的长相，但大家好像都默认这是安然家属了，所以开玩笑也会保持距离，有分寸地起两人的哄。

安然想解释，可是人家也没说什么，她越描越黑，还不如闭嘴。

她头大，昨天还想着今天训练完要跟迟允"谈一谈"的，没料到他今天没来。

体育生和她们这种自发训练不一样，是要求每天必须签到的。安然往田径队的方向看了眼，确实没瞧见迟允。

新队员暧昧地笑："看来师姐也不是完全不关心迟允呀。"

这话说得安然有些心烦，就像是一个住在深山老林的隐士，原本闲云野鹤悠闲自在，结果突然有一天有个城里的人跑去给她拉网拉电还一直让她试试智能机多好用。

"好了别聊了，练习吧，你们很快要军训了，也没多少时间练。"安然打断大家的对话，强行组织了一波练习。

她心里有事，练接发球的时候力道没掌握好，"嘭"的一声击球击得又急又狠，黄色的垒球飞出好远。大家的视线顺着球飞出去的方向，只见那球稳稳地击中了一个路人的脑袋。

好像是个男的。

所有人都替那个无辜的路人倒吸一口冷气。

安然"啧"了一声，拖着手里的球棒就跑向受害者，快跑到跟前的时候脚步慢下来……不是吧？这个捂着额头弯腰醒神的男生怎么这么面熟？

吴漾被这飞来横祸击得脑壳发晕，刚抬头站稳，就看见一个女孩面色沉重地拿着根球棒朝自己走过来，像是要再补一棍子似的。

他脚步后退了半步，想着自己好像没结什么仇家吧？

"仇家"先开了口。

"师哥，你还好吗？"安然仰头问他，声音里有她自己都没察觉的抖。

吴漾摸了摸额头，感觉好像是鼓起了个包。他放下手，点头："还好。"

"咣当"一声，安然看到吴漾额头上的惨状，手里的球棒被她吓得扔在地上。她上前一步，抬手要去碰触一下那个像半个鸡蛋那么大的包，快要碰上的时候对上了吴漾的眼睛，又缩回手。

"你这个包，看起来不太好。"安然慌乱地去搀扶吴漾，"有没有觉得恶心想吐？我送你去校医院看看吧。"

伤在脑袋上，吴漾也不敢疏忽，接受了她的建议，不过没让她扶，不露声色地把胳膊抽出来。

安然心里一空，自觉离他半米远，去了校医院跑前跑后地挂号排队。

吴漾进诊室看诊的时候，安然就扒在门框上不错眼地瞧着，唯恐吴漾被自己打出什么毛病。

因为目前还没什么不良反应，医生简单地看了一下，建议他先观察，可以冰敷消肿，有不适症状就去医院拍个片子看看。

看完诊，刚迈出校医院的门，安然就像离弦的箭一样奔了出去，跑到旁边的小卖部买了两根老冰棍，一手举着一根跑回来。

他俩在校医院前面的长椅坐下，吴漾把一根冰棍隔着包装袋敷在额头上，被凉意激得"嘶"了一声。

安然赶紧寻找可以隔着冰棍的东西以防冻伤。

她看来看去，只有自己身上这件破洞 T 恤比较合适，于是捏着衣服边角的洞口，手一用力，撕下一圈衣服，绕在她手里那根老冰棍上，递给吴漾："用这个。"

吴漾看呆了。

看看她递过来的冰棍，再看看她被撕掉一圈的衣服，他居然有些不好意思。

"真是对不住。"安然正式地跟他道歉，"我练球的时候没注意对面来人了。"

"没关系。"吴漾答得温和，又看了一眼她的衣服，发自肺腑地称赞了句，"你力气真大。"

安然内心小人已经哭成狗了，怎么就给吴漾留下这么个印象呢？

他又问："你为什么叫我师哥？"

安然不知道怎么回答，结巴了下："就……就觉得你面熟。"

"哦。"吴漾把冰棍换了个方向，没有阻挡地看着她，笑了，"我记得你。"

吴漾的一句"我记得你"，让安然直到回了宿舍，躺在床上了还晕晕乎乎的。

小西嫌弃地骂她："一身汗，你不洗澡？"

安然于是又傻笑着爬下床，拿了换洗衣服去浴室。

吴漾的"记得"并没有多么长远，他说他那天晚上听见她唱歌了，唱得很好听，还问她那首歌叫什么名字。

如果是问她叫什么名字就更好了。

他似乎只是和她闲聊几句，来宽她的心，让她不必介怀把自己脑袋打起个包的事情。

他总是这样，看着温和，其实冷淡。

以前，以前的以前，安然不是没跟他有过接触，甚至有几次是说过话的，不知道是不是她真的太普通，他好像每次都记不得她，总当她是一个新认识的人。

这是他第一次说"我记得你"，这是不是意味着，她在他那里不再是全然陌生了？安然喜欢他，但没想过告白，她也有她的自尊和骄傲，不想要在一段感情的开始就这么卑微弱势。

当然，这段感情有没有开始还只是她的自说自话。

洗完澡，安然迫切地想跟室友们说一下自己今天的奇遇记，又想起来她们一直催自己改弦更张，不要吊死在吴漾这一棵树上。

她一时间忍住了倾诉的欲望，暗戳戳发了条朋友圈，纪念这一次遇见。

Aran：【对不起啦（●'◡'●)~】

只有她自己能看得懂，那个颜文字所表达的小窃喜。

发完这条没多久，就收到了一条私信。

小西：【？有情况。】

安然从自己的床上看向小西的床上，对方飞快地瞥了自己一眼，又低头敲手机。

小西：【哪个帅哥？】

两人明明同处一室，却都心照不宣地没直接说话。

安然：【吴漾。】

小西：【我丢，我就知道我现在的盘越看越准了。】

安然发了个"再见"的表情包，动作很大地把手机放进枕头底下，翻身面向墙，做出不聊天要睡觉的姿势。

手机响动了一下。

安然怕小西骂她没出息，不想回了。

手机又响动了一下。

安然无奈，反手掏出手机，弹窗居然是迟允的消息界面。

迟允：【我发烧了。】

迟允：【所以今天训练请假了。】

安然一头雾水，他干吗跟自己报备？

迟允紧接着又发来一条：【不是躲你，不用道歉。】

　　啊这……哪儿跟哪儿啊，他不会认为自己这条状态是发给他看的吧？安然郁闷，想直说"你想多了"，又考虑到他生病了自己语气不能太冲。

　　思来想去，她决定快刀斩乱麻。

　　她说：【今天训练伤到人了。】

　　她先是解释了句自己的道歉不是对他，又委婉地提了句：【我帮你整理了一下新闻学的几本资料，以后你就不用天天跑来跑去问我了，你那几个体育部的迷妹都误会了，今天还问我你是不是在追我呢，哈哈哈。】

　　她觉得她这样算是明确表达自己的意思了吧。

　　结果迟允回她：【不明显吗？】

　　是在追你，不明显吗？

　　虽然说安然目前对迟允没什么非分之想，但是被帅哥告白，好像也没自己以前想的那么难以接受，甚至有点美滋滋。安然让脑袋冷静了一下，坚定地回了句：【我不喜欢姐弟恋。】

　　迟允：【我明天就去改户口。】

　　安然：【？】

　　这回答把安然搞蒙了，她想不出来什么脑回路能得出这样的结论。

　　她想，如果直接说"我不喜欢你"会不会太伤人。

　　但是迟允没给她说话的机会，噼噼啪啪地又发来好几条。

　　迟允：【我发烧了，记性不好，今天的话明天我都不记得了。】

　　迟允：【我上学晚一年。】

　　迟允：【什么追不追的，我只是喜欢找你玩，我也没想怎么样。】

　　迟允：【我都发烧了，你就不能关心我儿句？】

　　安然好像都能看到他憋屈又不爽的表情，她不知道该回些什么，也没有想象中窗户纸被戳破以后的尴尬。

　　她斟酌再三，回了句：【那你多喝热水。】

　　迟允回了个聊天软件自带的微笑表情包。

　　对话到此结束，第二天、第三天迟允依旧没出现在训练场上。

安然居然有些担心他，毕竟发烧只是外在症状，不知道他是生了什么病，居然休了好几天。

她的疑问没多久就得到了解答，迟允打电话约她到校外玩剧本杀："十人本，缺一个人。"

如果是平时，安然多半会说自己太累了，要回去睡觉。

这一次，不知道是因为拒绝了他的喜欢而心虚，还是有些关心他的身体，她居然第一反应是同意："是西条路的那个店吗？"

"嗯。"

"行，一会儿到。"

安然刚走出西条路的路口，就看到迟允在店门口站着，手里拿着个装了半瓶水的瓶子，正百无聊赖地在往半空扔瓶子，然后在瓶子平稳落地的时候就会得意地笑。

她走近，他感觉到来人了，扭头看她，露出个灿烂的笑容，和从前没什么两样。

"我怕你找不到桌，出来接你。"

这话夸张了。

整个店里只有一个包间里有声音，安然觉得迟允的担心未免多余。

他们进屋的时候，人还没齐，几乎都是大一新生，有男有女，其中几个体育生安然认识，跟他们打了招呼，又点了饮料小吃，就静静地坐在角落里等开局。

事实上她已经有点后悔了，后悔跑来参加这个不熟的集会，搞得自己的身份都变得尴尬起来。

十人本现在是九人局，还有一个人没到。

包间的门被拉开，有风铃声响起。

大家都回头看向门口，连心不在焉的安然也望过去，门口站着的竟是吴漾。

迟允朝他招手，说着"过来过来"。吴漾似乎有些不耐，但还是坐到了迟允旁边的空位上——准确地说也是安然旁边的空位上。

坐定后，吴漾看了眼安然，"欸"了一声。

安然朝他笑笑，手心里都攥出汗。

大家都着急开本，没人注意到他们的眉眼官司，连迟允也没有过多地介绍彼此，反正进入剧本以后大家都有新的身份、新的名字，不需要知道真名。

选了一个拆迁引起一桩命案的本子，安然抽到的身份是单亲妈妈小娟，迟允是她那个叛逆的中学生儿子，吴漾则是对小娟暗怀情愫的王教授。

第一轮自由交易时间，线索人物牛大妈很是积极地拽着迟允的领子把人拉去走廊盘问，其他人也都三三两两地去各个小房间密谈。

屋子里一时只剩下了吴漾和安然，一个是没什么兴趣的凑数，另一个是只对身边这个凑数的感兴趣。

安然趴在桌子上，枕着自己的胳膊，歪头看身边的吴漾。

她好像从来没有离他这么近过。

她问："你的头，后来有没有不舒服？"

吴漾摇头："没事了，第二天就消肿了。"

安然看见他的额头没那么平整，起包的地方还有浅浅一圈的印子，颜色也有些发青。

她趴着，喝了口可乐，微小的气泡从嘴里一直蔓延到心里。她不敢再看他，怕自己的喜欢暴露得过分明显。

吴漾从桌子上的零食筐里拿了一包坚果，然后开始认真地剥核桃。他似乎并不着急吃，很细致地撬开壳，剥完三颗，他才一股脑地放在掌心一口吃了。

安然看他，他看见安然看他，便拿了一把核桃放在她面前，跟她说："吃吧，补脑。"

安然"扑哧"笑了，有一瞬间，她居然妄想他会把剥好的核桃给她吃。果然，他还是那个对谁都很有分寸感的吴漾，不会做让人误会的事情。

才这么想着，吴漾又把她面前的核桃拿回去，握在手里，两个一组两个一组地捏碎果壳，重新递给她："这样好剥一点。"

安然惊讶地瞪大眼睛。

吴漾："你一直看我，我以为你是这个意思。"

她一直看他吗？

安然觉得自己的脸着火了，不知道他看不看得出来她的脸红，也或许他根本没再看她。

他们俩就这么安静地开始专注于剥核桃。

直到陆陆续续地有人回来，大家多数沉浸在剧情里，互相还在争论和猜测彼此的好坏身份，也没人注意到角落里剥核桃的两个人。

游戏进入质询环节，每个人都要指认凶手并陈述理由，这时候一直置身事外的两个人才不得不参与到剧本之中。

安然随便猜了个凶手，给出一些显而易见的纰漏线索，还有她刚才听到的对面的人说的话里像是可以当作证据的信息。

轮到吴漾，这位从开始就没入戏的局外人，居然一本正经地说："我不关心拆迁款，我的所有注意力都在心上人这里。看，我在给她剥核桃。"

"心上人"？

老天爷，他说她是他的心上人。安然差点没笑出声来，可脸上的笑意是遮不住的。

一旁的迟允看看这个再看看那个，莫名有些焦躁。他一拍桌子，完美化身剧本里的捣蛋少年："我不同意这门亲事！"

安然一愣，就看见吴漾往后仰身，越过她的背后，在迟允的后脑勺上拍了一巴掌："闭嘴，逆子。"

一轮发言结束，又进入了自由交易阶段。

这次迟允先下手为强，扯着"妈妈"的胳膊去隔壁小房间密谈。

将推拉门一关，这个只有一张麻将桌的小房间瞬间变得安静又闷热。他俩就站在门边，安然有种被圈在迟允身影下的感觉，气氛暧昧。

她学吴漾说话："要跟我说什么，逆子。"

迟允捏着拳头作势要揍她，在她缩脖子的时候又平摊开掌心拍了她脑袋一下。

"嘘——"他朝她比口型，"听外面。"

安然静音听门外的动静，是牛大妈和居委主任在互通消息，他们这个房间是走廊尽头，所以不太引人注意。牛大妈说邻居老吴可能是在替自己那个欠债的儿子背黑锅，居委主任盘算着自己有一个政策卡可以让牛大妈的房产证数量翻倍。

说着说着，他们的声音渐渐变小。

迟允把耳朵贴在门上，想再偷听一点。

没想到门忽然被从外面打开，迟允没站稳往外面栽过去，还好被安然拉了一把才没摔倒。

"啧，怎么还玩赖的？"牛大妈又叉着腰骂迟允。

迟允举双手投降："我错了，我下次不敢了。屋子让给你们谈好吧？"边说边后退，拽着安然走出麻将房。

他跟安然分享自己得到的消息，也从安然那里打听她的任务："你通关的个人任务是什么，我帮你完成。"

"唔……你是钉子户还是背叛者那边的？"安然虽然没怎么上心，但基本的游戏精神还是有的。

"我都行，我听'我妈'的，你去哪里我就跟随哪里，我也没有房产证啊，都在你手里。"

安然看着一脸坦荡的迟允，不太确定他说的是真心话还是演技好。她点头："行吧，那你小孩子别管大人的事了，跟着我投票就可以了。"

迟允说"好"，说完又补充了句："我不同意你和隔壁王叔叔的亲事！"

他们讨论好下轮把谁票出局就回到房间，吴漾没在自己位置上。

安然偷偷地看向门口，直到吴漾跟另两个女生一起回来，虽然他们之间有些距离，但安然心里还是有些酸酸的，想着最后一轮交易的时候，她也要把吴漾单独带出去。

结果还没到最后一轮交易，吴漾居然被票投出局了。这个本子三轮结束才能知道全貌，所以王教授是不是凶手目前还不得而知，他"死"前可以有遗愿，吴漾选择把自己的房产证给刚才跟他一起回来的其中一个女生。

安然更酸了，这个男人怎么回事啊，她不是他的"心上人"吗？怎么还把证给别的女人了？

最后一轮交易，凶手是谁已经基本明朗。现在的关键是钉子户和背叛者两队哪一队能拿到更多的房产证，大家都在争取的关键时刻，那个得到吴漾房产证的女生忽然叛变，倒戈向票少的那一队，这样两队票数一样了。

游戏结束，DM（主持人）宣布获胜者是安然。

因为安然的个人任务是"以和为贵"，要达成两队平局的结果。不过最后倒戈的那个女生是什么情况？

"刚才跟王教授交易时说好了，如果我输了就把他这票支持小娟，因为他的个人任务是帮小娟赢。反正我个人任务已经完不成，所以就投敌了。"

安然转头看吴漾，讶异于他什么时候知道了自己的任务。

确实，如果刚才他的房产证给自己，虽然票数多了，但并不一定能让自己赢。

明明只是玩个游戏，安然又要感动了，他真好！

本子玩完了，他们约着一起吃晚饭。如果是往常安然就不去了，可这次有吴漾，那就要积极参加同学社群活动了。

也是去饭馆的路上，她才发现吴漾是迟允叫来的，而且还很熟。

迟允说："是亲戚。"

没有更详细的解释，安然自动脑补应该是表兄弟之类的，毕竟他俩不是一个姓。

吴漾不是本部校区的，他过来应该是有事情，顺便被迟允拉来凑数，晚上的饭局他没什么兴趣参加。安然见迟允跟他单独聊了些什么，最后点头，应该是要跟迟允道别。

安然的心沉了下去，她还以为能多跟他待一会儿。

路过地铁口，吴漾不再和大部队一个方向，自己离开。走之前，他忽然走到安然面前，问她："你叫安然？"

安然被问蒙了，点头。

吴漾应该是笑了："好巧，我叫吴漾。"

安然想说她知道，她早就知道，她知道好多年了。但是她忍住了，做出惊讶的样子："好巧。"

"这有什么巧的，回头我也可以改个户口名，也叫安然，咱们俩还重名了呢。"迟允横插一道。

安然很想问问迟允跟户口本什么仇什么怨，整天就想改户口。

吴漾走了，安然的兴致也不高了。

迟允敏感地问："你不会是，看上吴漾了吧？"

"怎么可能！说什么呢！"安然下意识反驳，唯恐自己的小心思被迟允戳破以后转达给吴漾。

"哦，没有就没有，也不用这么大反应。吴漾很厉害的。"迟允说起自己这个小舅，很是与有荣焉，他从小就生长在吴漾的光环下，对吴漾有种习惯性的崇拜。

而且吴漾还对他很好。

"只是……不喜欢被乱配对。"安然无力地解释了句。

迟允倒是信了，不仅信了，还延伸出其他意思："以后我不让他们乱说了，不给你添麻烦……欸？我的戒指呢？"

他抠指甲的时候，忽然发现自己左手小拇指上的戒指不见了。

安然看他有些着急的神情，跟着一起低头看地："什么样的啊？你确定你今天戴了吗？"

"银色的一个圈，刻了两个单词。"迟允描述，"戴了，一直戴着的。"

他俩说着，已经沿着来时的路往回走了，仔细地看着地面上所有闪光的东西，寻找那枚丢失的戒指。

一直走到游戏馆，跟老板说了一下情况，他俩回到玩剧本的包间里又找了一遍，但都没有。

给老板留了联系方式，老板答应他们做清洁的时候会注意的，找到戒指就给他们打电话。

因为丢了戒指，迟允心情有些不好，也没说跟安然再去找刚才那些人吃饭，只想先回去，看看戒指是不是放在宿舍里。

安然表示理解，她也没有吃饭的心情了，自己回了学校。

分别时，她看到他还时不时地低头看地面。

那大概是什么很重要的信物吧？或许是很重要的人送他的？

安然没收到过这么重要的礼物，但是她曾经很用心地准备过一个礼物，最后虽然送出去了，却没有送给想送的那个人。

那是安然高一那年的戏剧节，已经保送的吴漾还是时常会出现在学校活动里，他演话剧里的王子，故事是《哈姆·雷特》改编的现代版本。

这种活动安然通常不会参加，她太普通了，老师关注的永远是前三名和那些捣蛋分子，像她这样的乖乖女不会被老师轻易记起。

但是那个话剧安然报名了，她也会幻想自己能每天晚自习的时候和吴漾排练，像他的同学那样和他聊天打趣。她想离他更近一些，那大概也是她最有倾诉冲动的阶段，她记得自己给他写了很多很多封信，信里是一个少女所有浪漫的诗意，然后全都藏在了自己的小铁盒里。

不过那次报名的学生太多了，女性角色又很少，安然这种没有经验的表演小白只拿到了一个配角仆人的角色，而且是 B 角。所谓 B 角，简单说就是替补演员，虽然她也次次不落地参加了演出排练，可是从来没有跟 A 组的人一起对过戏，更没跟吴漾说过话。

可安然还是很开心地排练到很晚。不过她长记性了，预感到自己要走夜路的时候她就提前给爸爸打电话，让爸爸来接她回家。

她开心的是自己终于和吴漾在一个"圈子"里了，她甚至坏心眼地希望演仆人的那个女生不舒服或者家里有事没法参加正式演出，然后就由她这个 B 角临危受命，救剧组于水火之中，让吴漾刮目相看。

可惜那个 A 角身体好得很，家里也没什么事。

演出那天，安然化好妆穿着仆人的衣服，搬着小马扎在后台坐着看完了整场戏。有一次吴漾急匆匆地上台，还差点撞到她。后台光太暗，他低声说着"对不起"就跟她擦肩而过。

尽管没能实现同台演出的愿望，但安然还是做了很多准备，比如她给吴漾准备了庆祝礼物。那时候她还不知道该送些什么东西，在校门口的精品屋里挑来挑去，最后挑了一只戴着蓝帽子的麦兜，因为她记得吴漾戴过一顶类似的鸭舌帽。她买了一顶，带回家仔细地清洗过，还给它喷了香水，放在床边陪自己睡了好几天觉。等到要送出去的前一天，她又突发奇想，找来针线，生疏地在麦兜屁股上绣了指甲盖那么小的字母，"ARWY"。

绣完了，怕吴漾看不到，又怕他太容易看到，于是把麦兜的背带裤裤腰的位置加固了几针，轻易脱不下来裤子，让那行字母藏得更深。

她把这份藏着她小心思的礼物用透明包装袋装好，在演出结束后跟着献花送礼物的众人一起去化妆，想要不那么突兀地送给吴漾。

他们演出的场地是市文化馆，安然差点在场馆里迷路，终于找到一个化妆间，里面有几个演员是她认识的，包括那个被她希望不来演的仆人A角。安然现在已经记不得对方的名字了，只是在当时当地，那个女生是安然最熟的人了。

安然喊了那个女生的名字，夸她演得真好，然后从包里拿出麦兜，想要让她帮自己转交给吴漾。

只是安然还没来得及说出自己的请求，那个女生已经一脸微笑地接过礼物："哇，好可爱，真没想到你也记得我的生日，等你生日的时候我也要送你一个礼物！"

安然不知道该怎么接话了。

她是个不太会拒绝的人，更不愿意扫兴。

于是她也只好微笑，默认了这是送对方的生日礼物。

从化妆间离开以后安然就后悔了，可她也没勇气再回去把麦兜要回来。那个她精心准备的礼物，就这样落入了不相干的人手里。

安然从回忆里抽离出来，感觉现实仿佛被割裂成两半。

她如愿让吴漾认识了自己，又怕他知道自己的全部。她在回忆的过程中可能一遍又一遍地美化了那些过往片段，但那是独属于她的记忆，酸涩甜蜜，她不想被人破坏。

她甚至有种想要就此打住的念头，不要再跟吴漾接触了，这样就不会有失望的可能。

这么患得患失了几天，一天中午安然忽然接到了游戏馆老板的电话，老板说联系不上那个男生，他找到了那枚丢失的戒指。

在麻将房的门缝滑轨里。

安然想起来，那天迟允差点摔倒，她拉了他一把，可能是那时候不小心把他戒指给撸掉了。

她替迟允谢过老板，因为迟允还在军训中，于是她就先去帮他把戒指拿了回来。

那是一枚很简单的银戒指，安然对着台灯看上面的单词，外沿刻着"always"，内环贴手指的那面刻着"last"。

这是什么意思？永远当最后一名？

还真是奇怪的志向呢。

第三章
谁说要做单选题

．
．
．

迟允军训只有晚上的时间能拿到手机，安然把戒指取回来以后就拍照发给他了。

睡前，他给她发消息：【帮我保管一下吧！】

他军训也有四五天了，这期间两人一直没联系。说起来安然还有点纳闷，她感觉迟允在追她，但是又不是死缠烂打的那种追，她不知道怎么拒绝，也没什么契机拒绝，毕竟他好像没怎么打扰她。

安然不安地和小西讨论："我怎么好像还挺乐意跟迟允玩的？"

小西拍她的肩安慰她："这有什么！谁不乐意跟帅哥玩，有人喜欢你，你当然可以享受这种感觉了！"

"但是我心里喜欢的是吴漾啊……"

"谁规定一个人只能喜欢一个人了？成年人不一定做单选题。"

"？"

小西语出惊人，安然居然觉得她的话好像也没毛病。

不对不对，差点被小西带沟里去，喜欢就应该一心一意，她要捋清楚对迟允的感觉，不能脚踩两条船！

小西对她的想法嗤之以鼻："如果你现在跟吴师哥在一起了，当然不能劈腿，但是你没有啊，你现在单身啊，心里有个白月光，手上怎么就不能有朵红玫瑰了？"

安然觉得小西在诱导她犯错误，她决定终止对话，专心练球，打好秋季赛。

她练球的时候，小西就坐在观众席上喝着汽水看她练，等她结束训练以后一起去吃火锅。

队里的新人们也都在军训，没人聊安然的八卦了，但不乏偶尔路过的学生驻足观看一会儿——安然可是校花评选第四名，也算是小有名气的一枝花了。

照小西的话说，第三名明显是刷票刷上去的，那妆厚得像戴了个面具，根本看不出素颜啥样，哪有我们纯天然运动系美女好看。

安然对这个比赛结果不怎么在意，甚至感觉有点麻烦，因为时不时会有人跑来问她怎么"美黑"的，她跟人家说她是晒的，对方觉得她敷衍。

这一个多月来她受到的关注过多了，在她平淡生活的二十年里，她好像还没有这么受瞩目过，被人追求更是第一次，而且还是个条件很不错的人。

安然思来想去，觉得这一切都拜垒球所赐，因为她拿了MVP（最优秀选手），才给她加了这么多光环。为了回馈她得到的喜爱，她决定更认真地打球，为校争光！

安然和小西吃火锅的那家店，虽然开在平房区，但是人气特别高，又赶上半价活动，所以取号排队还要两小时。

小西拉着安然逛街，逛到美甲店的时候停住了脚步，她要去做指甲。

安然打球不方便留指甲，最多涂涂指甲油。她看到对面是家理发店，正好想修修刘海，于是跟小西分头行动，约好结束以后电话联系。

理发店今天不知道为什么人不多，安然一进门，簇拥而上三个"托尼老师"，给她端茶倒水送点心，贴心地拿出杂志让她挑选发型，顺带对她的发质一番评论，建议她做很多种的护理。

从前安然是很怕这种店家推销的，但是练球以后她的胆子好像也变大了很多。有不怀好意的言论袭来的时候，她直接反击回去。

"发质这么差了吗？那你帮我剪短吧。"她说，说完觉得这主意不错，她还没试过短发呢。

"托尼老师"于是又开始劝她染个棕色，不然黑色短发显得太呆。

她不胜其烦，打算换家店剪。

"托尼老师"看出来她要走，手起刀落给她剪了一刀，终于闭嘴安心捣饬她的头发了。

先是剪到齐肩，看着像她小时候家里那个木头日本娃娃摆件。

"再短一些吧。"安然指着杂志里模特的利落短发，比画着，"有点造型的。"

好在"托尼老师"虽然爱推销，但是手艺不错，确实"有点造型"。

安然愉快地买单走人，想着小西见到自己一定会吓一跳。

她现在这个发型可真是太飒了！

安然给小西打电话，小西说自己已经回火锅店了，还抱怨说美甲店人太多了，排了好久都没轮到她，刚才火锅店员工打电话说马上排到她们了，她就先回火锅店了。

时间已经快夜里十点，商业街上依旧人声鼎沸，火锅店门前排队的人还有不少。安然刚要进火锅店，就看到店里出来一个熟悉的人，是吴漾。

她站住，看他进了隔壁的小卖店，过了一会儿出来，走到旁边巷子口的路灯下站着，拿出手机好像发了什么消息，然后把手机揣起来。

不知为什么，安然觉得他好像不太开心。

她给小西发消息说自己晚一会儿来，让小西先点菜。

然后她走向那盏路灯，走到吴漾跟前了，叫了声："嗨，师哥。"

他好像才发现她："哦，安然。"

太好了，他记得她的名字。

"你也来吃火锅吗？"安然觉得自己勇气可嘉。搁从前，她绝不敢离他这么近，更不会主动和他说话。

吴漾"嗯"了一声。

安然不知道再说点什么了，她干笑着："我和室友一起来的，她在里面等我，那我先去了。师哥再见！"

"好。"他依旧淡淡的。

安然转身离开，心里有些不踏实，她走到店门口了，忍不住握拳回头，偷偷再看吴漾一眼。

路灯下没有人了。

安然四下张望，他真的不见了。

她几步跑回路灯下，这才看见巷子里的地面上有道长长的人影，吴漾靠墙站着，一只脚踮起来贴着墙面支着。

虽然外面人来人往，但她的脚步声实在不算大。

不过这次吴漾很快就发现她了。

他表情有些不解，只是挑个眉，就好像在问她还有什么事。

安然觉得他的身影很落寞，很不开心。她还没见过这么失意的吴漾，他在她的印象里一直是清高的、骄傲的。

安然不受控制地走向他，走到他身边。

吴漾看着她，疑惑地道："怎么了？"

"没什么，只是看你好像不开心，想问你要不要跟我们一起吃饭。"

他语气淡淡："不用了，谢谢。"

这结果安然问出口的时候就预料到了，可她不甘心地又问了句："师哥有什么烦心事，说出来或许会好一些？"

吴漾低头，支着墙的那只脚落下来，顺势把跟前的一块小石头踢开。

"还好。"

他不想说，安然就不知道要怎么安慰他了，老话重提："那，吃一顿热腾腾的火锅，吃饱了就没烦恼了。"

她的坚持让吴漾重新打量她，不知道为什么她这么执着要跟自己吃火锅。

他的打量让安然打退堂鼓了，她正要说"师哥实在不想吃就算了"的时候，吴漾说："好啊，我请你们。"

安然领着吴漾出现在小西面前的时候，小西无比震惊。

她不知道自己是先震惊安然的新发型好，还是先震惊安然领了个男人回来好。

安然跟两人各自介绍了一下，之后三个人就开始沉默地吃火锅。这实在是个诡异的组合，三个人各揣着心事，偶尔客气地分享一下哪个食物好吃，然后就继续各吃各的。

小西非常有眼力见地接了个"男朋友的电话"，然后提前退场。走之前她跟安然挤眉弄眼的，搞得安然心有些慌。

小西哪有什么男朋友！不对，这不是重点，她干吗要把自己单独留下？

虽然这个"二人世界"确实让她挺享受的。

只剩他们两个人了，气氛也并没有热络起来。吴漾似乎真的听取了她的建议，打算用吃饱的方式来消除烦恼，沉默着一勺又一勺地捞菜。

安然挑起话头："师哥刚才是吃了一顿没吃饱吗？"

"嗯。"刚才他是跟导师一起吃的，导师和朋友在这边吃饭，喊了他来，他没吃好，也吃不下。

暑假的时候导师就跟他说了给他保研本校的事情。这对别人来说或许是个好消息，但对吴漾来说是负担。他的导师是偏行政的大牛，据说也是下一任院长的热门人选，跟在这样的导师后面，各种活动比赛必然是落不下的，综评也会很好看。

但是吴漾不想在本校了，他想去天体尤尼研究院，想去学习更专业的更新的知识，而不是跟着导师做做数据申请项目资金。只是离开并不容易，想去尤尼研究院不只是靠绩点申请，还要导师的推荐信。他想了一个假期，最后在听见安然唱歌的那个夜晚跟导师摊牌说了自己的想法，直到今晚，导师喊他出来跟朋友吃饭——一个可能合作的商业项目的老板朋友。

导师虽然没有明说，但意思很明确了，他拒绝吴漾的提议，并且展现了自己的大度，愿意继续带吴漾做项目。

"师哥，别吃了。"安然的声音打断他的思绪。

"师哥，吃太多了容易积食。"安然又说。

吴漾笑了："怎么让我吃的是你，不让我吃的也是你。"

安然看他那不达眼底的笑意，觉得自己留他吃饭可能是个错误的决定，他已经不开心了，还要这样维持礼貌跟她应酬。

"咱们回吧。"安然起身，先一步结束了这顿夜宵。

结完账，两人朝着地铁站的方向走。

吴漾已经走了两步，回头看安然在发呆，喊她。

"走！"安然的笑容快咧到耳垂了，她小跑着追上去，手背在背后交握着揉来揉去，不知道放哪里好。

关于这晚的记忆，安然就记到他们一起走到地铁站，然后各自坐相反方向的地铁回不同校区了。

之后怎么回的宿舍、怎么洗漱睡觉的，她都有点印象模糊了，她觉得那是大脑烧坏了的后遗症。

小西后来问她，自己走以后他们有没有进展。

安然又开始患得患失了，晚上训练还因为不够专心被金教练罚跑三圈，最后自己一个人背着运动包回去。

秋天夜晚的风渐渐凉了，她又想起与吴漾吃的那顿夜宵。

很快，吴漾的朋友圈里就有了一条新状态。

Aran：【夜宵吃太多了容易积食。】

他好像知道这个没有备注的好友是谁了。

大一新生的军训在艳阳高照的大晴天里结束了，新生们乘着大巴车返校，一下车就背着铺盖拖着行李往宿舍冲，迅速抢占宿舍内的、楼层内的、公共浴室的位置，想要洗一个干干净净的热水澡。

迟允来晚了一步，已经没有位置了。机智如他，拿了两件衣服去体育馆的更衣室冲洗。

换好衣服，头发只擦得半干，也没用吹风机吹一下就出来了。黄昏的风热情地跟他打招呼，一出门迟允就连着打了三个喷嚏，打完，看见安然背着包来训练了。

他笑着举手："师姐！"

安然微张着嘴看他，扭头就跑。

迟允尴尬得连手还没放下，立马跑着追上她："师姐你跑什么啊？"

"我回去给你拿戒指啊。"安然埋怨道，"你回来怎么不说一声？"

确实，他们几乎没怎么在线上聊过天，安然也不知道新生们的行程。

"不着急啊师姐，一会儿你训练完我跟你回宿舍拿好了。"迟允挡在她面前，赶小鸡仔似的把她往体育馆的方向推，"吓我一跳，以为我军训晒丑了你躲着我呢。"

安然仰头看了他几秒，点头："是糙了一点。"

迟允趁安然不备，大手在她脑袋上摸了两下："你这发型，这么帅？"

安然嘿嘿直乐："好看吗？我还想去染个红头发呢。"

"变身小火龙吗？"迟允认真地看她的发型，点头，"好看。"

本来还在玩闹着说话，迟允这一认真，安然倒有些不好意思了。

重新回了体育馆，迟允就坐在板凳上看她们训练。安然组织大家做热身活动，两人一组压腿拉伸什么的，正好人数是个单数。

一个队友朝着迟允喊了声："迟允，过来！"

其他人看到迟允朝这边走，都起哄地看着安然。

安然面无表情地拿球棒戳戳地板："马上比赛了，专心点。"

不过迟允来都来了，她也就让他帮忙一起练了。他俩一组，身高差太明显，有些热身没法做，最后他坐在地上按着她的脚，替她数仰卧起坐个数。

迟允跟她讲自己军训时的事。

"汇报演出的节目也不知道是谁想出来的，居然让我们拿着大红花，就是用纸扎的那种，给我们每人发了两张纸让我们自己扎，然后就拿着这个大红花摆队形……

"食堂的馒头是真好吃，我从来没想过有一天我居然要偷着往胸口藏馒头，哈哈哈！"

他说得绘声绘色，旁边的队员听得直乐，安然也觉得他逗，乐呵呵的，都不觉得训练累了。可是她又觉得奇怪，他有这么强烈的倾诉欲的话，怎么军训期间没给自己发信息呢？

做完热身，等金教练一到，她们就开始训练，迟允也退回教练员区坐着继续等。他倒坐着，趴在椅子背上看她们练习。早上一早就起床准备会演，下午舟车劳顿地回来，洗完澡他就有些犯困了，这会儿安静地坐着，不知不觉就睡着了。

等他醒过来的时候，场馆里的灯已经关了大半，垒球队的人也走得差不多了。安然正在清点装备，都整理好了来找他回去。

迟允伸了个大大的懒腰，活动了一下脖子，语气有点像是撒娇："我饿了！"

"请你吃卤肉卷。"安然朝他笑，"我们宿舍楼门口那家。"

她虽然这么说，可是等她们到了宿舍园区，才发现卤肉卷店已经打烊了。

"怎么这么早就关门啊。"安然看看手机，又看看楼前的商铺还有哪家好吃的开着。

迟允已经不怎么饿了，他指着超市跟安然说："我去买点零食吧，还有些日用品也要买。你先上楼去拿戒指，一会儿我们在……在小广场见吧。"

安然点头，赶紧回宿舍去拿他的戒指。

她跑得快，把戒指拿下来的时候迟允还没买完。安然在约定好的小广场等他，训练得有点累，她挑了个长椅坐下。

长椅正对着喷泉，不过喷泉是整点开放，现在没有在喷水。

喷泉的前方空地上，大爷大妈们正在跳快乐的广场舞。

安然大脑放空，视线对着前方，手里转着迟允的那枚戒指，什么都没想。

然后她的视线里，大爷大妈的队伍中间出现了一个格格不入的大高个。迟允手里还提着超市的购物袋，从广场舞队伍中插队往这边走的时候，居然顺便就跟队伍跳了起来。

安然笑了。

他长手长脚，踩着节拍跟身边的阿姨拉手转了个圈。

"怎么也飞不出花花的世界……"

黑色音箱传来的《酒醉的蝴蝶》如此欢乐，晚上八点整，小广场的喷泉高高涌起，变幻着形状起舞。透过那高高低低的水柱，安然看到迟允跳着滑稽的舞步向自己走过来。

"回神！"迟允走到安然身边，打了个响指。

安然蓦地想起来那个表情包"你还有多少惊喜是朕不知道的"，她问他："下次你出场是不是就跳着'社会摇'来了？"

迟允嗤之以鼻："我这种盖世英雄出场不是应该驾着七彩祥云吗？"

安然笑着把掌心的戒指摊开在他面前："给你。"

迟允把购物袋往长椅上一放，骄矜地将左手支棱得像个鸡爪子一样，小拇指翘得高高的："好的，我同意你的求婚了，给本王子戴上吧。"

安然把戒指放他手背上："爱要不要。"

"哎哎，要，师姐给的，就算是块石头那也是心形的。"迟允利落地自己把戒指戴回小指上，又从购物袋里拿出个吸吸冻拧开给安然。

安然想反驳那明明是他自己丢了的戒指，怎么就变成她送的了，可是嘴里被塞了果冻，她下意识地吮吮，也不知道为什么就吃起来了，是她最喜欢的葡萄味。

迟允约她："周末去游乐园玩不？"

"不去。"

"为什么不去？"

"为什么去？"

"因为我自己去好无聊。"迟允托腮，"我请你，去玩嘛！"

"你为什么要自己去？"

"因为你不陪我。"

安然被他绕晕了，她明明是要问他为什么要去游乐园玩，怎么最后就变成她不陪他就很残忍似的。

她吸了两口果冻，想明白了又开口："就你和我吗？"

迟允很上道地问："师姐是想要只有你和我，还是不想要只有你和我，我听师姐的。"

这让她怎么回答！而且她还没答应吧！

安然又吸两口果冻，吸没了。她低头，捏捏包装袋，吸出了"噜噜"的空袋声。

迟允又拿出一个吸吸冻，橘子味的，拧开送到她面前："这个本来是我要自己吃的，不过你喜欢的话也给你吧。"

"那多不好意……"她没说完，迟允已经把新的一袋塞入她嘴里了。

安然手指捏着袋子，嘎吱嘎吱的，最后跟他说："人多热闹，要不我喊我室友一起吧？"

还没等他回应，她补充了句："门票我请你吧。"

"什么？让我花女人钱？"迟允一脸正义凛然，"那我就谢谢姐姐！祝你健康长寿！"

安然的嘴角忍不住上扬，他这声"姐姐"叫得还挺甜。

拿好东西，他送她回到宿舍大门口。安然和他挥手再见，他也抬起手来，用嘴咬着购物袋提手，两只手高过头顶摇起了花手跟她告别，似乎是回应她开始说的那个"社会摇"。

安然把吃空了还没扔掉的果冻包装举起来挡着脸，丢脸地跑回去了。

小西听说周末自己被安排了游乐园的行程时，先是兴奋，紧接着又有些犹豫："我这电灯泡会不会太亮了？"

"什么啊，就是普通的——玩。"

"哦。"小西比了个"好"的手势，"收到，我就专心玩，不给你俩捣乱。"

安然被小西说得心又乱了，甚至有点想反悔不去了。可是已经答应要请客，不去又显得很小气。

她纠结地打开游乐园的官网买票，发现最近搞活动，四人同行一人免单。这挺好，安然立马给迟允发消息，让他也带个同学一起玩，这样小西也不会尴尬了。

迟允回了个敬礼的表情包。

安然悄悄地想，迟允会不会喊吴漾来呢，上次剧本杀迟允不就找的他嘛。

可是这么想的时候，安然又有些心虚，感觉自己好像在利用迟允接近吴漾似的，果然人的道德水平太高就会不快乐。

周末很快来临，迟允开车来接安然和小西，不是她之前见过的那辆跑车，是辆宽敞的沃尔沃，里面坐着的同学也不是吴漾，而是迟允田径队的朋友大华。

"跟朋友换车开的，那辆坐不下。"迟允跟安然解释了句。

原本坐在副驾驶座上的大华，接到她俩的时候打算下车去后排坐，把座位让给安然。

只是大华才问了句要不要换座，迟允看了一眼安然并不怎么愿意的尴尬神情，先出声跟大华说："还是你坐我旁边吧，帮我看看路，她俩应该都不会开车。"

大华也没多想，说了句"行"，又拉上安全带坐好了。

安然松了口气，她不想被其他人理所当然地当她和迟允是一对。

迟允又从后视镜看了安然一眼，噘着嘴打开车载音乐，表情不明显但是被安然看到了。

一路上气氛还算和谐，大华虽然话不是特别多，但是说话的时候天然呆，朴实中透着幽默，为人又很和气，安然和小西都很喜欢和他聊天。

迟允不知道是因为专心开车还是什么其他原因，话反而有些少，不过也没把气氛搞冷，偶尔还会开几句玩笑。

等他们停好车去排队的时候，正是游乐园开门的时间。

这个游乐园小西之前来过两次，对各个分区的排队情况和好玩程度稍微有个了解，她指挥大家："先去排过山车！接着大摆锤！然后海盗船！"

迟允："听起来是想要先把胃排空的节奏。"

小西已经先走一步去抢位置了，剩下的三人也只能跟上去。排队签到的时候，迟允问安然"恐不恐高"，安然摇头，她还挺喜欢极限类游戏的。

排到他们的时候刚好是新一轮的过山车，小西和安然直接坐到了第一排，迟允和大华坐在她们后面，然后整场听着她俩的尖叫声在高空冲刺。

下车以后小西和安然手拉着手就跑去大摆锤那里签到了。

跟在后面的大华嘴唇有点发白，他问迟允："如果我说我腿肚子发软是不是太尿了？"

迟允："不瞒你说，我也腿软，但我硬挺着。"

大华站在大摆锤底下，抬头仰望上一轮还没结束的疯狂叫喊的人们："这就是你说的带我出来联谊吗？还我游戏装备，我要回家打游戏。"

迟允按住大华的肩膀："这大锤一抡，女孩子一怕一叫，你勇敢地伸出手，这谊不是就联上了吗？"

大华偷看了一眼小西，想了想，决定暂时留下。

大摆锤缓缓启动，开始只是幅度很轻地左右摇摆。

小西和安然随着摆动尖叫，只是她们的叫声更多的是释放情绪，并没有非常害怕，叫完还会笑。

之后的摇摆越来越激烈，垂直悬空还不算，还要三百六十度旋转，迟允头朝下，脸充血，像他跟大华说的那样勇敢地伸出手了，一边伸手一边大喊："救——命——"

他伸出去的手被旁边的人握住，用力地输送着鼓舞和力量。

直到大摆锤归位，所有人的脚重新踩在地面上，迟允才恢复神智。只见他的左手和他左边的光头大哥十指相扣，大哥松开以后还拍拍他的肩："兄弟，没事吧？"

迟允愣了，他身边不是安然吗？往右看，右边是安然关心的眼神。她问："你没事吧？"

如果丢人不算有事的话，那么，他没事。

不等迟允开口，先一步走下去的大华扶着一棵树吐了。

再下一站的海盗船，大华说什么都不玩了，他抱着旋转木马的柱子："我要玩这个，我今天就住这儿了，我要骑大马。"

小西鄙视地问迟允："你们不是练跳高的吗，怎么还怕这个？"

迟允想说自己才没怕，但是刚刚在大摆锤上跟大哥十指相扣的样子还历历在目。没想到安然推了推小西，不让她埋怨了，还去买了糖水和带着小风扇的那种帽子给大华，让他缓一缓。

迟允悟了，立马坐上大华旁边的南瓜马车，一副弱弱的样子："我也难受，我想吐。"

结果刚才还温柔大姐姐的安然冷漠地戳穿他："我看你面色红润，不像要吐的样子。"

迟允："你为什么要盯着我的脸看？"

安然一愣，在脸没红之前牵着小西去坐海盗船了。

等她俩疯回来的时候，迟允和大华正咬着棒冰在那里转圈圈，大白天的，玩旋转木马的人并不多，他们就这么一圈又一圈地转悠，旁边都是三五岁的小朋友。

安然看着人群里的迟允，他也看见她了，朝她灿烂地笑，小虎牙可可爱爱的。

她刚要招呼他下来找地方吃东西，迟允接了个电话，没说几句便四处张望，最后挂了电话从他的南瓜马车上跳下来。

正是午后最热时分，迟允带着他们去靠近大门口的主题餐厅吃饭休息。等他们都进到餐厅坐下点单了，迟允又打了个电话，报了一下自己的桌号。

安然问："还有人来吗？"

迟允点头："你上次见过的，吴漾。"

"噗——"安然还没说话，小西先一口水喷到对面的大华手上。

三个人都看向小西，小西"咳咳"地摆手："没事，这水有点辣，啊不是，有点烫。"

身后，吴漾已经走过来了，手里提着个盒子。

迟允从隔壁桌搬了把椅子放在自己旁边给吴漾坐："之前问你，你不是说没时间，不来吗？"

吴漾坐下，把盒子拆开，里面是个篮球形状的蛋糕："因为之前忘了今天是你生日。"

"啊，你生日？"

"生日快乐！生日快乐！"

同行的三人都没听迟允说起，根本不知道这回事。

迟允像是害羞了似的，拿胳膊肘捣了吴漾一下："干吗啊，好肉麻，又不是小孩子了过什么生日啊！"

"不过生日长不大。"吴漾吓唬他。

迟允无语，对着那个篮球蛋糕挑刺："这个球做得一点都不圆，而且这个颜色，也太红了吧。"

吴漾不听他叽叽歪歪，拆了蜡烛插上，点上火让他许愿。

迟允磨蹭："还没唱《生日快乐歌》呢。"

吴漾质疑："你不是不想过吗？"

迟允："那既然过都过了，就要全方位嘛！"

于是，众人拍着手给他唱歌。迟允一脸满足地交握双手闭眼许愿，吹灭蜡烛。

吃完饭，小西提议去玩鬼屋探险。

迟允吐槽她致力于把大家搞吐，小西反击他是胆小鬼。迟允最听不得激将法，撸起袖子就朝着鬼屋走。

下午的队伍比清早要长，他们一边聊天一边排队，队伍一寸一寸缓慢地挪动。

好不容易快排到了，迟允又接到个电话，是跟他换车开的那哥们打来的，很不幸地告诉他自己跟人别车了，车门被撞瘪了，现在人在交警大队。

迟允问清了地点，跟安然他们说自己得先离开出去一趟，不知道去多久，可能过一会儿就回来了，也可能不回来了。

"那我们一起走吧。"吴漾原本也对游乐园没兴趣。

迟允摆手："你们再玩一会儿吧，排了这么久的队，马上排到了。我没法送你们，人太多也麻烦，我先去看看情况。"

他说着，着急离开，把这几个人留在这儿就跑了。

剩下的几人面面相觑，确实马上排到他们了，干脆先玩完这趟鬼屋。

之前玩惊险项目玩得很溜的两个女生，进了鬼屋表现得有些小心翼翼。山洞里的冷气配合绿色的地面光，还有若隐若现的音效声，明知道是假的，却还是让人忍不住害怕。

安然和小西原本是手牵着手的，走到一半的时候忽然有个"僵尸"从板板里跳出来，吓得小西抱头就跑。

安然慌不择路，手乱挥舞着，抓到了吴漾的手。她的视线撞进他的眼睛，看到他微微笑，任由她抓着自己。

这情节可真老套啊！安然想。

可是她没法控制自己不沉浸在这粉色氛围之中。

直到安然身后嵌在墙里的"白发鬼"不耐烦了，拿手里的骨头棒敲敲吴漾的胳膊："尊重一下我的工作，要谈恋爱出去谈。"

安然没料到自己肩膀上方会突然伸出个"白骨爪"，一回头又看见那个"鬼"离自己如此之近，吓得脚一软，一屁股坐在地上，一个嗝接一个嗝地打起来。

她觉得丢脸至极，边打嗝边哭了起来。

"白发鬼"被她哭愣了，从墙上解下安全带跳下来，蹲在安然身边安慰她："喂，我不管你们了，你们接着谈，别哭别哭。"

安然哭得更厉害了。

第四章

垒球队的"扛把子"

·
·
·

安然离开鬼屋的时候眼角和鼻子都哭红了，已经等在外面的大华和小西震惊地看着他俩。

小西捧着安然的脸左看右看，不禁问她："你是被里面的'鬼'给揍了吗？不应该啊，你那臂力，一般'鬼'也打不过你啊。"

安然抠指甲，没说话。

吴漾替她说了句："里面太黑，她摔了一跤。"

这就解释得通了。小西笑她这么大了还哭鼻子，蹲下身作势拍了两下地面："坏东西，怎么把我们安然摔疼了。"

安然被小西逗笑了，看了一眼旁边的吴漾。吴漾察觉到她的视线，也扭头看她，脚在地上跺了一下："嗯，坏东西，怎么把我们安然摔疼了。"

他说的是"我们安然"啊。

安然眼角的红向颧骨蔓延。

玩完鬼屋以后，他们也没什么兴致再玩其他项目了，于是一起打车回学校。

吴漾先在西校区下了车，其他三个人继续坐车回本部。

吴漾刚走，小西就碰碰安然的胳膊："喂，刚才在鬼屋到底怎么了？怎么哭了？"

"摔了一跤。"安然答。

小西一改之前的神色，满脸不信："你跑垒哪天不摔，你那膝盖的茧子比我脸皮都厚，吴漾不知道我还不知道吗？"

但是，她为什么要这么形容自己的脸皮？

安然解释不了自己为什么哭，因为连她都不知道自己怎么就哭了。就像小西说的，她平时训练或者打比赛，跑垒的时候滑摔是家常便饭，哪有那么娇气。但是今天因为在"鬼"或者说在吴漾面前吓得打嗝，觉得丢脸就哭了。

她真的很在意自己在吴漾面前的形象，她用了好多年才在他面前出现几面，她希望每一次都是最好的自己。

等到三人下了车，大华忽然摸摸脑袋问安然："你们要不要跟我去男寝那边的食堂和迟允一起吃晚饭？"

刚才在车上的时候迟允给大华打来电话，说自己处理完了，听说他们已经往回走了，他也就直接回宿舍了。

现在这个时间，食堂还开着，正好吃晚饭。

安然看小西，小西会错意，挽着她的胳膊说："走呗，一起吃。"

安然不是这么想的，她其实想回宿舍躺着。和吴漾的短暂相处让她想要冷静一下、回味一下，这个时候她一点都不想跟别人交谈，尤其是跟迟允。

她有点心虚。

食堂的饭菜都一个口味，不过男寝园区的食堂阿姨打菜手不抖，同样价钱的一份菜，安然感觉比其他食堂的两倍菜量还要多。

她埋头干饭，小西从包里掏出一个盒装的挂着钥匙扣的骷髅头指甲刀递给迟允："给你的生日礼物。"

大华附和道："那个钥匙扣是我买的。"

迟允表情夸张地道谢收下，当场就拆开包装，给自己左手拇指剪了剪指甲盖："好刀好刀。"

剪完收好，他眼含期待地看向安然。

安然头皮一紧。

回忆起从鬼屋出来的时候，小西确实跟她说和大华去给迟允挑个生日礼物的事。只是那时候她哭得大脑缺氧，没怎么转过弯来。

现在她两手空空的，太尴尬了。

"咳。"安然清了下嗓子，先给自己铺台阶，"我这个礼物单独给你。"

迟允眼里的期待更强烈了。

因为有了这个"单独礼物"环节，饭后那两人先离开了，安然领路带着迟允往西门口的小街走。

迟允也没问要去哪里，就跟着她走。

她找话说："车子被撞得厉害吗？"

迟允摇头："人没受伤就好。"

瞧瞧，有钱人说话都充满了人文主义关怀。

安然更加头疼送他个什么礼物了。她记得小街这里有个格子铺，里面每个格子都有一个"格主"，格主给老板交租金，然后自己上货寄存各种各样的东西，由老板帮忙卖货。

当时她觉得有意思，也想租一个格子卖自己编的手串来着，只是因拖延症一直没实施。

现在她打算去看看有什么可以买来当礼物的东西，人多力量大，格子多了什么奇葩礼物都有。

他们到达格子铺的时候正是傍晚店里生意最好的时候，进进出出好多人，他俩都得侧着身子在里面走。

安然很想豪气地跟迟允说看中了什么告诉她，她给他买。

但是看到有的格子里居然有几千块钱的手办，就把这话咽了回去，只说了前半句。

迟允没怎么逛过这种小礼品店，他认真地看着每个格子，把所有格子里的东西都拿起来看了看，连花瓣形的乳贴都好奇地看过了以后，指着那个三千九百块钱的高达跟安然说："我喜欢这个。"

安然微笑脸。

她就知道！

"再看看？"

迟允摇头："都看过了，就这个还行。"

这么一个几千块的玩具他居然说的是"还行"？！

安然依旧微笑脸，去找老板了。

过了一会儿，她两手空空地回来，迟允看看她又看看高达，问她："直接拿走吗？"

"你过来。"安然引着他走到摆着高达的格子旁边，高达在最顶层的格子，她指着高达下面那个写着"待租"的格子跟迟允说，"看，这个格子，它将属于你一个月。"

"？"迟允不理解，"我要这玩意儿干吗？"

"你可以用这个格子赚钱，赚够了钱就能买上面那个高达了。"安然笑得非常慈祥，"喜欢我送你的礼物吗？"

迟允摇头。

安然觉得丧气，他真直接。

她又说："那这个格子你作为老板，我作为员工帮你打理，我们一起用这个格子赚钱，赚够了就给你买那个高达，怎么样？"

"我们一起"这四个字听起来非常顺耳。

迟允给面子地点头了。

安然又去跟老板约定好上货和起租的时间，这才跟迟允离开。他们边往回走，边商量要怎么用那个格子赚钱。

"我会编手串，我那里还有很多原材料，我教你，咱们一起编了，把那些手串上架卖吧。"

"为什么要教我？"迟允皱眉，"不是说你是员工，你赚了钱给我吗？"

安然想着迟允如果当老板肯定是个黑心老板："你要付出劳动才能收获赚钱的快乐啊。"

"不用劳动就能赚钱才更快乐吧。"迟允一副"你少骗我"的表情。

安然妥协，决定自己彻夜做手工，让他的格子尽快营业。她觉得自己真是个天才，这主意既满足了自己的爱好又实现了自己当小老板的愿望，还充数成了迟允的生日礼物。

迟允把安然送到宿舍楼下，刚要跟她道别，又被她喊住。

她从小挎包里掏出一盒冷光烟花棒，是她刚才在格子铺买到的。

安然向他招手，然后往没有监控的楼后空地走。这烟花棒可以直接在盒子侧面的打火条上引燃，总共就四根，她全都点燃了，分给迟允两根。

她一边用手画圈圈一边问迟允："好玩吗？"

迟允嘟囔着"好幼稚"，却忍不住跟着她一起画圈圈，顺便拿起手机开启前置摄像头自拍起来。他拍的时候安然在他身后，还没察觉到，正笑嘻嘻地挥舞烟花棒，就这么被他拍进了照片里。

这烟花的"寿命"还挺长，尤其是最后点燃的那根，燃得非常慢。

安然把它放在迟允面前，对他说："再许个愿吧，寿星特权比较多。"

迟允直接把愿望说出来："我希望安然的格子能赚够钱，成功给我买高达。"

星星点点的冷光映着他的脸，显得格外虔诚。安然想，他这么喜欢的话，如果赚不够钱就补一点给他买那个高达手办好了。

因为有了目标，接下来的两天，安然仿佛一个勤劳的工厂女工，不管是上课下课还是刷剧看片，手里的活就没停过。

连训练的时候都带着彩绳和水晶珠子等配饰，以教学的名义诓骗队友跟她一起编各种手串。迟允去找她玩的时候也跟着学习编了一串，不过被他以"老板不需要付费"的理由直接把成品带走了。

终于，货备得差不多了，她训练完去格子铺上货，迟允主动保驾护航，怕有人偷抢她的货物。

安然觉得这场景真稀奇，开着三百万跑车的人正在保护她三十块钱一串的手串，多么感人的故事啊。

有了格子铺的生意以后，安然和迟允就像两个刚养了孩子的新手爸妈一样，每天训练完都要去店里看一看。

安然手机备忘录里记着每天的账目，哪一条、多少钱，这些她全都记得清楚，比老板娘的账清晰多了。

开始那几天，迟允拉着同学来照顾生意，劝说那些有女朋友的、没女朋友的都买一条送人或者自戴，他还现身说法，他也戴上了自己编的那条黑曜石的手串，结果被安然吐槽起到了反作用，人家看他那条粗制滥造的手串就不想买了。

他们一笔账一笔账地记着，从穿卫衣到穿风衣，眼看着格子的租约都过半了，却连高达的零头都没赚到。

安然没时间失望，因为秋季赛开始了，接下来的两周她都要投身训练，还要去外地打比赛，忙得很。

她拿着队员名单去院里找辅导员确认请假条，在行政楼遇到了来办事的吴漾。这次是吴漾先看见的她，跟她打招呼问她来做什么。

安然说了秋季赛的事情。打垒球大概是她这两年最擅长的事情，因此说起比赛的时候表情骄傲又自信。

吴漾看着这样神采奕奕的她有一瞬间失神，而安然察觉到了他的细微表情，以为他是不耐烦和自己说话了而走神，摸了摸鼻子："那什么，师哥没时间就算啦。"

"有时间。"吴漾回神，"下周二在东体是吗？我记住了，会去看的。加油！"

安然本来只是话赶话地客套了一下，问他要不要去看小组赛，没承想他居然答应了。

她不再耽误吴漾的时间，抱着请假资料开心地走了，走得像只小兔子，时不时蹦跶两下。

吴漾只看着她的背影，也能感受到她的愉悦。他想她是真的很喜欢打垒球啊，虽然他不懂，但还是被她说得充满了对比赛的期待。

要做喜欢的事才有意义吧。

他看着自己手里的申请信，吸了口气，坚定地去往导师办公室。

作为安然的新晋头号球迷，迟允原本是要去捧场的，可是大运会的选拔赛也已经启动，他好巧不巧地在下周二有比赛，没法去看她打球。

安然难掩失望的情绪。

这些天因为结伴"做生意"，他俩经常看完铺子一起吃夜宵，顺便展示她新编的花样。安然已经把他当作铁哥们了，有在本市内的比赛她还挺想让他去看的。

迟允安慰她："我那边结束就去找你，到时候安排十二响迎宾礼炮在体育场门口给你庆功好吧？"

安然笑着骂他："神经病，市区内禁止燃放烟花爆竹。"

"啧。"迟允挤眉弄眼的，"咱上头有人。"

安然听着，抬头看他肩膀的方向，语气幽幽地说："迟允，你上面好像真的有个人。"

迟允被她的表情和语气搞得身上鸡皮疙瘩都起来了："喂，别搞我啊！"

"真的，有个小孩……"安然说着，还后退了两步。

迟允的胳膊一阵发麻，硬着头皮扭头看向自己的肩膀。他今天穿的这件卫衣，左肩上印着个蜡笔小新的暗纹。

迟允听到安然的笑声，再看看肩上的"小孩"，意识到自己被耍了，恼怒地上前一步，用胳膊夹住安然的脑袋，要勒她。

安然第一次跟异性这么近距离地接触，她闻到了迟允身上清爽好闻的香水味，却扯着嗓子喊："放开我，放开我，你有汗臭味！"

迟允松开她，抬手闻了闻自己的腋下，不确定地问："有吗？"

安然猛点头。

迟允是一个有帅哥包袱的人，因为被安然这么说了，接下来的一个小时里他都夹紧自己的胳膊，像个被绑在襁褓里的小婴儿似的，防备着自己的体味散发出去。

安然憋笑憋得腮帮子疼，觉得迟允真是太逗了。

周二，第一场小组巡回赛。

赛前去体育场的大巴车上，金教练主动献唱一首《好运来》调节气氛，拉踩了一下今天的对手是全组最弱的，最后预祝大家取得开门红。

安然在比赛开始前试球的时候觉得小腹隐隐有坠痛感，心里大呼不妙，跑去厕所一看发现自己月经来了。

怎么偏偏是在这种时候啊！安然欲哭无泪，在群里发消息求助。

金教练是第一个回的：【别哭，眼泪影响战斗力！】

队医姐姐带了卫生棉，赶来厕所救她，不无担心地问："要不今天你别上场了吧？"

等她回到队里，金教练看着她，也问了同样的话。

安然小跑了几步，原地跳跃着试了试，感觉问题不大，申请首轮攻球。

她只说自己身体情况还行，没有告诉他们今天有"重要嘉宾"观战。安然刚才就看到吴漾了，这种学生比赛观众不多，基本都是自己学校的师生和家属，所以吴漾坐在靠近场地的空座上还挺显眼的。

反正她是一眼就看到他了。

安然不想让吴漾看到的是坐在替补席上的自己，就像三年前那个在后台幕布后蹲坐着看戏的女生。

她想做 A 角。

金教练比安然还想让她上场，看到她状态还不错，也就忽略了她的生埋痛，带着队员们熟悉了一下场地，拍着手给她们加油鼓劲。

比赛开始，安然作为场上唯一穿红衣服的进攻方，活动着脖子，专注地盯着投球手。

她没法心无旁骛，她知道吴漾现在在看着她，所有人都在看着她，她此刻比体育场的大射灯还要亮眼。

对手学校的垒球队确实不太行，安然看着投球手的姿势就觉得她要投一个坏球，压根没有挥棒。

果然，对方偏离好球区，投了个坏球。

那个投球手心态不太好，紧接着又投了个坏球。

眼瞅着自己都快被对手送上一垒了，安然有点着急，心里给那个投球手加油，希望对方别再送"人头"了，打起精神好好投个球，不要影响她的表演。

还好，对方球员争气了一把，投了个好球，被安然一棒子击中，她力量够大，球远远地飞向观众席。

安然击中球就把球棒一扔，快速地开始跑垒，在教练和队友们的叫好声里，她跑过一垒、二垒，边跑边观察自己那个球的状况，成功越过三垒回到本垒。

得分了！

开局就是一个本垒打，可把安然给厉害坏了，她又腰骄傲了一会儿，下场去休息。

刚才全神贯注的时候还不觉得，现在坐下来了，她才觉得小腹因为紧张有点肌肉抽搐，放松以后坠痛感加强了。

再怎么想表现，安然也不至于拿自己的身体开玩笑。她跟教练知会了一下自己的情况，先一步退到旁边去休息了。

她休息的时候不时往观众席方向看，能看到吴漾正在观赛，不知道他能不能看懂呢？如果她现在过去观众席，给他讲解，会不会被金教练暴打啊？

这么胡思乱想着，比赛结束，中新大学以绝对优势获得胜利。

队员们击掌庆祝，安然又望向观众席寻找吴漾，吴漾这次也看向她，朝她挥了挥手，指着体育场出口的位置示意了下。

安然连队服都没换，就跟教练打招呼先走一步，不跟车回学校了。

金教练说"好"，又在群里给大家发了第二天训练安排和复盘通知，允许各自行动后就地解散了。

安然冲到出口找到吴漾的时候，嘴唇有些发白，但精神头看着不错："你看到我了吗？第一个打球跑垒的就是我。"

吴漾点点头："你挥棒的时候我还在想，如果又打中我怎么办。"

安然想起那次误伤他的事，仔细看他的额头，好像还能看到皮肤上有一点疤痕似的。

天已经黑了，吴漾和她聊了两句，问她怎么回学校。

安然恍若不知一样，扭头看停车场的方向："校车好像回去了。"

"我送你。"吴漾说。

他俩沿着体育场安静的跑道往外走，已是深秋，夜晚的风带着凉意。安然的手下意识捂着肚子，轻轻地揉着缓解不适。

吴漾注意到了，倒也没往生理期上想，以为她运动过后饿了，从体育场外面的摊贩前路过的时候问她要不要吃蜂蜜小蛋糕。

是那种现场浇蛋液现场用铁板烤出来的小蛋糕。

安然没吃过这种，看起来有点像鸡蛋仔，但老板倒进纸袋子里的是一个一个独立的小蛋糕，用竹签插着吃，甜甜软软的，还带着热气。

她觉得好好吃。

吴漾只买了一份，她很想插一个喂给他吃，又觉得太过暧昧，怕他拒绝。

于是她一个又一个地吃着，直到把那份小蛋糕都吃完。不知道是不是吃的过程中吃进去了冷空气，或者是生理疼蔓延到了肠胃，她越走，越觉得脚软，甚至一度坚持不住地想要原地蹲下来。

"怎么了？"吴漾感觉她好像不只是饿了那么简单，"比赛伤到了吗？要不要去医院看看？"

"不用。"安然没力气脸红，彻底蹲下去，"缓一会儿就好了。"

吴漾跟着她一起蹲下，歪着头看她的脸色，再次和她确认身体状况。

她纠结着说出来："我生理痛。"

吴漾反应了一会儿才理解，也有些不自在。他也不打算跟她去坐地铁了，原地叫了辆网约车，但这里没法停车，约车地点在三百米外的一个站牌口。

他站在她旁边，看着蜷缩成虾米的女生，温柔地跟她说："来，我背你。"

吴漾说完，便半蹲下来在安然面前，反手拍了拍自己的腰，让安然上来。

趴在吴漾背上，肚子被挤压着，疼痛得到了一些缓解。他背着她走得很稳，安然侧着脸看道路旁的路灯，高高低低地晃动着，很清楚又好像氤氲成一团光。

这一刻她没有觉得开心，反而有点悲伤。

她想，如果要给她的暗恋画一个句点，那今晚真是再好不过的结局。

这种心情很奇怪，当你曾经用力单恋过一个人时，反而觉得悲剧结尾才是正常的，大概是怕美梦太真，醒来更加失落。

短短的三百米，安然却仿佛要睡着了。

吴漾到了站牌口依旧托着她的膝弯背着她，直到网约车来了，他才把人放下。

她靠在后排，他坐在副驾。关车门前，他回头："不舒服了告诉我。"

这条回校的路很长很长，长到安然做起了梦，一个挺久之前的她想要忘记的梦。

那是高三那年的运动会。难得还有高三学生可以参与的校园活动，而且开完运动会就是国庆放假，高三生简直像过年一样快乐。

安然被班长安排参加100米和800米的比赛，原本没有人对她有什么期待，班里也没人在意拿不拿名次，反正是重在参与，拿到名次也只是运动员本人会发个纪念品。

但是安然出人意料地拿了一个第二名和一个第三名，拿第一名的是学校的体育生。

那时候安然也不怎么会跑步技巧，凭着一腔热血跑完800米，往自己班队列走的时候就扶着路边的树吐了。

她吐完觉得头晕，嗓子也疼，于是没再坐在操场看比赛，自己默默地回教室休息。

还没走进教室，在走廊的时候就听到班里有说笑的声音，而那声音里还夹杂着"安然"等词语。

她在门外站住了，直觉告诉她，现在进教室会非常尴尬。

她听到自己熟悉的同桌曲多多的声音："她以为自己是《情书》的女主角呢，学人家藤井树在借书卡上留名字。"

安然心里一沉，是秘密被戳穿的恐慌。

"对呀，我今天被王老师叫去整理借阅室的书，看到借书卡的时候鸡皮疙瘩都起来了，她真的把吴漾借的每本书都借了，还有什么开普勒定律和星体运行的书，她看得懂吗？"

"她才不是要看书呢，人家是要'盖章'，把自己的名字贴在某人的后面。"

安然不知道她们为什么要这样说自己，而且越说越过分。

她忍不住了，走进教室。她没说话，只是安静地站在讲台上，就让教室里那几个说闲话的女生表情尴尬地闭了嘴。

大概是恼羞成怒，那个最先发现借书卡秘密的同学阴阳怪气地哼了一声："干吗？自己做了还怕别人说？"

曲多多拉了拉那人的袖子，让她别说了。

又有女生搭腔："就是，我们又没冤枉她。多多你不是还看见她写藏头诗给吴漾吗？花花心思倒是挺多。"

安然用谴责的目光看向自己的同桌，曲多多躲开了她的视线，没说话。

安然在班里一直是小透明一样的存在，今天她参加运动会拿了名次，本来很高兴的，她觉得她为班级争得了荣誉，但是这个班级的人似乎并不在意。

她破天荒地骂了人："你们是吊死鬼转世吗，舌头这么长。"

说完，她扭头走了，不再跟这些人对峙。

也是从那天开始，安然开始被有意地排挤和针对，她没有遭遇什么激烈的校园暴力，但在学校里待着的每一天都格外压抑。

没有女生和她一起吃饭、上厕所、做背诵练习。

她的试卷掉到地上，后面来发作业的女生看到了不会帮她捡起来而是一脚踩上去视而不见。

她们会成群结队地笑着聊天，却在她出现的时候都忽然安静下来不说话，哪怕她们说的事情跟她无关。

曲多多作为"背叛者"也不再和安然说话了，虽然曲多多对安然并没有什么意见，但是现在大家都不搭理安然，她如果和安然玩也会被孤立的。只是偶尔，曲多多觉得安然好像挺孤独的，而且安然也没再在那些花花绿绿的信纸上写诗，抑或是写了不再让她看到。

那次月考结束，安然原本平庸的成绩下降得有些厉害，班主任不知道从哪里听说了什么，晚自习的时候找安然谈话，提醒她要把心思放在学习上。

安然沉默着点头。

晚上教室里所有人都走了，她趴在课桌上写作业，今天爸妈有事去外地了，要晚上才回来，说好了来学校接她。

她的下巴垫在胳膊上，数着等高线条数，计算着极昼极夜的范围。

中性笔写下的数字忽然被水滴晕开，安然用手指抹掉那滴水，却又是一滴水落下来，把答案都涂花了。

安然这才发现那是她的眼泪，她都不知道自己哭了。

教室里只有她自己，她索性趴下去埋头放声哭了起来。她不知道自己做错了什么，她只是想要靠近一个优秀的人而被人知道了而已。

等她哭够了，抬起头来找纸巾擦眼泪的时候，才发现曲多多不知道什么时候去而复返，正站在过道里神色复杂地看着她。

"我历史卷子忘记带了。"曲多多解释了句，从自己桌洞里翻找出她要拿的卷子后就离开了。

还没走出教室，曲多多又回头，说不清是出于什么心理，她跟安然说："你想追赶吴漾的脚步那就去考同一个大学啊，照你现在的成绩，你根本考不上。"

直到曲多多走了，安然还在想着曲多多说的话。对，她要考吴漾的大学，考上了才能有更靠近吴漾的机会。

后来她玩命地学习，她无视那些女生对她的不友好，一门心思地要离吴漾更近一些，也要忘却这个学校带给她的不美好感受。

她喜欢学习，学习使她快乐。

她想靠近吴漾，虽然这种靠近好像带给了她麻烦，但也同样是这举动让她短暂得到了救赎。

"安然，安然醒醒，到学校了。"耳旁响起的声音把安然从梦里叫醒。

她醒的时候眼睛水润润的，吴漾只以为她疼得流眼泪。

她下车，离宿舍只有两分钟的路程。

吴漾不太放心地问她："能自己走吗？要不要我送你？"

安然摇摇头，她还没从梦里的情绪中抽离出来，当年她没有怪过吴漾，现在更怪不到他头上去。可是知道道理是一回事，在当事人面前委屈是另一回事。

她委屈了，想立刻逃离："不用了，女寝不让男生进，我自己能行。"

说完她连"再见"都没跟吴漾说，头也不回地快步走向宿舍楼。

安然这一晚睡得极不安稳，平时没有痛经的症状，这次却疼得直不起腰来。第二天的训练复盘完全是硬撑着去的，金教练感觉她状态不对，让她去医院看看，及早治疗以免耽误比赛。

安然从善如流，连训练包也没背，两手空空地走了。

还没走多远，就被迟允追上，手里还提着她的包。他刚才去垒球队找她，她的队友跟他说安然不舒服，他立马就跑过来了。

"你就站在这里不要动。"迟允把训练包放在她脚边，叮嘱她。

安然不自觉地接了那个梗："你去买两个橘子？"

她说完意识到不对劲。她这不是主动给自己找了个"爸爸"吗？不过这梗迟允没接住，那篇《背影》迟允也没背过，安然发现有时候没义化也挺好的。

她原地等他，很快看到他坐着校园巡逻车回来了。那是保安大叔巡视校园用的双座电动车，只能载一个乘客。迟允把安然扶上车，又把包放在她脚下，挥手示意保安大叔开车。

然后他跟着车一起跑。

电动车的速度虽然没有风驰电掣，但还是比自行车要快一些的，迟允这么跟车跑还挺费体力。

安然扶着巡逻车的边柱，向右转头看着穿黑色卫衣跑在自己身边的迟允。

他也看她，跑得轻松自如，还提醒她道："抓好扶手，别掉下来。"

安然觉得他好像一只忠诚勇敢的大狗狗，给她无法言说的安全感。

安然脖子用力往后扭，从车后看他怎么了。过了一会儿，他又重新加速追了过来，语气愤愤道："谁那么没素质，遛狗不捡屎。"

"噗——"安然想，他这还是只哈士奇。

第五章
不存在纯粹友情

：

他们去了离学校最近的综合医院看病。医院里座位稀缺，迟允厚脸皮地找了个大哥商量，不知道跟人家怎么说的，大哥把座位让给安然了。

安然就这么抱着她那个挺沉的训练包坐在座位上，等着迟允去挂号交钱。

等他都弄好了，回来等叫号时，她忍不住嘀咕了句："你干吗把这个拿过来？"

这个训练包太累赘了。

迟允举手表示是他的错，他只是看到了她的东西想着要拿给她："我以为你走得急忘带了。"

这是一种挺微妙的感觉，让安然觉得迟允护着她，替她标记所属物。

排队等待的过程无比漫长，安然看着迟允手上的那枚失而复得的戒指，有些好奇："这枚戒指上的单词是什么意思？"

"啧啧啧，你不是好学生吗，不认识？"迟允嘚瑟地看她，"'last'坚持，'forever'永远。要永远坚持下去，跟这个世界抗争的意思。"

她又问："是谁送你的？"

"朋友，好朋友。"

安然更好奇了："女生？"

她说完，迟允没回答，忽然弯腰俯身靠近她的脸，盯着她的眼睛，奇怪地问："嗯，女生。你不会是在吃醋吧？"

安然往后仰，头磕到椅背上，又条件反射地往前倾，差点碰上迟允。

她抬起一只手推迟允的胸口："你离我远点。"

他嫌站着听不清她说话，干脆蹲下，蹲在她手边，仰头跟她说话，这样声音清晰一些。

迟允跟她解释："是我从小一起长大的好朋友，只是前几年出国了。这是她出国前送我的。"

安然懂了："青梅竹马？"

"算是吧，她是我玩得最好的朋友。"

"看你对这枚戒指这么珍视，她对你来说应该很特别吧，说不定其实你是喜欢她但是自己不知道。"安然化身知心大姐姐替他分析情感。

迟允又奇怪地盯着她看，摇头："不是，就是好朋友。我重视这枚戒指是因为我觉得以后可能都见不到她了，这是她留给我的最后的礼物。有句古诗怎么说来着，'心里有座坟，埋着未亡人'，她就是未亡人。"

"未亡人是说寡妇的。"安然又一次被他的无知击败，"而且这是什么古诗？这是 QQ 空间语录吧！"

"哦，这样。"迟允挠头，"反正她就是我很好的朋友，没你说得那么复杂。"

"你觉得男女之间会有纯粹的友谊吗？"安然觉得这么问太抽象，又具体了一些，"你见过吗，纯粹的男女友情？"

"见过啊，我和我朋友啊。"

"……"

"好吧，我想想。哦，吴漾也有个发小，就是咱们学校播音系的一个姐姐，叫魏秋。他俩也是一起长大的，两家还经常结伴出去旅游，我高考的时候我妈还找魏秋帮我看能不能参加播音艺考呢。"他叽里呱啦一大段话，描绘出的画面无比具象。

安然忍不住问："那你怎么知道他们只是纯粹的友谊呢？"

"都二十几年了，要是有点什么早在一起了。"迟允压低了声音凑到安然耳边，"而且我跟你说个秘密，你不要跟别人讲。"

他神神秘秘的，安然也跟着紧张起来："你说。"

"我觉得他是外星人。"

"？"

"真的，他从小就喜欢看什么外太空纪录片，看些奇奇怪怪的公式代码，除了这些对什么都不感兴趣，连游戏也不打，活得特别无聊。我一直觉得他在寻找回母星的方法。"他说得特别认真，一点不像骗人的样子。

"……"安然觉得自己真是脑子有坑，才会听他鬼扯这么半天。

"你呢？"迟允忽然反问，"师姐你有没有喜欢的人？"

安然几乎是立刻就回答了："有。"

不只是喜欢过，而且还喜欢着。

医院里人来人往，环境嘈杂，不时还有躺在病床上被推着往不知道哪里跑的病号。在这样的背景板下，他们诉说着一些少年心事，仿佛抽离现实世界。

迟允语气酸溜溜的："那这个人可真好命！"

安然觉得他的形容词总是与众不同，她几乎要脱口而出那个人的名字了，喇叭里忽然喊了她的号，连喊了三遍，催着她赶紧去诊室看病。

其实等在医院走廊的时候，闻着医院里的消毒水味道，安然就已经觉得缓解了很多。

医生给她开了调理的药和暖宫贴，在她的要求下又开了一盒止痛药。医生让她好好休养，她却打算把比赛打完，不想缺席最后的赛事。

她说过，垒球带给了她很多，她不想以遗憾收尾。

迟允在体育馆看到训练的安然时非常恼火，他以为是金教练强迫安然打比赛，跑去跟金教练理论，说要打市长热线投诉，还要找妇联维权，揭发金教练虐待。

这么一通风马牛不相及的指责说完，金教练送给他一脚，把人踹走了。

安然被他在窗外挤眉弄眼的耍宝样子逗乐了，拍了一张挺模糊的窗外他的大脸，发了条朋友圈：【没心没肺，快乐加倍。】

这条状态点赞的挺多，还有人问帅哥的联系方式。

迟允也评论了：【干吗发我丑照！我不要面子的吗？】

安然回复他：【不丑，还有人花钱买你电话号码呢。】

迟允：【价格定高点，别贱卖。】

他俩的共同好友不是特别多，但有一个人目睹了他们的全程互动。

吴漾也不知道自己什么毛病，好像在知道 Aran 那个号是安然以后，就经常会看看她的朋友圈。

她是个把朋友圈当日记本用的人，多的时候一天发三四条，然后在第二天全都删除，也可能是隐藏仅自己可见了。

总之，如果当天没看到的话，第二天就看不到了。

所以他偶尔拿手机回完消息没什么事的时候，会点进朋友圈看她在干吗。

昨天她发了一堆药的照片说要"尽快拉满血条"，今天她就定位在体育馆发迟允的照片了。那条状态下面最后一条是迟允跟她说：【训练完跟我说，去格子铺看看啊。】

安然没有再回复，可能去训练了。

吴漾放下手机，打开文档写论文，可心里又有些不踏实。

说来奇怪，他那次在操场上被安然打到脑袋就觉得她看起来有种熟悉的感觉。一开始他记起她是那晚大屏幕上唱歌的人，可是随着额头上的包越来越小，大脑好像也在自动修正一些记忆。

他或许在更早之前就见过她。

就好像那种你做过一个梦，某天某时某地你经历了梦里的场景，你想着：我见过这个人，我在梦里也说过这句话。

他猜测或许是在学校见过她，也许在某个大型校园活动的现场，也许在图书馆某个书架前错身而过，抑或听过同一节公选课，待过同一个教室。

迟允说她叫安然。

安然，吴漾。

吴漾不是个迷信的人，却也在知道她名字的时候恍惚了一下，猜测他对她的熟悉感会不会是因为名字带来的羁绊。

他甚至研究了一下平行宇宙的理论。

晚上，他睡前保存好参考资料，顺手点进了安然的朋友圈，她只发了一条两个字的状态：【服了。】

服了什么呢？

吴漾退出她的主页，刚巧顶部刷新出来迟允的状态：【一些碎片。】

那条状态下是九张近期照片，有他比赛成绩，有他抱着个高达比画大拇指，还有一张是他举着个烟花棒笑得露出一口白牙，而他身后的安然正懵懂地笑着看向他。

看起来很是般配。

安然那天训练完其实挺累的，可是看到迟允的留言还是忍不住跟他一起去格子铺看手串生意怎么样了。他们的格子还有三天就要到期了，过两天安然还要去外省比赛，得提前跟老板做好交接，说一下到期后让老板帮忙把剩下的手串收着，等她回来再来拿。

急急忙忙催她一训练完就找自己的是迟允，可是见了面磨磨叽叽没有直奔格子铺的也是迟允。

他开着手机导航到处找饭店，说要带她去喝参鸡汤："女孩子生理期一定要照顾好自己，要滋养的。"

安然笑他："你还真是妇女之友。"

他掐着兰花指搞怪："是好姐妹啦。"

安然认真地看过他的五官后，跟他说："我觉得你如果化女妆肯定很漂亮。"

"那咱俩就更配了。"他说着，撸了一把她的短发，被她一巴掌拍开。

"你不要总是动手动脚。"安然警告他。

"我没动手也没动脚啊。"迟允好像对她的短发非常喜欢，又撸了一把，

"我动的是脑袋。"

他们就这么打打闹闹地进了东北菜馆,这家店的菜量给得实在,那一份参鸡汤愣是搞出铁锅炖的气势来。

安然一个人吃不完,把肉都挑着扔给迟允,自己闷头喝汤。

迟允感慨:"我们还真是鲜明的老板和员工关系呢,我吃肉你喝汤。"

安然骂了他一句,又挺正经地说:"如果我毕业找不到工作,还请迟老板多多关照。"

迟允擦擦嘴,抱着手臂看她:"当迟老板的老婆比当迟老板的员工赚得多——多多了。"

他说到最后还有点嘴瓢,结巴了一样。

说不清是玩笑还是真心话,又或者是包装成玩笑的真心话。

安然这次没接话茬,其实这段日子以来虽然他俩经常一起玩,但是迟允很少会说一些让她尴尬的话,就是当玩伴那样自然相处,不然安然也不会这么心安理得地跟他在一起。

但是他偶尔的直球表白还是让安然招架不住。

她决定了,等比赛结束,拿到奖金,她就买下那个高达作为分别礼物送给迟允,告诉他自己不会跟他在一起的,如果他是做恋爱打算的话以后还是别来找她了。

这么想的时候,她还有点不舍,毕竟谁不愿意有一个有趣的朋友呢,尤其是这个朋友还挺帅的……

吃完那锅参鸡汤,迟允和安然已经撑得不想走路了。

安然:"要不改天再……"

"不行,今天就去!"迟允很坚持,"要不然你在这里等着,我开车来接你。"

小街道路狭窄,基本不过车,他那辆豪车太过招摇了。

安然拍拍小肚子,站起来:"行吧,黑心老板,走吧。"

迟允这一路走得特别开心,好像真的要去验收什么大项目似的。安然迷惑不解，直到他们来到格子铺，迟允兴高采烈地喊老板娘，老板娘笑意盈盈地拿着账本来跟安然对账，她才恍然大悟。

"总共是三千九百八，怎么样，今天就把那个手办拿走吗？"老板娘看看安然又看看迟允。

"包起来！包起来！"迟允自己伸手把高达拿下来，给老板娘。

安然走到格子前，看到她的那些手串少了一部分，但远没达到卖几千块钱的地步，事实上，她总共也就铺了两千块的货。

这是怎么回事？

老板娘去拿盒子装手办了，她只能问迟允："难道是有人被我高超的编绳技艺打动，花一百倍的价格买走了一串手链？"

"嗨，做什么美梦呢。"迟允倒也没打算瞒她，"我把我一块不是很喜欢的手表放在这里卖，然后卖了三千二。"

原来是这样。

安然挺高兴："那挺好呀，这还可以当二手市场了。你的表是多少钱买的啊？"

"一万八。"

"……"

"看，这个好酷啊，谢谢你送我的礼物！"迟允模仿那个手办的姿势攻击安然的肩膀。

安然被他打得晃了一下，想说什么又觉得很无力。本来他可以直接花钱买下来的，但愣是用这个格子"赚"的钱作为礼物买下来。

"老板，还剩八十块是不是？"迟允已经做主把那些手串都装进书包，不继续卖了。

老板娘从抽屉里拿了张红色票票给迟允："给，算你们一百块。"

迟允没要，指着另一个格子里的粉色大号电暖宝跟老板说："我买这个。"

老板娘摇头："那个要一百二。"

迟允发射微笑攻击，连着包装盒拿起那个电暖宝就往怀里抱："谢谢老板啦！"

　　"行吧，那是店里自营的，便宜点给你了，以后有什么表啊包啊要转卖的还可以找我。"老板娘一直把人送出门口，对着迟允离开的背影喊。

　　等走远了，安然回头看，看不到老板娘了，才跟迟允说："你被坑啦，这个在淘宝也就五十。"

　　"是吗？我觉得还挺便宜的啊。"迟允把包装盒拆了，拿出里面的星之卡比图案的电暖宝，里面除了发热主机就是两个毛茸茸的机套。他拿了粉色机套的装好主机，电暖宝本身还有点电，打开开关没一会儿就热了。

　　迟允把电暖宝给安然，还教她怎么用："你两只手插在这里，然后这么焐在肚子上，没事就焐着。"

　　安然被这么硬塞了个电暖宝，两只手很快就感觉暖和了，不过隔着大外套，肚子上没什么感觉。

　　"暖和吗？我看我们班女生有这个玩意儿，好像挺好用的。"迟允解释自己怎么会知道这个，"你打比赛带着啊，万一酒店条件不好，别冻着。"

　　"谢谢。"安然觉得指尖有些烫，他的笑比电暖宝还灼人。

　　"不客气，交换礼物嘛。"迟允示意了一下自己怀里的高达手办，看起来是真的很喜欢。

　　回到宿舍，安然把电暖宝插上插头充电，心里想着之前要跟迟允"一刀两断"的事情，觉得实在讽刺。

　　她忍不住拉着小西去走廊谈心。

　　小西听她说完，总结道："我觉得你可以跟迟允恋爱试试。"

　　"不可能！"安然否认，"我对他也没到喜欢的程度，怎么就进展到恋爱了。"

　　"谈恋爱，就是要谈起来才有爱啊，你以为大家谈恋爱都要先喜欢上几年吗？"小西觉得安然简直是老古董，"你看看开学这两个月，多的是闪恋又闪分的情侣。"

　　安然感觉自己在鸡同鸭讲，不跟小西说了。

她俩回房间，室友出门了屋里没人，小西往里走着走着闻到了什么烧焦的味道，就问安然。安然正走神呢，坐在书桌前才发现桌子上正充电的电暖宝冒烟了。

她吓一跳，飞快地抽了条干毛巾裹着手把电源线拔了，又用那个毛巾捂着冒烟的电暖宝把不知道存不存在的火星闷灭。

小西开窗通风，冷风飕飕地刮进来，她气愤地跟安然说："这是什么黑心作坊的产品啊，你在哪儿买的，找老板索赔去！"

安然在处理烧坏的电暖宝，用冷水浇了一遍主机，确认不会有火灾隐患后，把烧破个洞的机套拆下来留作纪念，只把那个主机扔到外面的垃圾桶里。

她很想拍个照给迟允，又看到他正美滋滋地在朋友圈晒他的高达，想着还是别破坏他的好心情了。

于是她郁闷地在朋友圈发了条：【服了。】

赛程安排里，安然一行人是一路向南，这一站是在江市，队里贴心地多安排了一天自由活动的时间给队员们休息，安然刚好可以回一趟家。

因为是坐学校的大巴车出行，早上六点就出发。安然和队友们都是一上车就打算找个位置迷糊着补觉，她上车以后懒得往后走，直接坐在第一排靠窗的位置，把帽衫上的大帽子兜头一戴，系绳收紧盖住了眼睛，呼呼大睡。

直到车子在服务区停下，司机用话筒喊大家下车上厕所。

安然把帽子往上推了推，窗外天已经亮了，她跟不知道哪个队友昏睡得肩并肩靠在一起。

帽檐再拉开一些，她打了个哈欠想叫旁边的同学让让，她要下车上厕所，才说了个"让一"，第二个"让"字还没说出来就卡壳了。

咦？吴漾？

第六章
旧地重游识故人

:
:

吴漾睡得不沉，刚才司机喊话的时候他就醒了，只是懒得睁眼。此刻安然只说了一句话，他便抬眼看她。

他坐在靠过道的一侧，右肘撑着座椅扶手，右手托着腮，而安然刚才整个脸倚在他的左胳膊上，脑袋倒是想靠他肩膀但是不够高。

吴漾看到安然吃惊得变成金鱼嘴，有些好笑。

他解释："志愿服务学分还不够，来蹭个学时，我是江市的。"

安然木木地点头，拍拍吴漾的膝盖让他让让，跑下车去上厕所了。

等她上完厕所站在洗手池前被凉水激醒，看着镜子里自己眼角的眼屎和脸颊上压出来的粉色印子，还有嘴角若隐若现的口水痕迹时，撞墙的心都有了。

学校的实践学分有志愿服务活动，尤其是异地活动优先考虑当地生源方便行动，但是安然从来没想过吴漾也会参与，她总觉得他应该是每天泡在图书馆和实验室的大学霸，靠项目和比赛就把实践分拉满了，怎么还有这种闲工夫跟她们出去打比赛？

安然在厕所里迅速地洗了个脸又漱了口，用手蘸水把头顶那几根支棱着的碎头发压下去——虽然她一直戴着帽子，但是她的头发依旧很不服气的样子。

再回到车上没一会儿，司机就发动车子继续行驶了。

她没了困意，拿着手机翻看各个软件，也没什么目的，纯粹打发时间。

吴漾好像很困，车开了没一会儿就又睡着了，依旧是右肘撑着扶手右手托腮。

安然悄悄地用余光打量他。不管之前想过什么，现在和他并肩坐在一起，她只觉得控制不住地想笑，笑什么她自己都不知道。

车子驶过大转盘，司机向左连续转弯，车里的人都跟着一起向左倾倒。吴漾也不例外，他歪歪扭扭地撞到安然肩上，居然没有醒。

安然屏住呼吸，右半边身子僵住。

吴漾像是通宵没睡似的，这会儿睡得特别熟，呼吸沉重，眼皮动都不动。

安然像一条蚯蚓，屁股往外挪，肩膀往下缩，拱呀拱的，终于把肩膀降到一个合适的位置，一个合适让他靠着睡的位置。

司机师傅开车实在太稳了，后来安然也忍不住睡着了，睡熟以后她的脸歪靠着他的头顶，两人看起来就像是一对亲密无间的情人。

中午在服务区停靠吃饭，不知道什么时候清醒又什么时候已经各自坐得板板正正的两人，一前一后地下车找吃的。

服务区有家面店，安然看见招牌就觉得肚子饿了，又看见吴漾自己一个人站在过道里看手机，想着他在这个队伍里估计也只认识她，于是招手喊他一起吃面。

等他们一人一碗汤面上桌了，安然才意识到不该来吃面的。因为吃面实在是太不优雅了，吸溜吸溜的，面条容易蹭脸上不说，汤水也会乱甩。

吴漾吃得并不快，但他吃完了看她还剩大半碗没吃，便问她："不好吃吗？"

说实话她没尝出什么味来，心里乱七八糟想事情呢。

吴漾又说道："晚上到江市了我带你们去尝尝一家老字号的面馆，很不错。"

他说的是"你们"不是"你"，也对，他是来给大家当领队的，不可能只和她单独行动。尽管这样，安然还是对这次江市的比赛充满了不可言说的快乐之情。

傍晚才到达酒店，在车上睡了一天，大家的精力都挺充沛，考虑到第二天下午就要打比赛，金教练沉着脸叮嘱大家晚上不要玩太晚回来，好好休整，明早起来操练。

吴漾主动充当导游，说了几家附近还不错的饭馆，一行人干脆组团一起去吃。

除了安然。

她到酒店房间以后才发现自己刚停了一天的例假又来了，现在肚子不太舒服，思来想去还是放弃了跟吴漾一起吃饭的机会，在房间躺着了。

她从外卖软件上买了止痛药、姜茶还有暖宝宝，买好以后就抱着枕头，塞好被角，弓着腰继续睡觉补充体力。

睡了好久好久，听到敲门声，应该是外卖员送药来了。

她高喊了一声："放门口吧！"

但是敲门声仍在继续，安然不耐地跳下床，走到房门边，没开门，又说了一次："放门口就行。"

隔着门，外面的声音清晰地传来："是我，我给你带了点饭。"

安然趴在猫眼上往外看，是吴漾。

她连忙开门，吴漾一手拎着黄色的外卖药袋，一手提着饭店的手提袋，看向她，只一眼，又礼貌地偏过头去看走廊，问："你要不要披件衣服？"

安然低头，发现自己只穿着粉色的秋衣秋裤，连内衣都没穿。

她的脸红得都要发紫了，快速跑回屋去，找了件黑色棒球服套在身上，扣子一粒粒扣上，然后才喊吴漾进屋。

屋里的空调开了几个小时已经很暖和了，吴漾把东西放在茶几上，把身上的夹克衫脱了放在椅背上。他把那袋药给安然："外卖送到大堂前台了，我给你带了上来，你看要吃什么药先吃。"

安然打开纸袋子，吃了一片止痛药，又撕开一片暖宝宝，背过身去贴在秋衣上，这才坐到茶几旁。

吴漾已经帮她把佐料都加进白粥里了："面拿回来会坨，等你身体好一点再去店里吃吧。"

是一碗五花八门的状元粥，保温袋质量挺好，安然喝的时候还烫嘴。她小口小口地喝，偶尔抬头看他一眼，看到他就坐在那里看自己喝。

安然有点不知所措，他是要看着自己喝完吗？

吴漾好像能看懂她的心思，说了句："我等你吃完，帮你把垃圾带走。"

这个领队也太贴心了吧？安然加快了喝粥的速度。

"不着急，慢慢喝，我没什么事要做。"他又叮嘱她。

安然刚才那几口挺烫的，她怀疑自己现在嘴巴可能有点肿，嘟嘟成香肠了，于是头又埋得更低了些。

她低头喝粥，旁边的小菜几乎没动。

吴漾拆了双新的一次性筷子，夹了点小菜放在她的粥里："会不会太淡了？"

"还好。"她咬筷子，对他添进碗里的东西却之不恭，全都吃了。

快要吃完整碗粥的时候，吴漾问了她一个问题："既然身体不舒服，为什么还要打比赛？"

安然回答得理所当然："因为比赛日没挑到我舒服的时候啊。"

"我是说，这个比赛对你很重要吗？"

"算是吧，打完这个比赛我就退队了。"安然解释，"垒球队带给我的很多，很多很多，自信、快乐、身材、朋友，我想要不留遗憾地结束在垒球队的日子。"

"如果身体受到什么损害，这不是遗憾吗？"

"也没那么严重吧，就是痛经……而已。"安然说到最后不是很好意思，但她很确定地反问吴漾，"如果是你，为了自己热爱的事情也可以克服一些困难去坚持对吧？"

她一直把他说的那句"无限热爱，好运常在"当作座右铭的。

吴漾没有慷慨陈词，他只说了句："或许吧。"

他把桌子上的垃圾规整好装进袋子里拿走，走之前和安然道了"晚安"：

"好好休息，不舒服的话打前台电话。"

安然点头，等他离开了，她回到床上开着小夜灯傻笑，在朋友圈记录下自己的心情：【今天应该去买彩票的！】

可能是白天睡太多，晚上又有点失眠了，好在她的肚子没有继续疼，在暖宝宝的加持下，第二天的比赛还算顺利地拿下了。

队员们兴冲冲地相约着第二天的休息日要去哪里玩，问到安然的时候她全都推拒了，她打算回个家吃个饭。

队友们知道她是江市的，也不再约她。

可是吴漾好像不知道她是江市的。

不仅不知道，第二天在走廊看到她自己一个人孤独地背着书包出门的时候，还很和善地邀请她一起出去玩："我带你逛逛江市吧？"

安然只好昧着良心假装自己没来过江市了。

她怕路上走散，终于有了光明正大的理由问他要联络方式："加一下好友吧。"

没想到吴漾说："我有。"

安然没懂，他有什么？

她正纳闷着，手机里弹出一条消息，是一个微笑的表情包。

安然有种被雷劈了焦化在原地的感觉。

怎么回事？他为什么有她的微信？

他的头像是个纯黑色背景的方块上面写着白色的手写单词"Pluto"，安然知道那是冥王星的意思，她当年为了理解他都在想什么也是研究过一阵子银河系的。

安然想想自己每天发癫一样，吃个糖葫芦都要发朋友圈吐槽山楂太酸、糯米太少这种无聊琐事，不知道吴漾看没看到过，会不会觉得她很能絮叨。

吴漾说要带她逛逛江市，最后却把地点定在了天文馆。他们坐地铁去要蛮久的时间，地铁上人多，也不是什么适合说话的场景，两人就靠门边站着，都挺安静。

在这安静之中，安然刷着手机实在忍不住问他："师哥平时刷朋友圈吗？我看你都没发过，哈哈哈，还是说把我屏蔽了。"

"没屏蔽，不怎么看。"吴漾回答。

安然松了一口气，那就好。

"不过会看到你发的。"他大喘气地补了一句，"挺有意思的。"

安然一口气又顶上胸口，他是不是在耍她！

江市的天文馆安然已经来过很多次了，小时候是爸妈带她来玩，高中的时候她自己来过许多次。但她还是很认真地听吴漾给她讲解一些天文小知识，比如他说起冥王星，告诉她那是一颗被称为"死亡之星"的矮行星，甚至有专家认为它是外星人用来监测银河系的星球，而且一度在冥王星上发现有生命可能存在的迹象。

安然觉得好笑："你相信有外星人吗？"

"当然。"吴漾很肯定地答，"宇宙太大了，而地球太渺小了，我们不会是这个星系的唯一生物，只是距离千万光年以外的信号，我们未必接收到。"

安然想起来迟允对她说过的话，他觉得吴漾是外星人。

是不是吴漾从前就这么认真地跟他讲解那些星系的知识，搞得迟允对吴漾的判断如此不合常理却又听起来在情理之中呢。

她笑了，吴漾不知道她在笑什么，停下了讲解。

安然敛起笑意，很正经地跟他说："你继续，冥王星上可能有外星人，所以你的微信名字是你觉得你从冥王星来吗？"

吴漾摇头："是因为'冥王'是地狱之神，听起来很酷。"

安然没想到吴漾也有这样的时候，果然男人至死是少年吗？她又想笑了："那你干吗不干脆起名叫'阎罗'？"

吴漾跟她一起笑："我觉得冥王星神秘又孤独，是吸引我去探索的电码。"

如果是别人这么说，安然可能会觉得这人好装，可话从吴漾嘴里说出来，她就觉得真诚又浪漫。

没办法，她的少女心滤镜厚得没边。

天文馆的尽头是一个放映厅，按场次进入以后仰躺在躺椅上，看头顶的穹幕影像。

他俩躺在相邻的位置一起仰望星空，安然想，这算不算是他们第一次看电影呢？形式很好，但那段纪录片的解说有些催眠，安然怀揣着兴奋的心情瞪着大眼跟着解说词探索宇宙，尽管她已经在这里探索过好多次了。

等到影片放映结束，厅里的射灯亮起，安然才惊讶地发现，吴漾居然睡着了。

明明影片前半段的时候，他还小声地跟她讨论过几句，怎么会睡着呢？

吴漾按压一下太阳穴，似乎有些抱歉地跟她说："这两天熬夜改论文了。"

她以为是毕业论文，不知道那是他想申读研究院的敲门砖。不过不管是什么，她都觉得今天的行程该结束了。

安然赶他回酒店补觉："我自己逛就可以啦，丢不了的。"

吴漾没有接话，却轻轻按了一下她刚才扬起来的手腕。

"你手指怎么回事？"

"什么？"安然看被他碰的那只手，才发现食指关节的地方不知道什么时候刮破了一块皮，还流血了，"可能刚才摸黑找座位的时候碰到哪里了吧。"

旁边就有纪念品超市，吴漾让安然等一下，他去帮她买个创可贴。

安然想说不用麻烦了，她觉得他要是走得慢一些说不定这伤口就自己愈合了。但吴漾已经转身去超市了，没一会儿，他不仅带回来盒创可贴，还多拿了一根星球棒棒糖。

吴漾先帮她把食指贴上创可贴，看她拿着棒棒糖不吃，问了句："你们小女孩应该喜欢这种东西吧？"

一句"小女孩"，说得安然用手按着脸都按不下去她弯起的嘴角。

最后安然还是让吴漾回去休息了，她趁机跑回家去给爸妈个惊喜。

正是午饭时间，又是周末，以安然对爸妈的了解，他们肯定在家一起琢磨着烹饪美食呢。果然，等她到家门口的时候就闻到了香香的煎牛排味道。

她把书包里背着的买给爸妈的那盒点心拿出来，输入密码，满心欢喜地要吓他们一跳。

嗯？密码错误？

她以为自己按错了，又输了一遍，还是错误。

安然后退一步，看门牌号，没错啊，是她家。她第三次输入自己的生日，依旧错误，门锁发出了警报声。

安然尴尬地站在那里，警报声引来了屋里的人，爸爸在门内说着"谁啊"开了门，一开门看到是安然，诧异地对着屋里喊："老婆！你看谁来了！"

安然笑嘻嘻地跑进家门，和客厅里走过来的妈妈抱个满怀，委屈地问："妈，家里密码怎么改了？"

安妈妈笑得有些不自然："哦，改成0709了。"

"那是什么？"安然看着她妈带点羞涩的笑意，倒吸一口冷气，"不会是你怀二胎的日子吧？"

安妈妈一巴掌拍在她背上："胡说八道。是我和你爸的结婚纪念日。"

安爸爸应声："好不容易把你养到上大学了，我和你妈过过二人世界不行吗？你怎么回来了？这么早就放寒假吗？"

"行。"安然跑回玄关换鞋，也是离远了才发现家里气氛不同，餐桌上摆了一瓶粉色的玫瑰，安妈妈穿了件长袖旗袍。

她是不是打扰他们约会了？

想到这里，她有点失落，不过也就一点点，爸妈感情好她当然要替他们高兴："不是放假，我来打比赛，明天就走了，去夏城。"

安爸爸给她多煎了一块牛排，又做了道她爱吃的菠萝咕噜肉，安妈妈就一直给她夹菜，念叨着她怎么又瘦了，头发还剪得这么短，跟只猴儿似的。

她来者不拒全都吃光，吃完抚抚肚子说要睡个午觉。

她的房间还是她走时的样子，被子没有潮湿的味道，她想妈妈应该经常拿出去晾晒。躺在床上没一会儿，安妈妈敲门进来了。

她换了套家常的衣服，坐在床边，摸摸安然的小脸："你打个比赛怎么这样了？"

安然笑嘻嘻地往里面滚了一圈，空出来地方，拍了拍床让妈妈一起睡。

母女两人躺在一块儿，安然想起妈妈那件因为换下去显得更刻意的旗袍，羡慕地跟安妈妈说："你跟爸爸感情真好啊。"

"少来夫妻老来伴嘛，你不在家，也就剩我们俩相伴了。"安妈妈不好意思一直说自己和爸爸的事，转移话题关心女儿，"你也大二了，有没有交男朋友？"

听到这个，安然坐直了身子，犹豫了一下，还是问妈妈："妈，有个男生在追我，但是我不知道要不要答应。"

"哦？你喜欢他吗？"

安然想想迟允的脸："不讨厌。"但是又想到上午刚刚分别的吴漾的脸，"也没有喜欢吧。"

她不好意思跟她妈讲自己喜欢别的男生，一个没有喜欢她的男生。

安妈妈思考了一会儿，跟她说："如果不是喜欢的人，可以不答应的。人不一定非要谈恋爱，遇不到合适的，那就自己一个人快快乐乐也很好啊，而且你不是一个人，你还有爸妈呢，爸妈都很爱你。"

安然听妈妈说到最后有点想哭，她撒娇地把头埋进妈妈怀里："那我还是单着吧。"

而在千里之外的北城，被念叨的迟允打了个重重的喷嚏。

他这两天训练完没有跟安然一起吃夜宵，今天突然想吃打边炉没人一起觉得无聊，于是给吴漾打电话。

吴漾正在睡觉，接起他电话听他说完就拒绝了。迟允还想磨一磨他，话没说几句，吴漾就想赶紧挂电话："我回家了，江市。"

"欸？"迟允没想到他去了江市，"我也要回家！我有档期！"

吴漾打了个哈欠："随你。"

去夏城是夜班飞机，在外面玩了一天的队员们傍晚时分集结在酒店，一起坐车去机场。

吴漾只陪他们江市的赛程结束，下一站有其他志愿者服务。他跟着大巴车送她们去机场，下了车帮她们搬运行李。

安然身为队长也在负责点名登记，车里的人都进航站楼了，只剩安然落在最后。

她有些不舍地跟吴漾道别。

吴漾对她笑："还没带你吃成那家蟹黄面呢，等下次有机会欢迎你再来江市。"

被本地人欢迎的本地人尴尬地微笑，说："谢谢师哥。"

"去吧。"吴漾跟她挥手。

安然快步去追大部队，中间有几次想回头看看他走了没，都忍住了。

候机的时候，安然收到迟允的信息。他们现在已经熟络了很多，但是迟允依旧保持线上联系的频次，不知道是不是有意为之，如果没事他不会给她发消息，更多的是在训练的间隙直接找她玩。

安然还想过，如果她退队以后不去练习了，他是不是也就不会再找自己了呢？

她下午还和妈妈讨论不要轻易跟自己不确定心意的男生交往，晚上这个男生就发信息跟她说：【师姐！我来找你玩呀！】

安然不知道他是睡迷糊还是喝醉酒了，他要来哪儿找她玩？

她回他：【我后面四天都在夏城。】

夏城是今年秋季赛的主办城市，半决赛和决赛都在夏城进行。

迟允问了一串叹号。

然后他透着屏幕都能蔓延出来的遗憾：【我记错时间了，我买了明早回江市的机票，还想着能找你呢。】

安然祝他回家愉快，承诺回学校请他吃麻辣烫。

知道安然的目的地是夏城的时候，迟允有一瞬间想改订机票，他掐着指头算能空出三天时间休息，去看师姐打比赛不是很香嘛！

可是他不敢，因为今天他买完机票就嘚嘚瑟瑟地跟家里说了，估计他奶奶已经把接下来三天的席面都准备好了，如果他敢说他不回了，他爸爸会揍他的。

孝顺孙子迟允买的最早的航班，落地以后打着呵欠在停车库见到了被派来接他的吴漾。

吴漾昨晚回家了，今天开着家里的车来接机，跟迟允一起去郊区别墅看迟奶奶。

从机场到别墅的车程有些长，越开绿化越多风景越好，迟允看着蓝天白云还有没冻秃了的绿树感觉心情大好，打着呼噜就睡着了。

车子到地方了，迟允还在睡。吴漾看他睡得那么熟也没叫他，自己靠着座椅等待，然后不知不觉也睡着了。

最后还是出来倒垃圾的迟家大伯发现了这两个睡得昏天黑地的家伙，嘭嘭嘭敲车窗，把两人给叫醒的。

迟家大伯当笑话似的把这事在家里说了，迟奶奶搂着大孙子心疼他赶路辛苦，要用大餐犒劳他。

今天迟家的人都被迟奶奶喊回来了，他们家定期家族聚餐，二十多口人在别墅里各显神通，一人一个菜，蒸的煮的炸的烤的，别墅里各种灶具齐全，想吃什么都能做出来。

三叔二姑都不空手来，帝王蟹、鹅肝、松露、澳龙、海胆、羊排、和牛、石斑鱼应有尽有，吴漾从小就常来迟家做客，对这大场面见怪不怪，跟迟允一起边聊边吃。

迟允嗦着雪蟹腿，想起在夏城打比赛的安然来："今天好多菜是安然喜欢吃的，下次带她来奶奶这里吃过瘾。"

他倒是从来没在吴漾面前掩饰过自己对安然的喜欢。

吴漾有些意外："已经打算带她见家长了吗？"

这话说得迟允居然愣了一下，然后害羞地说："那倒也没这么快，就是邀请同学来家里吃个饭啊，不是很正常？"

"邀请同学跋山涉水来家里吃饭，哪里正常。"吴漾自己都没察觉他说话有点冲。

迟允不服气地说："就是打个车的事。哦，我也可以去她家接她啊。"

吴漾从这话里听出来些蹊跷，他反应了一下："她也是江市的吗？"

"对啊，我没跟你说过吗？"迟允说完，被大姑喊去吃烤羊排，一溜烟儿跑了，留吴漾待在原地。

吴漾回想了一下他带她去逛天文馆，还邀请她来江市做客的场景，她怎么也不解释拒绝一下呢？

真是个面薄的小女孩。

把迟允接回来再拜访完迟奶奶，吴漾的任务就算完成了，他吃完午饭没在迟家多待，开车回了自己家，继续赶论文。

这次回江市，也是要跟父母聊一聊申研的事。他做事向来稳重，对导师的直接拒绝其实做得欠考虑了，尤其是导师在行业内是大牛，对他申请其他研究院的名额也有一定的掌控权。

吴漾的妈妈在迟家的集团体系下经商，常年在外奔波，对吴漾更多的是经济支持。而他爸爸是个画家，有一半的时间会在家创作，天天照顾吴漾，但有时候外出采风也是十天半个月见不到人。

吴漾说不清自己是不是被迫学"乖"，他好像从小就很省心，不会让爸妈焦躁，甚至不怎么给带他的小阿姨添麻烦。

一家三口难得坐在一起喝下午茶，吴妈妈问了问迟允奶奶身体怎么样，又说起迟允考上大学得到奖励的那辆跑车不到三月就出事故了，真是不靠谱。

聊了一会儿家常，吴漾才把自己的情况跟爸妈说了。

吴妈妈没什么意见，她甚至建议吴漾改读工商管理专业，毕业以后就可以和她一起管理公司。

吴爸爸也不觉得吴漾有什么好纠结的，如果国内的学术氛围太过压抑，就送他出国留学好了，想申请哪个学校也不过是学费多少的问题，都能实现。

父母的态度不能算支持他，给他依靠让他无后顾之忧。但他总觉得心里还是有些空落落的，他不需要父母懂他在学些什么，但是他希望他们知道他真的想要什么，而不是这样轻飘飘地说一句"你想干吗就干吗"，看似深明大义，实际上是对他的"热爱"不屑一顾。

吴漾不知道是不是自己太矫情了，但这种感觉随着年龄的增长越来越强烈，他的父母太尊重他个人成长空间了，以至于不知道他真的想要什么。

他有时候也挺羡慕迟允的，肆意妄为、调皮捣蛋、经常挨揍。

他乖乖的，父母就觉得他省心；他偶尔叛逆，父母也只是大度地原谅他。他就像天上的星星，父母称赞他发出的光亮，却不知道那样的光是亿万年前开始传递过来的，他愿意相信父母也是爱他的，尽管爱有时差，尽管他们可能更爱他们自己。

吴漾烦恼了几个月的事情在父母这里不值一提，事情好像很轻易地解决掉了，但是他的心情并没有变好。

恰巧有高中同学知道他回江市了，约他吃晚饭。

他的高中同学大多留在江市读大学，听说晚上组局，乌泱泱来了一群人，凑了个包厢。

临近毕业，大家饭桌上聊的话题也聚焦在考研考公和工作上，吴漾话不多，基本都是听他们说，只在他们问的时候答几句。

有个女生打算大学毕业就领证，对象是她的高中同学。

大家祝福她的同时，也纷纷感慨校园爱情的纯真美好。

酒过三巡，有人向吴漾问起魏秋的近况。吴漾觉得应该不算什么不能说的隐私："签了北城的电视台，现在已经在做实习主播了。"

"真不错。"同学们纷纷夸魏秋有出息，又八卦起来他俩的感情，"你们俩还没在一起吗？上学那会儿就觉得你俩郎才女貌的，还一起考同一所大学，怎么都这么久了还磨叽呢？"

这个问题吴漾被问过挺多次了，甚至有次和魏秋家一起吃饭，他妈妈还问过魏秋要不要给她当儿媳妇。

但他和魏秋都很清楚，两人不合适，没感觉，还是当朋友来得舒服自在。

他们太熟了，熟得像亲兄妹，吵架斗嘴或是安慰鼓励都不掺杂别的感情，比他爸妈都像亲人，实在难以燃起什么火花。

所以又被问起来这个问题的时候，吴漾笑笑没说话，解释的次数多了还要听别人的劝，那些劝说挺没道理的，跟谁在一起这种事还需要别人给建议吗？

他只是没遇到喜欢的人，又不是不知道什么是喜欢。

"说起来，吴漾上高中那会儿还真是受学妹们喜欢啊，光我看到的，小女孩跑来教室后门送信就有好多次。"吴漾的同桌满是羡慕地说起旧时事。

另一个男生接话："不只是送信，还有更夸张的呢，我听我妹说，她们班有个女生喜欢吴漾，就学电影里那样，把吴漾在学校借阅室里借过的所有书都借了一遍，然后在借阅卡上把自己名字写上，这样他俩名字就在一起了。"

"嘶——"大家倒吸一口冷气。

不过毕竟是更成熟一些的大人了，没有像少时的那些同学那样嘲笑当事人，只觉得这种幼稚的追求行为"还挺有心的"。

作为故事的主角，吴漾是第一次听到这个情节，他依旧是笑笑，只当那时的少女们总是爱做一些出格的事情表现自己的与众不同。

直到他听到"安然"的字眼。

他问刚才讲故事的男生："你说她叫什么？"

"安然。"男生跟他说，"也是因为她这名字跟你的放在一起这么显眼，才被同学发现的，不然谁也不会一个一个借阅卡去找名字。"

吴漾心里涌起一丝异样，他再问那个男生："你妹妹有她照片吗？"

"应该有吧，我问问。"男生给妹妹发信息要照片，等回复的时候笑话吴漾，"干吗，太感动了要以身相许吗？"

吴漾什么都没说，只是等着看他要来的照片。

男生似乎也习惯了吴漾经常性的沉默，等妹妹把照片一发过来就转给吴漾。

那是一张集体毕业照，照片前排的女生里，有一个齐刘海女生被用红色的圆圈圈出来。

即使没圈，吴漾也认出那是安然了。

吴漾看着那女生，手放在下巴上捏了捏脸，笑了。

他这次是真的记起来了。

吴漾记得高三那年的圣诞节前夜，下了晚自习以后他帮班长一起装饰了教室，还画了板报，离开的时候学校已经空荡荡的了。

那天晚上有风，他快步往地铁站走的时候遇见了一个女孩在呼救，他记不清当时自己怎么想的了，或许是什么也没想，因为他也是第一次遇见这样的事情。

印象里他好像拉着她一直跑一直跑，那个女孩跑起来挺快的。他们一直跑到地铁站，吴漾看她魂不守舍还一脸强装镇定的样子，不知道怎么安慰她，他好像想要带她去报警？有没有这回事他不记得了，只记得他去便利店给她买奶茶的时候，她没打招呼就自己离开了。

大概是害怕他也是坏人。

此刻，那个晚上不知道从哪里拿出一个苹果送给他的女孩的脸渐渐清晰了起来。

吴漾记得那时候安然留着齐刘海，因为奔跑流汗变得服帖又凌乱，她怯生生地用一个盒装苹果向他表示感谢，可是又一言不发地就躲开了他。

还有呢？

还有戏剧展演的那次，也是一个很冷的晚上，他排练完最后关灯关门离开，路过另一个教室的时候看到灯还亮着，教室里有人在练台词。

吴漾知道那个教室是替补的演员在用，他认出来里面对着镜子练习的人是之前他"救"过的女生，也从她的词里听出来她是女仆的角色。平心而论，他觉得这个女生的台词比现在跟他搭戏的同学要好。

那晚的女生一直练了很多遍，吴漾趴在她对面楼道的栏杆上看了很久，直到她练够了关灯了，他才从对面下楼，想着跟在她后面一起去地铁，怕她再遇到坏人。

没有直接跟上去，是因为怕她把他也当成坏人。

不过她没坐地铁，她在学校门口上了车，应该是家里来接她了。

这样确实更好一些。

吴漾有跟他们的表演指导老师说起过这事，他觉得女仆的 B 角好像演得更好一些，也更用心，是不是可以让她来演正式舞台。

老师似乎有些为难，给出的理由居然是："那天是小胡同学的生日，换人是不是太残忍了？"

吴漾不知道说什么了，毕竟老师才是这次演出的主导者。

老师可能也觉得自己这个理由给得太不专业了，他又夸了女仆演员的演技几句，最后下了定论："这些活动还是优先高三同学参与，替补组的那些高一高二的孩子以后还多的是机会呢。"

吴漾点头，没再提换人的事。后来他又看到过一次安然自己排练到最后，但他没有再趴在栏杆上陪着她到熄灯了，因为他知道会有人来接她，也知道她怎么练都没有上场机会。

三年前的事了，如果不是看到安然以前的照片，他也不会记起来那个冬日夜里的女生。

那时候安然喜欢他？

这样的认知让吴漾这两天心里就时不时涌现的异样感觉更强烈了，虽然已经从同学口中知道了这样的过往，但他还是想要再确认一遍。

晚上睡得不踏实，早上天还没亮他就起床了，收拾了一下从家里翻了个礼盒带着出门，去他曾经的高中。

他到得足够早，学生们刚刚上完早自习，正在休息准备上课。

吴漾凭着记忆找到了他高中班主任的办公室，班主任正在跟某个女生谈心，看到吴漾吃了一惊，随即很开心地招手喊他进去。

班主任又跟那个女学生说了几句，让她先回教室上课。等人出了办公室，他才跟吴漾叹气："现在的小朋友主意多得很，但凡能把一半心思都放到学习上，也不至于考不上大学。"

吴漾把带来的礼盒放到老师桌子下面，说自己跟同学聚会聊起来高中的事情，回来看看老师。

班主任埋怨吴漾太客气了带什么礼物，然后又接着刚才那个女生的话题聊了几句："说起来，女孩子就是容易被感情分散精力，如果全心投入的话，女生更容易出成绩的。去年咱们学校有个女孩，原本学习成绩一般，他们老师发现她谈恋爱，跟她谈过话以后成绩突飞猛进啊！"

学校一年出不了几个这样好大学的学生，是以老师们对这些学生或多或少都会有印象。

吴漾没把班主任的话往安然身上联想，他跟老师寒暄了一会儿，终于说明来意："我以前在借阅室看过的一本物理学的书绝版了，到处都找不到，这次回来正好想要再找一下看看。"

班主任很热情地帮他给图书管理老师打了个电话，又和吴漾聊了一会儿工作打算，等借阅室开了门才让吴漾过去。

高中的借阅室不大，书架上的书有一半是每月更新的期刊，另一半是嵌在墙里柜子上的带着编码的各种专业书籍。

今天借阅室原本休息的，管理老师坐在门口打着哈欠玩手机，吴漾跟老师道谢以后走到后排寻找记忆里他曾经借过的书。

每本书里都夹着一张明信片大小的借阅卡，上面的表格里登记着借书人的姓名学号还有借还日期，借书的时候就填好把卡片交到老师那里，还书的时候再把卡片找出来夹在书里。

吴漾先是拿起《第一推动丛书·宇宙系列》，总共十本，每一本的借阅卡里都有他和安然的名字，有几本书看的人极少，卡上两人的名字就紧挨着。

她的字方正秀气，一笔一画认认真真地写在他的名字之下。

吴漾把那些天文学相关的书都翻了一遍，有些书大概是在他毕业以后才进的，只有安然的名字，没有他的名字。

还有一些"闲书"，什么类型的都有，吴漾都不记得自己从前居然还会看爱情小说。

他像是打开了一个尘封已久的玩具箱，一件一件地摆弄曾经的最爱，勾起那些曾经的快乐。

从学校离开的时候已经是午饭时间了，迟允打电话喊吴漾去奶奶家吃大餐，据说迟家的聚会要连搞三天，迟允怀疑他们以欢迎他回家为幌子，其实就是自己嘴馋了。

吴漾拒绝了，说要回家写论文。

迟允隔着手机大呼小叫："吴漾，我们不是回家休假的吗？你不要这么用功好不好啊！哎，你哪天回学校？"

"没定，都可以。"他现在已经没什么课了，想在家多待一阵子的话找公司开个实习证明就可以了。

迟允说着自己还有两天回学校，感觉自己回家就是来养膘的，吃吃睡睡好无聊，想找吴漾一起玩又被无情拒绝，还不如跑去夏城看小师姐打比赛呢。

吴漾面无表情地听他抱怨完，直到听到最后一句，"嗯？"了一声。

迟允听他这充满疑惑的声调，反而更坚定了这个从回来就一直有的想法："对，我去夏城看比赛！小舅，你跟我一起去吧，有你跟着的话我奶奶就不会念叨我了，我们就说去那边学习调研！怎么样？"

吴漾没说话。

迟允发动撒娇攻势："小舅舅，去嘛，反正你时间充裕，也不用急着回学校，论文什么时候写都可以，你出去散散心，找找感觉。或者你去了夏城在那边写也可以！"

吴漾摸了摸脖子，回他："行吧。"

因为迟允能在校外的时间不多，他和吴漾说定以后立马就订了机票，然后跟迟奶奶谎称夏城那边有个能申报奖项的项目，需要他和吴漾立马赶过去。迟奶奶虽然不懂有什么项目是撑竿跳和天体物理专业能一起研究的，但是她确实对吴漾很放心，大手一挥让司机赶紧送他去机场跟吴漾会合。

等到安然得知他们要来夏城的消息时，这两人已经站在球队下榻的酒店前台办入住了。

迟允有垒球队其他队员的联系方式，悄悄要了地址，还让人不要声张。队员非常识情识趣，甚至开玩笑地问他是不是打算在决赛赢了以后当场表白。

迟允：是个好主意，不过输了也可以的。

队员骂他乌鸦嘴，为了赔罪，让他好好准备请大家吃庆功宴。

迟允跟安然的队友们聊得火热的时候，吴漾一言不发，虽然迟允已经习惯了小舅的沉稳寡言，但是如果他仔细观察的话会发现吴漾经常看着他走神。

因为吴漾在思考自己跟着迟允过来到底是不是个错误的选择。

知道了安然高中时候的事情，知道了她曾经努力靠近自己，说一点没感觉是不可能的。虽然他不乏被人喜欢，也经常收到来自女生的爱意，但他好像就是触动不了爱情天线，对那些信号无动于衷。

安然算是他认识的女生里，除了魏秋以外单独交往最多的人了。

他被她触动了，但那感觉说不好是什么，尤其是在知道迟允喜欢她而且她好像也挺喜欢迟允的情况下，他的感觉更加无关痛痒了。

于是他现在的出现就显得有些多余，甚至他担心自己的存在会不会让安然尴尬。

如果迟允这次来真的向安然告白的话，他会不会求自己帮忙做些什么奇怪的事情？拒绝的话会太刻意吗？

他脑子里充斥着太多太多没头绪的想法，吴漾自己都说不清到底在烦恼什么。

念头闪过，他忽然想起一段情，他也是有过心动感觉的，而且还是一段网恋。

是他大一那年，刚到新环境，或多或少有点孤单的感觉。那时他们有一个同城论坛，论坛里有一种聊天室是类似《模拟人生》那样，可以建一个空房子，然后做任务领家具装饰房子，邀请客人到自己房间后，人物在房子里走来走去，打的字会出现在人物头顶的对话框里。

吴漾忘了自己是怎么通过一个赛车小游戏加了好友，之后聊起天文摄影的话题，然后就每天做任务领家具装修那个聊天室。

吴漾是实名注册的，就叫吴漾。

他记得那个女孩名字叫"还我麦兜"，他叫她"兜兜"。

第七章

想要和你看月亮

:
:

兜兜说她和吴漾同岁，但是没考好，在复读。

她问他大学好玩吗？

吴漾没有丝毫防范意识地就暴露了自己，那个聊天室没有办法发图片，但是有回忆相册可以上传照片，本意是截屏游戏里的场景，但是吴漾经常拍一些学校的景色给兜兜。

她说过也想要考到这儿来，他想这样或许可以给她一些激励。

兜兜也会传照片到相册，但是她上传的主题只有一个——《今天的月亮》。

她经常会把她觉得好看的月亮拍下来，有时候吴漾看到她发的月亮就抬头看看天，或许是同样皎洁的月色，或许是天气不好看不到月亮。

但是他们看到的是同一个月亮，同有圆缺。

兜兜大部分时候话不多，吭哧吭哧做任务领家具，但有时候说起来老师的趣事，或是看到一本有意思的书会很认真地和他讲很多，讲完了还会问他：【我是不是太吵了？】

当然不是。

吴漾喜欢看她发大段大段的文字，生活中他身边好像没什么人爱说话，他的妈妈口才很好，但是在外面说的话太多了回家只想休息，爸爸专心画画的时候是要求绝对安静的，就连带了他十几年的小阿姨也不是个爱聊天的人，也可能不知道跟他聊什么。

从小到大，话最多的大概就是他的大外甥迟允，那个小家伙还是小毛头的时候就爱叽叽喳喳，又黏人，像只猴子似的喜欢挂在他身上。吴漾上小学那会儿有些意识觉醒，喜欢跟大人玩，不喜欢跟比自己小的小孩玩，他想了一百种办法甩掉迟允，迟允就有一千种办法去告状，让大人来求吴漾带着他玩。

后来吴漾好像习惯了照顾这个大外甥，也习惯了他的聒噪，不觉得他吵了。

而兜兜，大部分时间沉默的兜兜，偶尔分享欲爆棚的兜兜，让吴漾觉得舒服。

有时候，兜兜会问他数学题，吴漾感觉她学习成绩虽然不是特别差，但是可能很难考到这里，因为她问的那些题目都不在二轮复习的纲要里，更像是刚刚学了知识点做的难一点的基础题。他很担心她这样复读的结果会不会依旧不乐观。

他充当她的免费私教，有时候打字麻烦，就把解题步骤写在纸上拍下来发到相册。后来她问的问题多了，他开始整理成一个阅读文档，仔细地罗列知识点和解题思路，再上传到网盘上让她下载了打印出来看。

零零散散的，他和她聊了三个多月，给她做了四本详解。

当时室友看到吴漾做的那些内容，问吴漾有没有兴趣做家教，他自己在外面接活做不过来。吴漾拒绝了，他并不是很喜欢给人讲课，他只是喜欢给兜兜讲。

意识到这一点的时候已经是冬天了，北城的冬天比江市冷太多，冷得吴漾很想找个人抱团取暖。但是他也知道不合时宜，对一个在复读的女孩来说，这时候谈恋爱不是什么好主意。

所以他按捺住了那份悸动。

直到有一天，相册里的月亮不再更新，她也没再上线做过任务。

一开始吴漾理解她复习比较忙，可是后来她一直不出现，他又担心她是不是出了什么意外，不然怎么会不辞而别。他后悔没有问她要其他的联系方式，哪怕只是作为朋友，他也可以和她多一些交流的。

他也有些恼怒兜兜，甚至觉得她就是找了个中新大学的学生来免费要学习资料的。

一天两天，一个月两个月，慢慢地，那份少年的心动也就平静了，他感谢那个叫兜兜的女生在他孤独的时候给予过陪伴和慰藉。

但还是生气，气她不打招呼就不见了，她留给他的那堆物理题他那么仔细地写了三页纸！

安然和队友们拉练完一起回酒店的时候，迟允正坐在大厅里玩游戏等她。

垒球队的人跟迟允都挺熟了，见到他嘻嘻哈哈地喊他一起吃饭。她们吃的是酒店的自助餐，迟允想喊安然出去吃好吃的，队友们不答应，让他要么带所有人去，要么留下和她们一起"受苦"。

迟少爷大手一挥，组团带她们出去吃大餐："提前庆功宴！"

到吃饭的地方了，迟允才想起来还有个被他扔在酒店的小舅舅，他给吴漾发饭店的地址，让吴漾自己打车过来，吴漾说在酒店改论文，不去了。

迟允也不觉得怠慢了吴漾，他们俩不用客套，吴漾想吃就来了，不来就是不想吃。

倒是安然，一直没见到吴漾，猜他去干吗了。

她加了吴漾好友以后，第一次给他发消息：【你不来吃饭吗？】

正在酒店房间看文献的吴漾收到消息后，没有第一时间回复，他心里有点乱，而且安然是在迟允挂电话以后给他发信息的，这感觉就像是他们俩要请客，客人不来，他们就轮番盛情邀约。

吴漾没回她的信息，却下意识地点进她的朋友圈看了一眼。这两天她都没发状态，也或者是发状态但是把他屏蔽了。

吴漾有些沮丧，不是因为加了好友看不到朋友圈，而是自己居然把看她朋友圈当成习惯。

两个小时后，迟允更新了状态，是他们一起吃饭的十几个人的合照，安然和迟允并肩坐在一起，迟允的右手搭在安然的脑袋上比耶，安然抬着下巴翻着白眼看他的手，好像在抱怨。

安然在朋友圈喊话让迟允删掉她的这张丑照，迟允小学鸡一样"略略略"表示扳回一局。

吴漾不得不说，任谁看了他们俩都觉得是一对生动可爱的小情侣。

这样的认知让他更难受了，他只是慢热不是迟钝，终于承认这是吃醋的感觉。

吴漾和迟允订的是一个标间，晚上迟允回来给他打包了大概三个人饭量的菜，唯恐饿着他。

吴漾食不下咽，勉强吃了几口，就跟迟允说："谎已经帮你圆了，没我什么事了吧，我打算明天回北城。"

"别呀。"迟允挽留他，"明天半决赛，一起去给安然加油！"

吴漾看着迟允纯单纯快乐的脸，还有他那看起来没心没肺的小虎牙，不理解他谈恋爱总想带个电灯泡是什么心态。

是怕他们的恩爱没人旁观不够浓郁吗？

吴漾放下筷子，打开笔记本装作很忙的样子："你自己去吧，我论文改不完，不凑热闹了。"

迟允闹归闹，事关吴漾的正经事的时候他还是很懂事的，就像小时候他再怎么胡画也知道小舅的作业纸不能玩，玩了会挨揍。

迟允躺在床上打开手游，脚一抖一抖的，看起来心情真好。

吴漾忍了又忍，还是没忍住问他："你明天比赛完要表白吗？"

"干吗？"迟允停止抖脚，"你有什么好主意吗？"

吴漾没有好主意，但他可以想几个坏主意。他酸溜溜地又问："你觉得表白完胜算大吗？"

男人的自尊心不允许迟允怀疑自己，虽然他以前其实表白被拒绝过，但他不想在小舅面前丢脸，硬挺着答："当然啦，我俩现在就是享受这个暧昧期，只是等一个合适的时机戳破那层窗户纸。"

他的话犹如兜头一盆冰水泼向吴漾，吴漾再次沉默了。

迟允倒是被撺起了一把火。

本来他只是想来找安然玩，看师姐赢比赛的。

结果不管是垒球队的队员还是他小舅都觉得他是来千里追妻的，气氛已经烘托到这里了，不表白好像都不合适了？

虽然他被拒绝过，但是这段时间他整天和安然混在一起，好像她也没有讨厌他吧？

不讨厌不就是可以喜欢嘛！

迟允手里的游戏顿时不好玩了，他开始搜同城婚庆店，打算在自己离开之前，搞一场小小的告白仪式。

他甚至打算让吴漾在旁边当人形背景，帮他攥着氢气球。

吴漾缓缓把头偏过一边去，装没听见。

迟允人来疯一样策划了一整晚，跟那个婚庆店大晚上被喊起来加班的司仪打电话聊怎么样比较有创意。

夏城有海，如果是在海边布个景应该很好看。

司仪连连称是，但是听说是晚上又有点为难："黄昏时候的海边比较好，碧海蓝天，晚霞沙滩，气球音乐一点缀，多浪漫。晚上太黑了，像凶案现场，你约人姑娘出去都显得像要图谋不轨。"

迟允觉得对方说得有道理，他们打完比赛回来就六点多了，天都黑了。

他俩又商量了一通，最后定的烟花主题，因为迟允过生日的时候安然送给过他烟花棒，那也算他们有意义的纪念了。

迟允熬了个大夜，第二天眼底有点犯青，好在婚庆公司提供男主化妆服务，他一早就去店里跟司仪确认流程，化了一个非常帅气的裸妆。

然后怕引起安然的怀疑，他又自己拿纸巾擦掉一点粉底。

半决赛依旧是实力碾压，安然作为主攻手表现亮眼，还有在场观赛的体育局的领导要了安然的资料和金教练的联系方式，打算看看安然考不考虑做职业球员。

比赛结束，场上不算多的观众零散着离席，迟允跟司仪打电话确认准备完毕，就下场去找安然和队友们，装作惊奇地跟她们说："西门那里有夜市，很漂亮，从那边走吧。"

安然看金教练，金教练还在跟领导打电话，对着她们挥了挥手让她们自己走，又指了指大巴的方向表示自己在车上等她们。

于是她们就跟着迟允去看夜市了。

夜市自然是不存在的，还没走到西门就看见门外黑黢黢的一片。

安然皱着眉头看迟允："哪有漂亮夜市，你不会是撞见鬼了吧？"

迟允没空和她开玩笑，他偷偷按下通话键，司仪看到这个信号就开始放烟花。

"啾——"果然，和那通电话同步的是烟花升天的声音。

接着就是红的绿的黄的一束束烟花。

只是谁来告诉迟允一下，为什么是电子烟花？这些又土又丑又高的霓虹灯树是哪个鬼才设计师想出来的？

安然和她的小伙伴都惊呆了。

大家站在西门空地上，看着这略显土气的火树银花，不知道该不该惊叹一句："这是啥呀？"

司仪已经不知道从哪边夜色里闪到迟允身边，递给他一把氢气球，气球上还绕着灯带。

迟允在冷风中凌乱："这就是你们的灯花秀？电子的？"

司仪点头："是啊，市区不让燃放烟花，这是我们引进的德国电子灯带技术，瞬时闪烁营造全真视觉体验。"

"你闭嘴吧。"迟允看着安然，安然也看着迟允和司仪。

这一刻无声胜有声，很少有表白现场能搞得两个当事人同时尴尬。

安然先是想笑，然后想到这场景意味着什么又有点想逃。

迟允则是想哭，大费周章搞了这么个不伦不类的场面真是太丢脸了，他也想逃。

但是司仪不让他们得逞，他那台隐蔽在草丛里的音响开始放《告白气球》的伴奏，然后便忘我地开始演唱了。

"喔，营造浪漫的约会，不害怕搞砸一切。"

迟允听着这歌词都想把话筒塞司仪嘴里了，他确实搞砸了一切。

最后迟允硬着头皮走向安然，把那一把气球递到她手里，看着安然躲闪的眼神也知道她怎么想的了。

他嘴硬地说："想策划个庆功仪式的，没想到这么土。"

安然干笑了一声："哈，挺喜庆的。"

队员们没领会到他俩之间微妙的气氛，只觉得迟允搞这么大场面挺逗的，还给面子的对唱完歌的司仪鼓掌喝彩。

这场告白就这么草草收场了。

等他们回了酒店，迟允都不敢看安然她们，自己大步流星地先回了房间，只觉得面子被那个婚庆店都给踩地上蹂躏了。

吴漾不在房间，迟允不知道他去哪里了，此刻也不关心他在哪儿。迟允只想时间倒流到昨晚这个时候，他打游戏，然后，继续打游戏，不要拨通那个婚庆店的电话。

他沮丧地在床上躺了一会儿，听到有敲门声。

迟允以为是吴漾忘带房卡了，他下床去开门，开了锁都没看一眼就扭头往回走了。

结果他才坐到床上，一抬头，发现后面跟过来的是安然，吓得差点从床上跳起来。

安然挠头，反身把门关上了。

"就你自己在啊！"她找了句开场白。

迟允"嗯"了一声，他的尴尬里还带着失落，而造成他情绪波动的人现在正站在他面前，看起来比他还难过。

迟允忽然就不那么难受了，他笑了笑："干吗？怕话没说清楚，要过来再拒绝我一次吗？”

他说完，安然忙说“不是”，拖了把椅子坐在床上，和迟允对视：“之前我一直想找机会和你说来着，但是总不知道怎么开口。迟允，你很好，你也特别受欢迎，如果我没有喜欢的人的话我肯定会喜欢你，可是我心里有人了。”

迟允瞪大眼睛。

“我之前不说，是因为我觉得那是我的秘密，但是我现在把你当好兄弟，所以愿意分享这个秘密给你。我有喜欢的人，而且喜欢他很多年了，所以我一时半会儿好像没办法移情别恋。”安然说完，又开始分析他的心态，“你喜欢我什么呢？我们认识没多久，你也不那么了解我，如果说是一见钟情其实太不靠谱了，因为你可能见到一年前的不漂亮的我根本就不会动心。”

迟允一直安静听着，只是听到这里的时候，他打断了她：“那个，我插一句，你可能对自己有些误解，你现在也没有很漂亮。”

他说完立马抱头，阻挡安然捶他的拳头，她打人可挺痛。

他俩的话题说到这里停了一会儿。

迟允收起开玩笑的神情，挺认真地问她：“那你是要我等你不喜欢另一个人了，再来跟你说我喜欢你吗？”

安然摇头，又纠结地问他：“你喜欢我什么？”

喜欢她什么，迟允也说不清。其实一开始大家以为他在追她的时候，他真的只是单纯地和她交朋友，他看她打比赛觉得很酷，她刻意和他保持距离他也觉得有意思，因为他从小女生缘就好，不敢说人人喜欢他，但起码没人躲着他。

她越躲他，他反而上了心，大概是人性本贱吧。

“我喜欢跟你一起玩。”迟允又逗她。

安然噘嘴，她跟迟允就没有能正经说话的时候。可她刚才来时路上的忐忑也消散了不少，她自觉已经把话和迟允说清楚了：“你以前说过，男女之间也可以是纯友谊的，我们就当好朋友吧，好吗？”

迟允点头。

"男女之间确实可以是纯友谊。

"但是你我之间不可以。

"我对你早就不纯洁了。"

他这几句话说完，隔壁房间住的小情侣好像在闹着玩，发出暧昧的声音。

安然脸爆红。

迟允也愣住了。

隔壁的声音还在继续，这边两个正在认真讨论喜欢不喜欢的人变成两只鹌鹑。

"咳，我先回去了。"安然觉得空气都热了，再待下去她要发烧了。

迟允也没送她，他刚刚义正词严地说了那么"霸总"的台词，结果被隔壁这破事给搅得气氛全无，他也很不爽。

安然没得到回应自己走了，出门没几步路遇上了从外面回来的吴漾，她仓促打了个招呼就跑开了。

吴漾看着从迟允房间出来的安然，满脸通红地离开，心情非常复杂。

于是这晚，两个心情都很复杂的男人沉默着各自蒙头早睡了。

迟允还有比赛行程，不能继续待在这里了，他赶不上安然的决赛，第二天上午就要回学校。本就是被他拖来的吴漾也没什么留下的理由，和迟允一起收拾行李退房。

坐在去机场的出租车上，吴漾才感觉哪里不对劲，他问迟允："你好像没跟安然告别？"

"哦，发信息说了。"迟允语气淡淡地回。

吴漾又问了句："昨晚的告白怎么样？"

他觉得自己是多此一问，因为他明明都看到安然从他们房间里跑出去了。

可是迟允屁股往前一挪，身子往后一瘫，不高兴地说："她拒绝我了。"

"嗯？"

"她说她有喜欢的人了，喜欢好多年了。如果没有这个人，如果她先遇到的是我，可能第一眼就会喜欢我……"迟允稍微美化了一下她的话。

不过那不重要了，吴漾只听了前两句就自动屏蔽了后面的话，她说的那个人，还是他吗？

这个问题一直到机场吴漾都没想明白，他跟迟允一起办理值机的时候，旁边有个女生手里拿着本《夜航船》在看。

那书的版本和他看的不一样，但是封面他觉得有些熟悉。

好像是他们高中借阅室的那版，安然看过这本书。

吴漾想起那张借阅卡，再想想，终于觉出一丝不对劲。他努力回想着那几本有安然借阅记录但是没有他的名字的书，脑子里有些事情串联了起来。

吴漾跟迟允说："你先走吧，我发现我平板电脑落在酒店了，要回去拿一下。"

"啊？"迟允怎么没印象他带着平板电脑，"让酒店寄给你就好了。"

"里面有很重要的文件，没关系，我改签吧。"说完，他不再跟迟允解释，转身朝着机场外面走去。

他起初是走，走着走着就变成了跑。

机场的出租车区域排队太长，他不耐烦等待，随便坐上一辆机场大巴，然后在中间站点下车打车，回去酒店。

没有什么平板遗漏的失误，他回来就是奔着安然去的。

垒球队的都出去拉练了，安然也不例外。

吴漾来到安然的房门外，双手背在身后，靠墙贴着站着，笑得无比舒心。

安然回到酒店房间的时候，吴漾已经在她房门口站了一个多小时了。

她看到他，惊讶得连嘴巴都微微张开，而他站这么久丝毫不觉得疲惫，见到她时眼里仿佛有光，他开口便是一句："你是兜兜。"

不是疑问，也不是猜测，是很肯定的陈述句。

安然本来就被他的出现吓了一跳，听到这话更是慌不择言。

"我不是。

"什么兜兜？

"你认错人了！"

她说完扭头就跑，吴漾也没追，站在原地等她回来。

没跑几步，安然反应过来这里是她的房间，又转身回来，要进屋。

他横在门口挡着，安然抬手推了一下他的胳膊，他身子打了个晃，差点朝一边栽倒。

安然收手，看自己的手掌，觉得自己也没那么大力气吧，这家伙怎么比迟允还会碰瓷？

"站太久，脚麻了。"他解释，但语气里莫名让安然觉得有撒娇的意味。

安然摇头，觉得吴漾跟迟允待久了人也变得不正常了。她再次推他："我要进去。"

吴漾这次让开了，在她进门要关门的时候，眼疾手快地伸手在门框上挡住，如果不是安然及时拉住把手，他那只手得肿成什么样啊！

安然恼怒："你干吗啊！"

"我等了你很久。"吴漾像是在说今天，又像是在说从前，"很久很久。"

门卡在一半不再动，安然不知该说些什么，半晌把门松开了，说了句："我们下午还要训练。"

吴漾并没有进门，他跑了这么久，等了这么久，好像就是为了确认那一句话。话说了，他也就不着急再做些什么了。

他跟安然说："那你安心训练，明天我去看你比赛。"

意思是他打算再留一天，等她比赛，等她比完再去说他们之间的事情。

"你不是对比赛没什么兴趣吗，论文写完了吗？"她这话似有所指，是说昨天半决赛他没去现场的事。

吴漾微笑："谁说我没兴趣，昨天你们1比0赢的，三局上半，两次滚地球你上到三垒，然后你队友一垒安打送你回本垒。"

他昨天在现场！他看到了！

安然不由自主地想笑，他居然去看了吗？

吴漾确实去了，在人员密集的角落里安静地看她们打完比赛，然后在迟允出场之前就离开了。他沿着环海栈道走回的酒店，走了很久，海在夜色里黑得像是要把人吞噬进去，他不看海，只看路，路灯昏昏下那条路无限长。

他走了很远很远，终于走到安然面前。

吴漾是怎么发现安然是兜兜的呢？

是借阅室里的那些书，那些没有他名字的书，却是他曾经推荐兜兜看过的或者是兜兜曾经跟他讲过的书。

是巧合吗？

他站在安然门外等她的时候想了很多，哪有那么多巧合呢，不过是安然一点一点朝他靠近，一次一次出现在他的周围，只是他没有发现而已。

他不是一个因为得到别人的喜欢就要回报什么的人，也说不清自己对安然存着几分感动几分情意，只是在机场想通安然就是兜兜的那个瞬间，他脑子里只有一个想法：去找她。

等到她比赛结束，他想和她好好说说话，想知道兜兜为什么不辞而别。

或许还有更多，但他一时没有想好。

下午的训练安然努力集中注意力，可还是在休息的间隙里忍不住胡思乱想，他为什么要回来呢，回来问"兜兜"的问题。

那个只存在了一百天的网络人物，连安然都快要把她忘记了。

那年暑假的时候她注册了个同城论坛账号，名字起了好多个都已经被注册，一气之下她想起那个被小胡同学误会拿走的麦兜玩偶，于是就起了个"还我麦兜"的名字，没想到注册通过了。

再之后，她在一篇关于天体运动的帖子里看到了名为吴漾的回帖，她想不会就是那个吴漾吧？她向他发起小游戏任务申请，而他正好在线，居然很轻易地通过了他的好友。

她编造了自己的身份，编造了一些故事，唯一真实的大概只有每天晚上放学路上拍下来的月亮。

那段时间安然过得很开心，虽然他不知道她，他只知道一个虚假的兜兜，但是她能每天晚上和他在聊天室里说说话，一起做任务装修他们的"家"，还能得到他的教学辅导。

不过那些高三的题都是她搜来的，她们现阶段考试最难的题拿给吴漾看被他说太基础了和高考不挂钩。安然怕露馅，也怕他觉得自己笨，于是用一个谎去圆另一个谎。

他们这样聊天聊到了快春节，吴漾放寒假回家。

那天吴漾忽然问她：【要不要见面说？这样给你讲有点麻烦。】

他说的是安然发给他的那些物理题。

安然慌乱地说老师来查房了就下了线，然后蒙着被子想着他说得见面的可能性。他或许只是单纯地觉得给她线上讲题很麻烦，又或许是想要见见兜兜……

安然那时候和他聊得太开心了，她也不是没感觉吴漾对她的亲近，那是和她所认识的那个学霸学长不同的形象，他会在网上跟她抱怨食堂的饭太咸了，会说北城的风里带着沙子，不似江市的空气温润。

安然犹豫了很久，她想那不然就见一面吧，只希望他不要发现自己的谎言或是发现了也不要生气。

那天是她们寒假前去学校的最后一天，她整理着假期作业大礼包，和同学们互道"年后见"，那时候她和同学的关系还不算差，也有几个说得上话的人。

那天天气不好，快要放学的时候居然下起细雨来，冬天的雨格外讨厌，安然裹紧了棉服戴上棉服的帽子快步往外走。

然后她在行政楼门口看到了魏秋，魏秋穿着红色的连衣裙，外面披着米色的风衣，头发是精心编过的拳击辫，还化了淡妆。

安然忍不住放慢了脚步，她觉得魏秋好美，让人想要多看两眼。

魏秋应该是觉得有些冷，抱着胳膊跺了两下脚。然后她忽然露出明媚的笑来，随即又有些急躁地朝安然这边看过来。

安然下意识扭头，就看见吴漾从她身边经过。

他撑了一把黑色的雨伞，快步走向魏秋，魏秋好像是抱怨他太磨蹭了，他没说什么，只是微笑着把伞往魏秋那边倾斜，任小雨飘到他的肩上。

他们两人很快消失在校门口，而安然却在雨里站了好一会儿才回家。

到家的时候她的奶油色棉服都湿了，变成了浅灰色，她路过玄关的全身镜看了一眼，感觉一个煤气罐走了过去。

安然想起魏秋的红裙子，她真好看，和吴漾站在一起真配。

那一刻安然丧气极了，跟吴漾见面，让他看到这样平平无奇的自己，他会不会失望呢？

安妈妈见到女儿淋湿回来，"哎哟"一声就去放洗澡水开空调："早上给你包里放了伞呀，没看到吗？"

"作业太多了，没注意。"安然闷闷的，去浴室洗澡。

洗完澡裹着浴巾吹头的时候，对着镜子里的自己仔细打量，不知道是不是浴室的光特别好看，她感觉自己也没有很糟糕嘛。吹完头戴上眼镜，看得更清楚了，又觉得和魏秋差了十万八千里。

她这么戴眼镜、摘眼镜的对比，发现不戴眼镜的时候要好看一丢丢。

之前她偶尔也会戴隐形眼镜，只是上学用眼太多，戴久了要流眼泪，于是还是戴眼镜居多。

安然想到魏秋明亮有神的双眸，跑出浴室去，抱住正在做饭的妈妈的腰："妈，我想做激光手术。"

"嗯？"安妈妈把抽油烟机关了，"做什么？祛斑？脱毛？"

"什么呀，我要做眼睛。我想假期就做，这样可以在家休养，开学就好了。"安然指着自己的眼睛。

安妈妈认真地看着女儿的眼睛，捏了捏她胖胖的小脸："好吧，那以后要少玩电脑手机哦。"

妈妈对她总是比较纵容的。

安然行动力超群，想着要去做手术就催着爸妈帮她挂号约诊，在年前把手术给做了。这期间她一直没上线聊天室，因为她有点生气，她觉得吴漾和魏秋走得太近了。

等到她手术结束，又要保护眼睛拒绝电子设备，直到整个寒假过完了，她回学校上学才恢复正常的生活。可她已经不想再做兜兜了，她不想编一些拙劣的谎言去维护兜兜的人设，也害怕吴漾再提出来要见面的要求。

她宁愿这么一走了之，说不定还能在吴漾心里留个念想。

偶尔她写着写着作业也会想，他有没有找兜兜呢？有没有想起她，就像她常常想他那样。

安然把吴漾跟她讲的那些书都借了看了，借阅室没有的她就自己下单买回家，只是那些字她都认识，连在一起看就让人昏昏欲睡，学霸的脑子果然和她不一样。

除了吴漾推荐的，安然发现借阅室里还有些书吴漾也看过，她总想多了解他一些，于是就把那些书也借回去看，有些依旧是看不懂的，不过小说她倒是看了两遍。

兜兜离开了吴漾的生活，但是安然一直在踏进吴漾的世界。

下午的训练没有到很晚，教练让队员们回酒店早点休息，养精蓄锐。

安然和另一个队友住同个房间，她在床上翻来覆去睡不着。队友大概是被她被子摩擦的声音吵到了，问她："队长，你紧张吗？"

队友好像误会她在为比赛烦心了。

安然将错就错地"嗯"了一声，跟队友说："我出去走走。"

"这么晚了？那你小心点啊！"

"嗯，我就在楼下大厅。"安然起身，裹好衣服出门。

站在电梯口等电梯的时候她倒突然有点困意了，张着嘴打了个大大的哈欠。电梯门开，里面居然是吴漾。

吴漾看到她也很意外，两个人隔着电梯门对视，电梯门都要关上了，吴漾连按两下开门键，问她："你上吗？"

"哦。"安然反应过来，进了电梯。

密闭的空间里，两个人都没开口。

还是吴漾先问她："睡不着吗？"

安然觉得落入下风了，她反问："你也睡不着吗？"

吴漾点头："睡不着。"

又没话了。

电梯下到一楼大厅，走出去，吴漾突然提议道："饿不饿？去吃点东西吧？"

"行。"

已经是晚上九点多，他们这个酒店不在市区，没有什么商业街，也没什么饭店。

吴漾查地图，查到离酒店不远的地方有个 24 小时便利店，他们步行着往便利店去。便利店的老板正靠在柜台里嗑着瓜子看电视，店里也没有可以吃饭的位置。

安然本来不饿的，看到热气腾腾的关东煮觉得肚子咕咕叫，把格子里的串串们包圆了，又从保温柜里拿了两瓶热椰奶，抢着付了账："我请你吧。"

"好啊。"吴漾帮她端着关东煮和椰奶。

没有地方坐，他们只好又往回走，走到酒店楼下的时候抬头看到酒店三楼有个露台，于是又坐电梯去到三楼，好在露台的门没有锁，他们总算有了落脚的地方。

吴漾找了个避风的位置，把食物们放到围栏的墙沿上，和安然一起站着吃串串，看楼下广场上的灯光。

安然吃两口，悄悄看他一眼，再吃两口，又看他一眼。

看的次数多了，吴漾虽然没扭头看她，却忽然红了耳朵。

安然意识到他知道自己在看他，也有些不好意思，打开瓶盖喝了口奶，甜滋滋的。

两个人安静地吃着关东煮串串，直到都吃完了，安然端起自己那碗喝了一大口汤，大概是气太顺了，她打了一个响亮的嗝。

有点尴尬。

她正要说点什么的时候，看到吴漾也拿起来纸碗把汤喝了，然后无辜地看向她："我没吃饱。"

"你晚上没吃饭吗？"

"嗯。"吴漾像是有意讨她的可怜，"中午也没吃。"

安然把自己的半瓶椰奶递给他："那你再喝点奶。"

吴漾接过去，没有什么犹豫地就把她喝过的奶喝完了。

安然不知道自己怎么就说出了酸溜溜的话："你倒是不介意我喝过，是不是经常和女孩子喝一瓶水？"

吴漾喝完奶正把瓶盖拧回去，听到她的话，看了她一眼，没说什么。

这晚夜色沉沉，楼下灯火闪烁。

吴漾抬头看看天："你还愿意和我每天看同一个月亮吗？"

他又低头看看她："兜兜。"

第八章
关于月亮的回应

⋮

安然忘记自己是怎么回的房间，又是怎么入睡的了。

她脑子乱乱的，很多场景一下子是过去，一下子又是现在，让她不知道自己是真的经历了还是在做梦。

梦里吴漾叫她兜兜，然后拥抱了她，说这是他那年给她写了三页纸的解题思路的补偿。

可是早上醒来刷牙的时候，她又不确定了，不确定他到底抱没抱她，是不是她自己臆想出来了一些情节。

她捶了捶自己的脑袋，对着镜子让自己清醒一些。

队友从她身后路过，打着哈欠纳闷地看她的举动，还安慰她不要太紧张。

安然点点头，说自己很好，下一秒把牙刷尾塞进了嘴里，还刷了两下。

队友："……"

总决赛是中新大学跟夏城本地的集优大学比，因为集优大学的主场优势，观众席坐满了。

安然一眼望不到人海尽头，但她知道吴漾今天肯定也来了，现在正坐着等着看她的比赛。他说等她比完了，要和她好好聊聊。

还聊什么啊，他都知道她是兜兜了，虽然她不知道他知道多少，又是怎么知道的，可这种藏于心底的少女心事被曝光，还是让她紧张又慌乱。

即使他好像表现出的依旧是对兜兜的好感，安然还是觉得不真实。

"安然。"肩膀一沉，安然抬头，看到金教练拍了拍她，"这可能是你在学校的最后一场比赛了，好好打。"

安然重重点头，把目光从观众席上收回来。

她要好好打，好好告别。

第一局集优大学进攻，安然蹲守一垒附近，在球飞过来的时候奋力跳起完成一记接杀。

只是她跳的时候用力有些偏，感觉自己的左小腿扭了一下。

接下来中新大学一直配合默契，但集优大学也不可小觑，双方比分咬得死死的，到第七局时是2比2平局。

七局下半，安然连跑了两个垒回到本垒赢了关键一分，反超集优大学赢得比赛。

所有人都在庆祝，安然被队友们抬着手脚托起来绕了一会儿才送回休息区。没想到安然刚被放下，就流着汗咬着牙跟队医说："我左脚好像骨折了。"

吴漾赶到医院的时候，安然的左脚已经打好石膏裹得像个大号粽子似的了。

教练和队友们围了一圈，他站在最外层，安静地听他们说话，等他们打算撤了才发现还有这么一号人在门口。

安然要住院一晚，她跟吴漾说："左脚轻微骨裂，休养两个月就好了。"

吴漾搬了把椅子在床边坐下，看着她的左脚欲言又止。

安然这个患者倒是要安慰探望者了，就像她刚才一直跟队友们说"问题不大"一样，她问吴漾："你看到我最后的那个滑铲了吗，是不是很帅？"

吴漾"嗯"了一声，看着床头柜子上的果篮，出门去超市买水果刀，还买了一套叉子和碟子。

"我就住一晚观察，明早就可以走了。"安然看他买回来的这些东西，提醒他没必要这么折腾。

吴漾依旧是"嗯"一声，没说什么，默默地从果篮里拿了个苹果出来削。

他削得很好，削下来的皮一圈一圈薄薄的却不会断。

虽然他什么话都没说，但是安然感觉他好像不太开心，接过他递过来切成块的果盘，安然插了一口苹果吃进嘴里，终于打破沉默："你生气了？"

吴漾已经在削梨了，听到这话抬眼看她："我有什么立场生气？"

安然被他反问住了，她看到他把那个梨削好以后没再切块，而是自己吃起来。

安然看他手里的梨，觉得好像比这个苹果更好吃一些："我也想吃梨。"

吴漾又咬了一口，没有切给她："梨不能分，安然，寓意不好。"

"哦。"安然只好插了一口苹果，嚼啊嚼。

半晌，她问了句："你怎么不叫我兜兜了？"

吴漾这晚没回酒店，他就在医院陪着安然。

安然住的是个双人间，中间的帘子可以拉起来，把病床上的安然和床边坐着的吴漾围在一个说大不大、说小也不小的独立空间里。

安然躺在床上，左脚悬挂着，背过脸去看窗外。

窗外黑乎乎的，什么都看不清。但她也不好意思一直和吴漾面对面——面对面却又不知道说什么。

天越来越黑，病房里空调热气很足，安然穿着病号服都觉得热。

她扭过歪得有些僵硬的脖子，偷瞄了一眼吴漾，他已经趴在床边睡着了。

安然轻轻转了个身，吴漾只一会儿就抬起头来。

他有些迷糊地望着她，她看见他左边脸颊上压出的红印子，这种刚睡醒的场景也曾经出现在她的幻想里，不过不是在医院。

想到这些没谱的想法，安然害羞了。

吴漾却没能理解她那些弯弯绕的小心思，很正经地问她："怎么了，要上厕所吗？"

安然脸更红了，说了句："是。"

他搀扶着她去厕所，短短的十几米路，安然左脚没法用力，右脚单脚蹦又很笨拙，不自觉地每蹦一步就往吴漾身上撞一下。

"抱你？"吴漾扶着她胳膊的手臂用力往上抬，想缓解一下她腿上的重量。

安然摇头，还想继续蹦。

吴漾看她那费劲的模样，不再征得她的同意，一只手从她胳膊下面穿过，半蹲下去，另一只手握住她的小腿，用力把人横抱起来。

想象中的公主抱并没有那么浪漫，她本就不配合，加上左脚打着石膏重心不稳，吴漾又怕弄疼她的腿畏手畏脚的，两个人起来的时候差点没站好，跟跄了好几下才勉强立住。

安然不敢乱动，怕自己挣扎的话一会儿跟吴漾一起摔个大马趴。

这么艰难地走到厕所，安然表示接下来不用帮忙了，着急忙慌地把厕所门给关了。

她坐在马桶上，看着自己圆不隆咚像个粽子似的左脚，想着本应该是气氛旖旎的公主抱怎么就让她这个脚给破坏了呢？再想想，又觉得不对，谁准他抱她的！

她在里面待太久，吴漾不放心地敲门，问她："还好吗？"

安然想，上个厕所还能有什么不好啊，她没吱声，尽快开了门。没想到门外他扶着个轮椅站那儿等她："我去护士站借的。"

好像有点太兴师动众了，但不得不说，这样安然舒服多了。

在医院的一晚就这么平静地过去了，后半夜的时候安然热醒过一次，觉得口渴，她一动，吴漾就醒，可见趴着睡得并不舒服。

出院的时候金教练打车来接她，吴漾帮她拿着出院小结和医生开的药跟在后面，安然拄着拐适应着往车边走。要上车的时候，她转身看到吴漾就离她一步远，两只手都空着，微微向前伸，好像随时打算在她摔倒的时候去扶。

安然心里一软，虽然吴漾说比完赛要和她聊，可是昨晚他并没有说什么，连她问的那句为什么不叫她兜兜了也没有回答。

又好像不用说什么，他们之间也已经心照不宣，只差一句回应。

一句关于月亮的回应。

吴漾跟着垒球队的队员一起坐飞机回北城，队员们对这个江市领队印象都比较好，也不知道他昨晚在医院陪安然，还以为他是来夏城继续当志愿者的。

只有金教练知道是吴漾帮安然办的出院手续，看起来两个人关系不一般。他还趁没人的时候偷偷问安然："那迟允怎么办？"

问得安然又羞又恼："关迟允什么事？！"

金教练露出个贱兮兮的笑，摇了摇头，好像全都了然于胸的样子。

笑得安然更气了。

不过也让安然想了更多，她身边的人都知道迟允喜欢自己，还搞了一出烟火秀，如果她刚拒绝他又和吴漾在一起的话，迟允会不会想多？

当然，她现在也只是想想。她还没想好跟吴漾有什么发展，她心里太忐忑了，觉得他们之间的进展太不真实。

飞机上，吴漾和安然坐在过道的两边，可望而不可即。

下了飞机坐大巴，安然全程绿色通道，吴漾自己跟在队尾。

面对她的刻意疏远、撇清关系，吴漾好像并没有觉得有什么问题，表现得一如往常。

他总是很有分寸感的，给安然喘息的空间，给她选择的机会。

因为伤到脚了，学校临近期末也没什么课，安然光明正大地天天在宿舍躺着，过着足不出户的养伤生活。睡下铺的室友跟她换了个床位，方便她上下床。之前训练的时候身体也有些过于疲劳，她这么昏睡也不觉得无聊，只觉得元气一点点回归到身上。

小西每天帮她去食堂打饭不说，还要每天下楼去帮她拿外卖——迟允给她订了一个月的外送煲汤，每天不是炖猪脚就是炖筒骨，说要以形养形，以骨补骨。

他像是把夏城回来前一晚的尴尬都忘记了似的，依旧跟她嘻嘻哈哈的。

甚至有一天，小西下楼去拿汤的时候还带回来一个高个儿"美女"。

"Surprise（惊喜）！"迟允不知道从哪里搞来的假发，在小西的掩护下蹲着身子躲过了宿管阿姨的火眼金睛，跑到她们宿舍来看她。

她趴在床上，扭着脖子看眼前的人。

他弯着腰凑近了嫌弃地问："你是不是好多天没洗头了？"

安然把他假发薅下来扣他脸上："快回去，干吗来女寝，被人发现要记过的！"

迟允举手做投降状："我非常老实，目不斜视，而且这大白天的，没几个在楼里的。你问小西师姐，我上来的时候是不是都一直盯着墙的！"

小西也替他说话："今天有老师来检查消防，大家都穿得严实呢，放心放心。"

迟允大费周章地跑过来看安然，没想到她好心当成驴肝肺，还觉得他是偷窥变态，有些不高兴了。

他把炖猪脚放在桌子上："既然你不愿意看到我，那我走了，汤趁热喝。"

说完，他又拜托小西帮他打掩护，戴正了他那顶可笑的假发，悄悄溜走了。

安然看着他离开的背影，后悔自己语气太凶了。

迟允好像真的跟她生起气来，第二天一整天都没找她，连外卖汤送到了也没跟她说。

安然无聊地躺在床上看手机，迟允只是一天没找她，而她和吴漾的聊天记录，还停留在十天前发送的医院位置上。

安然郁闷起来，好像她这个香饽饽，突然就不抢手了。

第十一天的时候，安然想，如果吴漾再不联系她，那她就联系他。

不管之前怎么拧巴。

"就好像你拼命努力考上了心仪的大学，虽然不知道怎么就考上了，感觉跟中彩票一样不真实，但你还是会选择去上啊，对吧？"

宿舍只有她和小西的时候，她终于分享了最近的烦恼。

小西点头："所以你现在打算去上吴漾。"

安然朝着小西扔了个靠枕。

小西嘎嘎笑着躲开："你自己说的啊，选择去上。"

安然脸红，不是因为小西的口无遮拦，而是提到吴漾她还有些害羞。

有的人就是这么不经念叨，下午三点，吴漾来找她了。

Pluto：【在睡觉吗？】

安然打了个"没有"，又缓缓删掉，有一点气愤，觉得自己是不是太挥之即来了，不应该立马回他的。

她对着手机发呆。

Pluto：【系统提示我"对方正在输入中"。】

系统怎么这么闲啊！

安然还是回了句：【没有。】

吴漾发了语音通话邀请过来，安然接通，听筒里的背景音好像是她们楼下广场的音乐喷泉。

吴漾问她："哪天回家？"

马上要放寒假了，过几天考完期末考就可以准备回家过年了。

安然反问："你哪天？"

吴漾特别自然地说："看你时间。"

好像他们已经是情侣了一样理所当然。

安然其实心里是有些不舒服的，他凭什么说消失就消失，说出现就出现。她憋不住这点小情绪，问："你之前怎么不联系我？"

吴漾解释："从夏城回来就感冒了。"

感冒？安然不由得想起他在医院陪护的那晚，凌晨的时候好像是有点降温的。

"当然，感冒了并不妨碍说话。"他自嘲地笑笑，"我只是自大地以为你会来找我，然后可以趁病卖一下惨，结果现在病好了，你都没找我。"

安然被他说得怎么好像还有点愧疚了："那你现在怎么又找我了。"

"我怕。"吴漾坐在椅子上，看喷泉，"怕我的兜兜又突然消失不见了。"

什么啊，什么你的兜兜，这个人真爱自说自话。

小西在对面看到安然笑得一脸春心荡漾，用食指刮了刮脸笑话她。

安然背过身去对着墙说话，手指无意识地戳着墙壁："我们最后一门考试是下周五，收拾一下，周一回吧。"

"好，高铁还是飞机。"

"飞机。"

"嗯，知道了。"吴漾说完，似乎没什么话要说了，两个人拿着手机沉默着。

许久，吴漾又说："把你的考试安排发我一份。"

"干吗啊？"

他像个学生家长似的，说："陪考。"

挂断电话，安然把辅导员发的考试安排复制了一份发给吴漾。大二的课程比较多，不过大部分都是论文结课，从这周五开始基本上隔一天一场考试。

吴漾收到考试安排以后，回复她：【周五上午七点我在你们宿舍楼下面等你。】

等我干吗啊，谁要你等了，我才不用什么陪考。

她心里百转千回，微信里却只回了句：【哦。】

她的手缩回来，指甲缝里都被戳得藏了墙粉。

周五安然一早准时下楼，她们考试时间是八点半，别说她只是挂着拐，就算是爬这个时间也够她爬到教学楼了。

吴漾已经在楼下等着了，天冷，他穿着灰色的长款呢子大衣，戴了条黑色的围巾，背了个双肩电脑包，呼吸间呵出白色的气。

看到安然下来，他走到她身边，也没法扶，就跟在一旁："去二食堂吃早饭吧。"

二食堂离教学楼近。

安然拄着拐走得很慢，他跟着走得也很慢，周边是脚步匆匆的同学，他俩像被按了慢放键一样，在穿梭的人潮中有着独属于他们的节奏。

二食堂的早餐排队排到大门口，吴漾在靠门的地方找了个位置安置安然坐下，他去窗口排队打饭。

安然坐在那里捧着手呵气，她最近都没出过门，没想到早上这么冷，手拄着拐都要被冻僵了。她的手一会儿放嘴边呵气一会儿夹在胳肢窝里取暖，像个挥动翅膀的老母鸡。

等吴漾端着两个餐盘回来的时候，她才终于回暖过来。

昨晚安然几乎背了通宵知识点，现在有些犯困，吃包子的时候差点咬到舌头。

吴漾好像猜到她睡不好了，从书包里拿出个橙色的保温杯给她，说："热美式。"

安然接过去，拧开瓶盖闻了闻，咖啡香气很提神。

吴漾补充道："杯子是新的，给你的。"

她看看他，小口喝了一口："谢谢。"

他一路送她到考场教室，在门口看到她落座，把拐杖靠墙放了，将包里的文具和他给的保温杯都放到桌子上，又拜托同学帮忙把书包放到讲台上去。

监考老师拿着试题走进教室，吴漾才离开，随便找了个自习教室打开电脑写论文。

安然记忆力不错，昨晚押的大题也都比较靠谱，考试的时候思路清晰。那杯咖啡没有派上什么用场，可当安然答完卷以后，不由自主地，一口又一口地，把剩下的大半杯都喝了。

等到允许交卷的时间到了，安然就举手示意老师要提前交卷。老师看到她的拐很好奇地多看了两眼，问她需不需要帮助。

她点头，小声让老师把书包拿给她，然后尽量动作轻轻地拿过她的拐起身，缓步走出教室。

走廊里没几个人，安然关掉手机飞行模式，给吴漾发消息说自己交卷了，去楼下等他。

她手机都还没装好，就看到走廊中间的某个教室，吴漾走出来关门的侧影。

他也看见她了，向着她快走两步，走到她旁边又慢下来，依旧是跟在她旁边陪着她慢慢走。

这个时间点，吃午饭还太早，安然这腿脚出去玩也不现实。

就在她想着这就要回宿舍有点遗憾的时候，吴漾问她："要不要去图书馆复习？"

"哦，好啊。"

安然有点气自己，怎么嘴这么笨，都不会说话了。

来图书馆复习的决定是有点草率了，因为来图书馆容易，复习难——她没带学习资料。

显然，吴漾也发现了这个问题，但是很罕见地，他没有贴心地送她回去，而是选择装不知道，就坐在她对面敲电脑。

没办法，安然拿出《马克思主义基本原理概论》重新又研读了一遍。

吴漾喝水的时候瞄了她面前的桌子一眼，看到书封有些想笑，瞅了眼时间，只等食堂中午开饭。

他喝水的时候，安然才发现他的杯子和她的很像，她那个是橘色中间一圈绿色，他的这个是绿色中间一圈橘色。

任谁看都要说这是一对情侣杯吧！

安然瞅他，在他喝水的时候视线聚焦在他杯子上。他却像不知道一样，泰然自若地喝水，喝完拧上瓶盖继续打字，一副沉浸在知识的海洋里的样子。

在安然又一次深刻理解了什么是马克思主义以后，吴漾把笔记本盖上，跟她说："去吃饭吧。"

安然也把书阖上："好的，同志。"

他装好自己的书包以后，帮她把书包背好，跟她约定下次陪考的时间：

"周一你多带点复习资料吧。"

"哦。"她都要变成"哦哦怪"了!

周一早上吴漾依旧七点就等在安然楼下了,他从西校区坐最早一班的校车过来,这次见到安然先递给她一双手套,结果安然自己也戴了。

他拿的是一副粉色的带着小兔子耳朵的手套。

她戴的是一副黑色的皮手套。

安然:"……"

心想他的审美怎么这么幼稚,然后在他排队买早餐的时候换上了他给的那副手套。

他今天没有给她带咖啡,因为杯子已经被她拿回去了,她自己装了热水。

考完试依旧去了图书馆,而且因为她这次背了厚厚一摞资料,中午吃完饭他们又继续回图书馆复习了。

正值考研季和期末季撞上,图书馆里人很多,位置并不好找,他们坐在咖啡厅旁边的桌子,环境略微嘈杂。

安然看看那些考研的师哥师姐,第一次问起吴漾未来的打算:"你要考研吗?"

"考。"

"啊?"安然掐指一算,"不是这周六考吗?你复习了吗?"

"对。初试问题不大。"

"……"学霸都这样吗?

"之前看你跑来跑去的,以为你不考研了。"

吴漾点头:"之前报了名,但是最近才决定要考。"

安然怀疑他是来跟她炫耀智商的。

午后的室内容易让人昏沉,吴漾问安然喝什么咖啡,她答拿铁,他点头,拿着两个人的保温杯去咖啡厅点了两杯拿铁。

同款杯子,同款拿铁,她的那一杯咖啡师还给拉了花,一颗小爱心。

安然喝着奶泡,心想,他们好像就这么不清不楚地不清不白了。

室友们对安然"身残志坚"地在图书馆复习表示震惊，有同班同学在图书馆偶遇安然还拍了照片发到班群里，惊动了群里的辅导员，对其好学精神大加赞扬。

甚至正好赶上年末评奖，给她发了个学习标兵的奖状。

安然受之有愧，但是也美滋滋。

她得到通知被评为学习标兵是周五晚上，转手就把这个好消息分享给吴漾了，吴漾回了个微笑的表情，让安然一时间不知道他那是赞扬还是嘲讽。

周六是研究生统考，吴漾就在本部考场，安然觉得自己是不是也应该去送考一下表示关心。

吴漾：【你是怕我考上吗？】

安然：【？】

吴漾：【不然干吗扰我军心，你在外面我怎么安心考试。】

安然：【我脚已经不疼了，拄着拐健步如飞。】

吴漾：【我怕你飞太快被风刮跑了。】

安然：【好冷。】

吴漾：【对，太冷了，别出去。】

安然：【我说你的笑话好冷。】

他俩就这么简单没营养的对话能聊半天，安然缩在被窝里捧着手机笑，连室友们都看出来她最近满面春风，状态异常，疑似恋爱。

"有吗？没有吧。"安然笑眯眯地否认。

虽然吴漾不让安然去陪考，但是周日下午最后一场考试结束的时候，吴漾还是在教学楼外面见到了安然，她那副拐还是很显眼的。

他问她："等多久了？"

安然答："一分钟吧。"

吴漾不信她的话，五点多钟天已经黑了，路灯的光不亮，但他看她露在外面的耳朵红通通的，替她把她帽衫的帽子拉起来戴上，还拉紧绳子打了个蝴蝶结。

安然摇头想挣扎，但她两只手都要拄拐，失败了。

她今天特意化了妆，短发也用电夹板夹过，被他这么兜头罩起来像个俄罗斯套娃似的，毫无美感可言。

他送她回宿舍，打算在宿舍园区买点吃的。

两个人走出没多远，迎面遇见了迟允。

尽管安然的脑袋包得严实，但她那副拐杖很难让人不注意。迟允一眼认出了她，大喊着她的名字朝她跑过去。

那天他男扮女装去宿舍看她却被她骂了一顿以后，赌气赌了三天没跟她说话，后来因为考试问她借复习资料才又联系的。

安然不知道借资料是不是他求和的借口，不过她还是很珍惜他这个朋友，所以在他向自己跑过来的时候，她下意识地跟吴漾拉开了距离。

迟允见到吴漾挺意外的，随即想到他今天研究生考试，也没问吴漾考得怎么样，吴漾的学习什么时候也轮不到他来操心。

迟允看着安然，安然就像被丈夫"捉奸"的小媳妇似的，急着撇清和"奸夫"的关系："正好遇见师哥考完试。"

迟允好像并没有对他们一起走多想，头一扬，用鼻孔喘气："我还生你气呢，哄我！"

"从前有个人特别爱生气。"安然跟他说，看他等她说后续，她才继续讲，"后来这个人死了。"

迟允习惯性地要用胳膊去夹她脑袋来表达不满，安然摇摇晃晃地躲开了，笑嘻嘻地跟他道歉："别生气了，你又不是气蛤蟆。"

他俩闹腾的时候，吴漾就站在一边看着，脸上没什么表情。安然抽空看了他一眼，看不出他有没有生气。

迟允问安然什么时候回家，安然说："明天。"

迟允很遗憾的样子："那我不能送你了，我们考试还有三天才结束。你的脚这个鬼样子，怎么回啊，要是路上遇到什么不方便的就打110，警察叔叔会帮助你的。"

"我从学校打车去，到了江市我爸妈会在机场接我。"安然把吴漾和她同程的事也隐瞒不提。

迟允本就是吃完饭要回宿舍，顺便就说送安然回去。

他们三人一起走到西门口。

安然看向吴漾："师哥你是不是坐校车回去？"

吴漾："……"

他看她，她眼神躲闪。

迟允还在跟安然说他奶奶做的铁锅炖包子多好吃，没注意这两人的眉眼官司。

吴漾咬着牙憋出个"是"，往车站方向走了。

迟允和安然往另一边走，安然强忍着没回头看吴漾一眼，如果她回头的话会发现吴漾站在那里盯着她的背影看了半天，嘴撇得快成金鱼嘴了。

安然晚上想要跟吴漾解释一下的，但是她不知道怎么解释，因为她根本不知道自己现在要怎么办，只是直觉不能告诉迟允她和吴漾的关系。

那样迟允好像很可怜，要受到双重打击。

而且，她和吴漾什么关系！吴漾又没说过喜欢她，没说过要在一起，她也没做错什么吧！

心理建设做了许久，安然决定装作无事发生，给吴漾发消息问他明天是来和她一起走还是分别去机场碰头。

吴漾：【为什么这么问，你想让迟允送你去吗，也可以。】

不是安然多想啊，这话听起来怎么酸溜溜的。

安然：【我直接打车去吧。】

吴漾：【哦，那捎我一下，我的钱都给你买早餐了，打不起车。】

这个理由，行吧，她照顾他一下。

第二天吴漾依旧早早地来了，什么行李都没有，只背了个电脑包，看起来好像是要跟她去上自习。

安然提醒他："你是不是忘带行李箱了？"

吴漾整理她大大小小的行李，一手拖箱子一手提包："收拾好放在宿舍了，没什么要带回去的，我怕你行李多不好拿。"

安然看他两只手都被自己行李占满了，不得不说他想得很周到。

安然约的出租车准时到达宿舍园区门口，吴漾把行李放到后备厢以后，替安然拿着拐把她扶进后座，然后坐到了前面副驾驶的位置。

这时候安然才觉出一丝不对劲，他好像还在生气？

但是他给她拿行李，替她办手续，帮她买饮料，跑前跑后又很殷勤，而且该说话的时候也都有和她好好说话。

不过安然还是敏感地察觉到他在生气，不明显，但是有。

这次航行他们俩的座位不再隔着过道，而是坐在一起了。为了方便安然行动，她坐靠过道的一边，吴漾坐在窗边。

飞机起飞进入高空后，窗外的蓝天白云变得清晰，仿佛触手可及。

吴漾拿出无线耳机，戴了一只，戴另一只前跟安然说："我休息一会儿，有事叫我。"

安然点头，看他戴好耳机闭上眼睛听歌小憩，更觉得他是不想搭理自己又不愿意太明显。

她有点忐忑，一会儿觉得自己做得不对，一会儿觉得吴漾小气吧啦的。

窗外大朵大朵的云像被太阳镶了金边。

安然凑过身子，越过吴漾身前去看窗外，拿出手机拍下那朵最好看的云，想要发朋友圈记录。

她没说话，吴漾却好像听到她叫自己，摘下右边耳机，低头看身前的安然："什么？"

安然被他的突然发声吓了一跳，差点没扶稳摔他腿上。

她侧过头，微微抬着下巴看他。

这距离不太近，但也不远。

安然盯着他脸上被阳光照出来的细细绒毛看，想说点什么。

她直起身子，慢慢凑近他，感觉自己的脸发烫。

吴漾在她靠过来的时候，嗓子发干，想咽口水，又怕吓到她，僵着背一动不敢动，看她向自己靠近，不知道她要干吗。

而她，在脸快要碰到他下巴的时候，像个小猫一样转而用脸贴着他的脸，轻轻蹭了蹭。

吴漾觉得心头指尖同时被电了一下。

她蹭完，仰着头，几乎是嘴唇贴着他的脸说："不要生气好不好？"

吴漾根本听不见她在说什么，他脸麻了。

他甚至天马行空地想，有没有人因为这样导致面瘫的。

安然已经坐正身子，回自己的座位坐好了。

吴漾也找回了镇定，他把摘下来的那只耳机重新戴回去，戴了半天，塞不进去，一看，这是右耳的，左边耳朵里还塞着一个呢，当然戴不上。

第九章
就那么喜欢我吗

·
·
·

或许是之后安然也害羞了，没有过多关注他，总之她觉得她搞定了生气的吴漾，他的气场又正常了。

飞机降落滑行，颠簸的那几分钟里，安然的情绪也跟着起伏，她居然觉得这段旅程时间太短，她还想多坐一会儿。

多跟吴漾肩靠着肩坐一会儿。

安然爸妈已经在出口等她了，给她打电话说了几号门。她挂断电话，撑起拐杖往出口方向走，站内巡逻车看到她，停下来问需不需要帮助。

安然看向吴漾，吴漾问她："累吗？"

安然摇头。

"那就走走吧。"吴漾替她做了决定，跟巡逻人员道谢。

安然继续看吴漾，眼神探究。

"你看我，不就是想让我说拒绝吗？"吴漾居然大言不惭地跟她说，"你想跟我多待一会儿。"

安然哼了一声表示不屑，拄着拐自己往前冲。

吴漾提着拖着行李大步赶上她："主语和宾语说错了，我想跟你多待一会儿。"

安然继续冷哼，然后翘起吴漾看不到的那边嘴角。

安爸安妈看到女儿拄着拐的样子时，心疼地跑向前去迎接她。

走近了，要拿行李了，才发现安然身边杵着个男生。

安妈妈心中警铃大作，警惕地看着吴漾。

安然表情微妙，尽量自然地跟爸妈介绍他："这是我中新大学的师哥，刚好顺路一起走。"

吴漾点头："叔叔好，阿姨好。"

他们边说边往停车位走，吴漾一直自觉地拉着行李，直到到了安家的车边，他把行李放进后备厢，才再次看向安然。

安然还没开口问要不要捎他一程送他回家，安妈妈已经沉着脸客气地跟他道谢："真是麻烦你了，赶快回家吧，家里人也都等着你回去了吧？"

这是不打算载他的意思了。

吴漾识情识趣地跟阿姨说再见，看着安妈妈扶着安然上了车坐好，车门关上。

安爸爸从车子后备厢绕了一圈回驾驶座，路过吴漾身边的时候，笑着捶了一下他的肩："小子，追我女儿，眼光不错。"

安爸爸这拳还是有点分量的，吴漾没注意，差点被他捶得晃向一边，还好站稳了，没丢人。

吴漾特别有礼貌地跟安爸说："跟您学习。"

跟他学什么？

安爸爸从鼻子里发出一声"哼"，上了车扬长而去。

这父女俩，冷哼的姿态真是一模一样。

安然在车上就开始接受爸妈的盘问，尤其是安妈妈，好像误会了吴漾是那个追求安然但是安然不喜欢的男生。

安妈："他也是江市的吗？还是说为了送你特意跑一趟江市？他平时也这么纠缠你吗？"

怎么就用上"纠缠"了？

安然赶紧替吴漾辩解："不是他，他也住江市，真的只是顺路一起回来。"

"得了吧。"安爸爸从后视镜看向女儿，"我能看不出来吗，那小子眼珠子都黏你身上了，跟我追你妈那会儿一个样。"

说事就说事，怎么还捎带脚秀恩爱的？

安然在爸妈的盘问面前溃不成军，装不下去了，于是结结巴巴地承认："哎呀，是有在考虑交往……"

这下安妈妈倒没那么紧张了，听女儿的话，是对那个男生也有意思。

不是被人骚扰就行。

不过安爸爸不爽了。

回了家的安然开始享受公主的待遇，衣来伸手饭来张口，她妈妈恨不得牙都帮她刷了，就怕她活动过度伤着脚，留下后遗症。

安然给吴漾打电话，骄傲地宣称自己是"妈宝女"。

白天安爸爸安妈妈恨不得每分钟都把她捧在手心，她不好意思找吴漾。

只有夜里爸妈都睡了，她才反锁上房门，躲在被窝里捂着话筒小声跟吴漾打电话，就像以前在被窝偷看小说一样小心翼翼。

吴漾听她小声地说话，心头仿佛有羽毛轻挠，不自觉也压低声音："哦，我如果有你这样的女儿，我也宝贝你。"

他说"我也宝贝你"……

安然的脸腾地就起火了。

她想这被子太闷人了，她得把鼻子露出去透透气。

透了一口气，她清醒了一些，故意避而不答："你们男生还真是执着于做别人的爸爸。"

吴漾笑了，笑得很好听，安然觉得自己耳朵痒痒的。

他问，又像是叹息："你的脚什么时候能好啊？"

安然也想赶紧好起来，天天在床上躺着，她感觉自己肚子上的肉都松了好多。

她答："这周日去医院检查，如果可以的话就拆石膏。"

这么一说，又好像是催促她的感觉。他改口："听医生的，不着急。"

他们没什么重点的闲聊着，从拆石膏又说到江市最近的一个画展，再跑题到花生汤要不要放牛奶煮。

不知不觉就聊了一个多小时，手机都发烫了。

"咚咚！"

安然卧室的门忽然被轻轻敲了两下。

门外妈妈的声音问："安然，睡了吗？"

安然立马像只警觉的兔子一样拱起背撅起屁股从被子里探出头，大气都不敢出，沉默地盯着她的房门。

"安然？"妈妈又小声问了句，同时轻轻拧动门把手，门锁着。

安然屏住呼吸，好像这样妈妈就会以为她睡着了。

电话那头的吴漾不清楚这边发生了什么，但也很配合地不发一言。

安妈妈好像嘀咕了几句什么，离开了。

安然猛地呼了一口气："我妈刚才过来。"

"嗯。"

"可能过来看看我睡得好不好，有没有蹬被子。"

"嗯。"

安然惭愧地笑："把我当小孩了。"

吴漾没有这种经历，理解不了，但他挺羡慕的。

"对了，我问你个事。"安然忽然严肃的语气。

吴漾没由来地跟着紧张："你说。"

"就是，在夏城比赛前一晚……"安然说到这里突然泄气了，"算了，没什么，睡吧睡吧，好晚了。"

吴漾沉默后笑了一声："你存心的，安然。"

"嗯？"

"存心让我睡不着。"

安然于是又把话题接上："就是我感觉自己好像出现幻觉了，那天晚上……你是不是抱我了啊？我记不清了……"

她这么说着说着，又觉得脸热起来，为什么要求证这种事情呢。

吴漾没说话。

安然等了一会儿，忍不住干笑："哈哈，果然是我弄混了，我有时候做梦会特别逼真。"

"安然。"吴漾打断她，"是在委婉地告诉我抱你的时候不够用力吗？"

所以让你产生了那是不是拥抱的错觉。

吴漾的话让安然忍不住开心地小脚乱蹬，蹬得被子皱皱巴巴的，勾在石膏那只脚上，又挣扎着把被子踢开，差点搞得脚抽筋。

她这边忙着和被子作战，吴漾只听得到她的呼吸有些重，不知道她在做一些蠢事，以为她等着自己继续说话。

于是他又说："你不是问我为什么叫你安然不叫你兜兜了吗？"

安然停止蹬被子，竖起耳朵，认真听："哦。"

吴漾的声音像从很近的地方传来："因为当你要喜欢我的时候，你才是兜兜。"

床上的被子被蹬得更厉害了。

第二天早饭，洗漱完的安然坐在餐桌前，打着呵欠跟爸妈打招呼。

已经回家三天了，早餐就没重过样，安爸爸致力于给女儿做营养健康又好吃的养伤膳食。

安妈妈问她："昨晚是不是做梦了？我起来上厕所，听见你好像说梦话，但是你屋里门反锁了，我进不去。"

安爸爸皱眉，提醒女儿："在家里就不要锁门了，你现在腿脚不方便，万一停电着火了什么的，我们都没法进去救你。"

安然咬着包子不敢顶嘴，敷衍地"嗯"了一声。

安爸爸又给她夹了块白斩鸡："多吃点，瞧你瘦得都不健康了，以前肉肉的多可爱。"

那语气，好像她伤到脚就是因为太瘦了不抗摔。

安然拒绝不了，只能一边吃一边盘算着今天要做多少组腹式呼吸，绝不能任肚子上的肥肉有生存领地。

她还在想减肥的事，没看到她爸妈互相对视了一眼，回过神来就听到妈妈已经说了一段什么话。

那段话的结尾是："既然你现在不方便出门，就喊你那个考虑交往的朋友来家里坐坐吧。"

安然被牛奶呛出眼泪，震惊地看着她爸妈。

她跟吴漾的关系好像还没有到需要见家长的进度吧？

而且看她爸妈这姿态，怎么看都像是要棒打鸳鸯……

她硬气地拒绝："我不。"

安爸爸走到阳台边的洗手池把杯子里的水倒掉，往窗外看了一眼："行，你不愿意让他来家里坐，那就让他天天在楼下逛吧。"

安然觉得她爸爸骗她的，但还是忍不住挪去窗边。

楼下确实有个人，正在绕着她家小区的石子健身路溜达。

吴漾被打电话喊上楼来坐坐的时候，是想拒绝的。

他表示他只是遛弯遛到她家小区，随便转转。今天既没有梳洗打扮，也没有带任何礼物，这样上门太不礼貌了。

吴漾家跟安然家也就隔了五站地铁，需要倒一次车，她勉强相信他是正好遛弯遛到她家小区的吧。

她跟吴漾打电话的时候爸妈就在身边，安爸爸热情地喊了一嗓子："上来吧，正好吃早饭。"

安妈妈也附和："外面多冷啊，进家里来暖和一下。"

安然感觉她爸妈的笑容里充满着不怀好意，可她又不能捂住她爸妈的嘴，只好任他们隔空跟吴漾对话。

长辈都这么盛情邀请了，吴漾只好恭敬不如从命了。

安爸爸问吴漾吃过早饭没，吴漾说吃过了："在对面的那个早餐铺吃了小馄饨。"

"哦，那家店还不错，不过他家最好吃的是油墩子和牛肉汤。"安爸爸跟他交流家附近的美食，"你下次来可以尝尝。"

吴漾点头说好，说完又觉得安爸爸这话好像是在下套，他的意思应该是不希望自己整天往这边跑吧。

不论吴漾吃没吃饱，安妈妈还是给他倒了杯牛奶，拿了两个包子，邀他一起吃饭。

安爸爸安妈妈坐一边，安然吴漾坐一边。

"一直忘了问了，你叫什么名字？"安妈妈闲话家常。

吴漾说话之前先放下吃的，擦嘴回答："我叫吴漾。"

这个名字……安爸爸、安妈妈不由得互望，还真是挺有缘。

安妈妈又问了吴漾学什么专业的，之后有没有什么打算，在江市还是在北城发展。吴漾一一作答，不夸大也不卑微，把一些真实情况说了，再揣测一下安妈妈想知道的是什么多说几句。

他们说话的时候，安然就一直闷声吃饭，脸都快埋餐盘里去了，明明他们说的都是很日常的话题，她却觉得自己从头到脚都像煮熟的小龙虾一样通红。

终于，安妈妈想知道的情况都差不多了解了，感觉她对吴漾的基本条件还是挺满意的。一家人洗手漱口，转战到客厅沙发喝茶。

安然以为"苦刑"结束了，没想到安爸爸又出马了，而且比安妈妈更直白更致命。

他直接问吴漾："之前谈过恋爱吗？"

吴漾坦然道："之前一直专注学习，没注意身边的女生。"

"哦。"安爸爸并没有满意，"第一次恋爱没经验，容易吵架的。"

安然咳了一声。

安爸爸没理会，又问："以前有没有喜欢过谁啊？"

吴漾看了安然一眼，不知道怎么回答。安爸爸却把这一眼当成是心虚求救，还打圆场说："没关系的，青春期喜欢个把人很正常，安然上高中的时候也有喜欢的人呢。"

安然瞪大了眼睛，她爸这是在干吗？

安妈妈很配合地接上安爸爸的话："小时候不懂事，喜欢个人要死要活的。"

安然生气了，反驳道："我哪有！"

安爸爸手臂一抱："怎么没有，高考结束以后，你减肥的时候不吃饭，不是还晕倒过一次，吓死你妈和我了。"

他这么轻描淡写地说出来她小心藏起的秘密，安然又愤怒又委屈。

安爸爸看女儿要哭了似的，适可而止地转移了话题，过了会儿又跟吴漾说："年轻人谈恋爱容易走极端，叔叔阿姨啊，希望你们认真对待，但更要好好爱自己。"

安然已经扭头不看她爸妈了，要不是她的脚受伤了不方便行动，她今天就离家出走。

吴漾看安家气氛有些微妙，识趣地找了个理由告辞了。

他一走，安然的情绪就爆发了，明明是想生气，结果眼泪扑哧扑哧往外飞："你们干吗啊，不想让我谈恋爱就跟我说，干吗要当着他面说那些有的没的！我不要面子的嘛！"

"没有不让你恋爱啊，我们只是怕你被欺负，帮你看看这个男生人品怎么样。"

"对啊，我跟他说的那些话，也是帮你测试一下。如果他回头跟你吵架，说明这个人心胸狭窄，以后也容易揪着鸡毛蒜皮的事跟你闹。"安爸爸边说边拍安然的背，让她顺气。

安然听到她爸爸这么说，止住了哭，天真地问："那他如果不跟我吵架呢？"

"知道你以前为别人付出过都不吃醋，说明他根本不在乎你，那这种人更不能处了。"

合着吵不吵架吴漾都不是个"好东西"呗?

安然看她爸妈就是不想让他俩在一块!

她顺着前头没擦干的眼泪继续,哭得更厉害了。

安然一整天都在屋里生闷气,不跟爸妈说话,不过没反锁门,她觉得他爸说的安全隐患有道理,要防备。

她也不想跟吴漾说话,想到要解释以前的事或是隐瞒以前的事,都让她觉得头大。

谈恋爱好烦,要不还是让她独自美丽吧。

她还有点恼吴漾,大清早不睡觉,跑她家小区遛什么弯啊。当然,她也知道自己有点迁怒了,因为如果没有今天的这出"请君入瓮",她还是挺开心他的"犯傻"的。

安然给吴漾发了条消息,告诉他今天自己要采用"休眠疗法",让他不要找自己。

吴漾回了个"好",又说自己今天写论文,就没再给她发信息了。

不让他找自己的是她,他真的一整天没联系她又觉得难受,尤其是睡前,没有了"被窝电话"感觉好像一天都不完整了。

安然不得不承认,还是吴漾比较有定力,也可能是他有事干,有论文写,就不会像她这样无聊。

憋到第二天,安然憋不住了,虽然她觉得爸爸胡搅蛮缠,可是她确实也挺好奇吴漾听了她爸爸的那些话以后会怎么想,是小肚鸡肠还是满不在乎,她发誓不管他什么反应她都不会生气的,但是他不能一点反应都不给吧。

安然觉得吴漾可能是不知道怎么开头,于是她给他铺了个台阶,等他接话茬:【我爸昨天说的那些都是瞎说的,你别信。】

吴漾:【嗯。】

没了?

安然等着他可能在编大段文字,可他真的就没再发什么了,就是一个

"嗯"字。

安然噘嘴。

她台阶铺出去了可他不顺着下，这要怎么聊下去嘛。

等了好半天，她又发了一条：【你在写论文吗？】

吴漾：【在拜访一个老师。】

安然立马：【你忙你忙。】

吴漾回了她一个笑脸，跟她说：【周末我陪你去医院。】

安然想，见到他的时候要跟他解释一下，这个微笑的表情多用于表示嘲讽，不要再给她当笑脸发了！

安然回家的那天恰好是圣诞节，但是因为被爸妈盘问外加腿脚不方便，她没能过节。

去医院复查的星期天则是这一年的最后一天，既然吴漾都说要陪她去医院了，她就大胆地跟爸妈提出想要在外面跨年，凌晨再回家。

安妈妈对她不要自己陪着去医院有些失落，安爸爸则对女儿妄想在外面过夜感到绝望。

"不是过夜！是过零点！跨完年就回来了。"安然纠正她爸爸的话。

安爸爸不管，他不允许他瘸腿的女儿在外面逗留。

但是上次他们把吴漾叫到家里"盘问"的举动已经惹毛了安然，好不容易家庭氛围才回温，这次他们的态度没法那么强硬了。

最后只能看着他们的宝贝穿得漂漂亮亮出了门，然后千叮咛万嘱咐让她八点以后每个整点拍照片跟他们报平安。

复查预约的是中午一点半，吴漾来接安然的时候是十二点，他开车来的，把安然扶上副驾驶，查导航路线，打算先带她去吃之前说好的那家蟹黄面。

他查地图的时候，安然在旁边看着他，忍不住问了这几天一直憋在心里的问题。

"我爸那天说的，你不好奇吗？"

吴漾把手机挂在支架上，侧头看她，表情有些难以言说。

他看了一眼她身前，安全带都没系，就来问他这种无聊的问题。

吴漾解开自己的安全带，倾身过去帮她把安全带拉过来系好，叹了口气："我们兜兜，以前就那么喜欢我吗？"

吴漾的一句话，让安然彻底闭了嘴。

之后的一路上，她都在想他这话的意思，想关于那些以前他知道多少，想来想去，有些不安起来。

从前不敢说，是怕表白被拒绝；现在不敢说，是怕被他看轻。

吴漾带她去吃的面馆离医院不远，他点好面看她还在走神，自嘲地笑起来："上次不知情，被你骗得团团转，还邀请你来江市做客，你是不是在心里笑死了。"

安然才没笑，她就像个身揣重大机密的特务，步步惊心，唯恐被吴漾看出蛛丝马迹。

结果到现在，他怎么好像什么都知道了，真让人郁闷。

吴漾似乎并没打算和她就过去的问题展开讨论，也没有追问什么减肥的事情，他就是很自然地站在了男朋友的位置上，跟她说话都是"我们"如何如何。

"我们下午去看海吧。我们得找个能停车的地方。"

安然好像可以放心地、不带脑子地跟着他的节奏走。

在医院复查，拍完片子找医生问诊，医生有些不高兴地跟安然说："还没恢复好，不急着拆石膏。你下地活动也要注意，别太频繁，伤肢别受力，前期静养好了后面再做复健。"

被医生一阵数落以后，安然领着她的石膏离开了。

吴漾有些担忧地看着她："从你受伤到现在，是挺折腾的，又是坐飞机，又是上下床，又是来回考试。"

其实还好，安然觉得她这个骨裂挺轻微的，除了刚回学校那几天是真痛苦。

不过看吴漾皱眉，她忍不住逗他：“是，可别养不好变成瘸子了。那要不我现在还是回家躺着吧？”

吴漾原本看她脚的视线转到了她脸上，头微微歪着，打量她这话的真实性。

最后他得出结论：“你不想回家，你想跟我出去玩。”

安然都不知道他哪里来的自信，难道就因为知道以前自己暗恋他的事吗？她羞恼地握着拳头要捶他肩，结果他看到她手伸向自己，误会了，居然抬手跟她击了个掌。

他笑：“和我出去很高兴？”

安然莫名其妙地和他击掌，击完忍不住笑起来，他犯起傻怎么这么可爱。

因为被医生教训过，吴漾不敢再让安然下地，他就让她坐在车上，开始计划有哪些不下车可以进行约会的项目。

安然：“我要逛庙会。”

吴漾：“……明年吧。”

安然：“我想吃庙会的酥糖和山楂球。”

他看她噘嘴，还是去了庙会。只是人太多，车辆管制，他把车停在最近的停车场，让安然等着自己，从后备厢里拿出来一台平衡车开走了。

安然：车里居然还有这种东西？我也想玩！

庙会一般在春节前后才有活动，但今天是跨年，来逛的人还是不少。吴漾抱着平衡车在人群里穿梭，去找安然要吃的酥糖和山楂球。

下车前她跟他说了店名，还好都是比较大的牌子，店面也很显眼。

他各式糖点都称了一些，提了一大袋子拿回车上给安然。

走到车前的时候透过玻璃看到安然正躺靠着椅背睡觉，冬天的下午是有些湿冷的，可她坐在那里闭着眼睛，一束阳光斜照在她脸上，让人看着就觉得温暖。

很多年以后，吴漾偶尔还是会想起这个场景，他去给喜欢的女孩买酥糖，而那个女孩等得太久睡着了，面朝着阳光，胸口随着呼吸起伏。

他轻手轻脚地把平衡车放进后备厢，但上车的时候还是看到安然醒了，她揉着眼睛，鼻子一耸一耸的，像只馋狗："好甜啊。"

吴漾笑，她还没吃就说甜，真容易满足。

他从袋子里拿出块花生酥糖，喂到她嘴边。安然刚要张嘴咬，他又把手收回来塞进自己嘴里："只是给你闻闻，第一口当然要奖励跑腿的人。"

"……"安然不和他抢，手伸到他腿上的袋子里，抓了一块花生的一块芝麻的，轮换着吃，美滋滋。

他们开了一个多小时的车去看海。江市的海并不澄澈，黄黄的，不似电影里的蓝色神秘。

海边护栏的树木也光秃秃的，整个看起来就是一片萧瑟。

安然坐在车里吃酥糖，等待日落时分或许会看到美景。

结果这片海让她失望了，落日确实染红了一小片云彩，但因为有些阴天所以光亮并不清晰，更没看到太阳跳进海里的场景。

安然看吴漾，吴漾似乎也觉得这日落太过草率，又想出了新的行程："去看电影吧，汽车电影。"

这次搜了半天才找到一家正常营业的户外电影院，赶过去的时候电影刚开场没多久。

他们把车子停在后排的空位上，调整座椅角度，看一部有些年头的爱情电影《风月俏佳人》。

其实就是古早版的霸道总裁与灰姑娘，安然看过，但不妨碍她很有兴致地再看一遍。

酥糖太腻，山楂球太酸，吴漾下车去买了爆米花和可乐。

安然一边吃，一边罪孽地说："今天摄入的热量也太多了。"

吴漾捏了一把她的脸蛋，没说话。

电影里面男女主在钢琴上亲热，安然本来没觉得有什么好害羞的，毕竟尺度不算大，吴漾表现得也很正常，拿可乐的手一点都不抖。

安然尴尬地伸手去抓爆米花，想做点什么转移一下注意力。她的手跟吴漾的手碰到一起，吴漾看她，她缩回手，也缩回视线。

电影这下是彻底看不下去了，他们干脆聊起天来。

安然说起迟允跟她发的消息："他喊我初五去他奶奶家吃大餐。"

"你答应了？"

"哦……之前在学校的时候他就提起过，说让我去他家做客。"安然又开始心虚了。

吴漾好像没有生气，也没说不让她去。

他问她饿不饿，她说"有点儿"，他便驱车离开了电影院，没再看后面的结尾。

吴漾开始找汽车餐厅，他们今天是要住在这辆车上不下地了。

夜晚的道路比白天安静不少，安然在安爸爸的追问下，到达汽车餐厅的时候拍了张照片发给她爸，然后跟吴漾一起吃汉堡薯条。

"今天真是长肉之旅。"

当安然再次感慨的时候，吴漾终于说了一句："你以前也不算胖，挺可爱的。"

终于提起了从前，安然立马问："你记得我以前的样子？"

"嗯。"本来没印象，但是看过照片以后记住了。

安然手舞足蹈地在他眼前乱挥："快忘掉，快忘掉。"

吴漾抓住她的手腕，不让她闹，另一只手从口袋里掏出来一条手链，套在了她的手腕上。

咦？安然看那个褐色的编制绳，感觉有些面熟。

"你编的。"吴漾替她确认，"看到你发朋友圈了，就照顾了一下你的生意。"

想到他在自己不知情的情况下有很长一段时间能看到她的碎嘴子朋友圈，安然气恼地说："那谢谢你！"

吴漾笑了下，替她把手链的调节绳紧了紧，戴好，捏着中间那枚打磨得很光滑的弹壳跟她解释："大一军训的时候，第一次练射击，男生们都会把自己的弹壳捡回来，送给喜欢的女生。"

安然认真地听。

吴漾继续说："我当时也捡回来了，用砂纸天天磨，想送给兜兜。没想到过了这么久。不过总算是送出去了。"

安然总是这样，被吴漾一句话就牵着鼻子走。

他送的那枚弹壳，她在指尖拨拉着，越看越好看，嘴上不说，心里的喜欢满得快要溢出来了。

从汽车餐厅出来，才刚到九点钟，距离跨年的这三个小时，两人不知道可以干点什么了。

安然手机响动，她以为是她爸爸的追命连环 call（电话），拿起来一看是迟允的电话。

她下意识地先看向吴漾，吴漾漫无目的地开车。

安然清了清嗓子，接起来："喂？"

迟允应该已经回了，手机那头的背景音热热闹闹的，他浮夸地用朗诵腔跟她说："我怕新年的钟声人响，您会听不到我的祝福，我怕除夕的鞭炮太响，您会收不到我的问候。吧啦吧啦后面忘了。迟允给您拜个早年！"

他的声音从听筒里传出来，吴漾听着都不禁跟着微笑。

安然吐槽他："你比鞭炮还吵好不好？"

"你脚咋样了，好了没？"迟允无视她的嫌弃，和她聊起天来，从她的脚聊到她的头，"我认识一个'托尼老师'做造型特别棒，一会儿我推给你，可以上门服务，我办了年卡你签我的卡就行。"

安然一边应付他的话题，一边看车载屏上的时间，余光顺便偷瞄吴漾的表情。

聊了十几分钟，吴漾把车停到路边，下车去买饮料了。

关车门的声音不大，不过迟允还是听见了："你在哪里？"

"在外面，今天来医院复查了，顺便透透气。"安然略过了吴漾的存在。

迟允又咋咋呼呼地说："喊我呀，我带你出去玩，我知道的地方多！"

"怎么感觉你玩的地方都不是我能去的？"

"啧，怎么说的，我也是个正经人好吗？"

"我是说我腿脚不方便不能去，你在说什么呢？"安然跟他斗完嘴，发现吴漾已经买好东西从便利店出来了。

他没直接回来，在便利店旁边站住，一手提着塑料袋，一手拧开瓶乌龙茶，仰头喝茶，好像是在等她这边结束。

"好了你没什么正经事就不说啦！"安然催着迟允挂电话。

迟允委委屈屈地，看起来在家憋得很无聊："行吧，你好好养伤，初五我去接你。"

安然支支吾吾，有些想变卦了："再说吧。"

"怎么能再说呢！我奶奶都已经给你把菜谱订好了，来啊来啊，替你补补你的脚。"

安然怕拉扯下去又要很长时间，敷衍着答应："嗯嗯，挂了。"

安然挂了电话，给吴漾发消息：【快回来！】

透过车窗，她看见吴漾拿起手机看了一眼，把手机揣回兜里向自己走来。

上了车，重新启动车子，吴漾沉默着开车。

安然主动找话说："那个，我们要不去天阶广场吧，我查了一下那里有灯光秀，还有倒计时。"

"好。"吴漾单手把手机给她，"导航一下地址。"

安然输好以后把手机放到支架上，也不知道说什么了。

"我是不是很无聊？"吴漾忽然问她。

"啊？"安然连忙摇头，"没啊。"

吴漾的语气听不出来喜怒："迟允比较有趣，如果今天是他带你出来，应该知道很多好玩的地方。"

安然负罪感深重，但也不想制造矛盾。她纠结地问："你是不是觉得我在吊着迟允啊？我只是不知道怎么跟他开口，我告诉过他我有喜欢的人了，但没说是谁……"

没想到吴漾说："我不觉得你吊着他，我觉得你是在吊着我。"

哪有？！

安然辩白："我是怕说了以后会影响你们兄弟感情，你不尴尬吗？"

"不尴尬。"路口红灯，吴漾踩刹车，侧头看安然，"而且我们也没什么兄弟感情。"

"……"瞧瞧，为了她这个红颜祸水，他俩连兄弟都不当了。

天阶广场确实有灯光秀，还有无人机队表演。

但是广场附近三千米都人满为患，根本没法开车，步行都困难。

吴漾打开地图，放大周边景点，最后定位了一个新小区，载着安然过去。

安然："这是去哪里？"

吴漾："七星小区。"

安然："我看到了，我是问去这个小区干吗？"

她一瞬间还以为那是吴漾家，他发疯带她见家长。

还好吴漾说："我算了一下折角，那边应该也能看到报时钟。"

学霸的物理学得真好，安然在心里给他点了个赞。

七星小区是个刚交付不久的小区，物业管理还不太成熟，居然也没拦着吴漾，就这么把他们放了进去。

小区里面建造得很有艺术感，各色现代雕塑仿佛艺术园区，最后他们在一群小白熊布偶前停下来了。

那些白熊有大有小，像是一个家族。而他们身上穿的衣服、戴的围巾帽子各式各样、风格迥异，安然怀疑是小区居民给它们套上的。

白熊家族的每只熊都有一个纸灯球，有的是脑袋顶着，有的是屁股顶着，有的是熊掌托着，不同的灯球外面的纸张颜色也不同，看起来像一个个星球。

他们停的地方比较空，前后也没有停车，安然不太放心地问："停这里没事吗？"

"你问的是哪种没事？"吴漾挂挡，"是怕交警来贴条，还是怕那个熊手里的陨石扔你头上？"

什么啊，她认真问他的！

这个位置不止能和白熊一家一起赏灯球，还能看到天阶广场钟楼上的报时钟。

安然打了个哈欠，居然已经十一点多了，他们明明也没玩什么，时间过得真够快的。

吴漾把音响切到轻音乐专辑，从后座拿了条薄毯子给安然盖在肚子上："睡一会儿吧，十二点我叫你。"

安然平时不是一个仪式感特别强的人，今天和吴漾出来也不只是为了跨年，她把毯子拉到脖子上，调整椅背躺得舒服一点，和他聊天："听说你跟魏秋师姐一起长大的，你为什么没跟她在一起？你喜欢过她吗？"

女生总是对男朋友的感情史最感兴趣。

吴漾侧趴在方向盘上，和她对视："这属于是倒打一耙吗？"

安然："我又不是猪八戒，哪儿来的耙？"

吴漾："我都没问你和迟允，你倒是先来给我扣帽子了？"

他俩说着不在意，结果论起来都还挺小心眼的。

安然小声嘀咕："你不是问兜兜为什么突然消失了吗，因为她看见你和魏秋师姐动作亲密地共撑一把伞，她生气了。"

吴漾努力回忆，回忆加载失败，她说的这个他根本没印象，而且打一把伞什么的也正常吧，他还跟魏秋她妈妈打过一把伞呢。

安然看他不说话，觉得他是心虚默认了，头歪向一边："反正我和迟允没撑过一把伞。"

"好吧。"吴漾认输，"如果论先来后到的话，在喜欢你这件事上，迟允是我的前辈，我不吃他的醋。"

安然觉得他满脸写着"口是心非"。

这算他们第一次真正意义上的约会，安然看着窗外的小熊家族，拍了几张照片以后想要自拍。她看吴漾，问他："要拍合照吗？"

"好。"吴漾说着，却打开手机找迟允的朋友圈，然后指着里面那张迟允和安然拿烟花的合照说，"要这个角度的。"

安然看了眼那个照片，一阵无语。

吴漾打开前置摄像头，对准他和安然。

安然看他。

吴漾："不对，你那个不是这样的，要看起来很自然地透过我看镜头。快点，不许拍得比那张丑。"

安然顺从地侧着脸看镜头："……不是说不吃醋吗？"

吴漾一只手抬起来举着手机，看着镜头里的他俩，安然正认真地寻找无意看向镜头的茫然感。

他叫了声安然："看我。"

安然扭头。

他猛地凑过去亲在她嘴上。

安然被这突然袭击吓得瞪圆了眼。

吴漾把手机放下，另一只手捏着安然的后脖颈："我骗你的。"

他捏着她靠近自己，咬了一口她的下嘴唇："我酸得要死。"

第十章

每一秒都是热恋

：
：

时间在安然的世界里混乱了。

吴漾亲她的时候她觉得时间很长很长，她好像能看到秒针慢动作地旋转。

但是时间又好像过得飞快，她根本不知道什么时候就过了零点。

直到吴漾贴贴她发烫的脸跟她说："新年快乐。"

安然恍惚了，这就是谈恋爱吗？

吴漾放开她，替她整理了一下略微发皱的领口，坐回自己的位置上系好安全带，发动车子："回家？"

"好。"安然小声答应，拿起手机假装看消息，偷偷对着前置摄像头观察自己的脸和嘴巴，怕被爸妈发现端倪。

她的小动作被吴漾余光看到了，他脸色正常，只是耳朵红红的："你要不要喝点茶？"

安然害羞地把手机熄屏，从袋子里掏了瓶大麦茶咕咚咕咚喝了几大口。

车开到安然家楼下，吴漾打开车顶灯，观察了一下安然的脸，帮她把散落下来的一缕头发别到耳后："看不出来。"

安然本来已经平静了，被他一说又要脸红。

她开车门，在吴漾下车走到她那边之前自己就拄上拐走得飞快，想赶紧逃走的样子。

吴漾在后面紧跟着，还没进楼栋，碰到了下楼来接安然的安爸爸。

安爸爸刚才就在窗口徘徊，看到有车子停在楼下，立马就下楼来接了。

他对拐带自己女儿夜不归宿的臭小子没什么好脸色，吴漾跟他打招呼他也当作没听见，扶着安然往回走。

吴漾没再跟着，目送父女俩上了电梯。回到车上，车里好像还有安然的味道，淡淡的香味。

他等了一会儿，下车，仰头寻找安然家的窗户，直到那扇窗里的灯光灭了，才又回到车上开车离开。

跨年夜的这一次出行后，安爸爸不许安然再出门了，他的理由很正当，医生让她静养。

安然也怕脚会留下后遗症，乖乖听话在家养着。

只是初尝情滋味的少女根本憋不住想念，发短信打电话也只是望梅止渴。

于是她在吴漾再次"闲逛"到她家楼下的时候，喊他来家里玩。

吴漾还以为他又要被长辈教育了，特意先去小区外面的商店买了个零食大礼包，没想到家里只有一个瘸着脚来给他开门的安然。

"他们上班去了呀。"安然欢喜地接过大礼包，拆开包薯条吃起来。

吴漾还有些拘束，笔直地坐在沙发上，看她跷着脚歪坐在沙发另一端吃薯条，拿了个靠枕过去帮她垫腰。

这是上次亲密接触以后的第一次见面。

吴漾低头慢慢凑近她，安然嘴里还有半根薯条，看他靠过来只想着要把嘴巴空出来，拼命咀嚼薯条，看起来就像只进食的小仓鼠一样。

吴漾都快碰到她了，被她的样子逗笑，头一偏，吻落在她的脸上。

他笑："不急，你先吃。"说着还把她刚才给他倒的那杯水拿到她面前。

什么叫"不急"？说得好像她多心急一样！

安然报复性地开始慢悠悠吃薯条，一包没吃完又开了袋薯片，薯片完了还有吸吸冻。

她像是打算直接把那个大礼包都吃光一样，吴漾在她身边坐下，拿过桌子上的遥控器，换了个频道，播放着一匹孤狼是怎么勇闯天涯的纪录片。

安然坐累了，身子朝他倾斜，开始是枕着他的肩，后来在重力作用下往下滑，最后干脆枕在他的肚子上了。

她躺着仰头看他的下巴，他视线从狼王身上转到她脸上。

安然立马抓了一把蚕豆塞嘴里，故意和他作对似的。

吴漾笑笑，把落在她脖子上的渣渣捏起来扔到垃圾桶里。他的指尖触到她的皮肤上，安然怕痒地一缩脖子，像是受惊的小动物。

她这么可爱，吴漾实在很难装作认真看电视的样子，抓起她的手指咬了一口："少吃点吧，别撑着。"

安然的午饭是安妈妈早上就做好的，装在饭盒里放到微波炉热一下就可以吃。

因为她吃了太多零食，这盒饭菜就落入了吴漾的肚子。

其实吴漾过来他们也没玩什么，甚至没怎么聊天，就靠在一起看电视，一上午就这么过去了。

安然问吴漾这几天在家里都干吗。

吴漾："写论文，改项目报告。"

安然小心翼翼地问："那你能不能带着电脑来我家写？我不打扰你。"

吴漾："好。"

他答应得爽快，没说出口她在旁边什么都不做就已经非常打扰他了。

自此之后，吴漾果然每天准时在安然家报到。

安爸爸安妈妈八点出门，他八点半就到楼下；安爸爸安妈妈下午六点回家，他下午五点半准时离开。

午饭有时候是吃安妈妈准备好的盒饭，有时候他会听安然的要求，照着手机上查到的菜谱给她做热菜。

开始那几天他带着电脑来，坐在书房写论文，结果经常是没写多少就被安然喊着帮忙拿个什么东西，或是她隔三岔五凑到他旁边看他在写什么。

他在安然家写的那几页纸，晚上回了家都得重新返工。

所以他干脆也不自欺欺人了，去安然家的时候两手空空，或者给她带点零食，来了这一天就专注跟她谈恋爱。

说起谈恋爱，其实也没什么正经事能干。

有时候一起看纪录片，有时候抱在一起用 iPad 看电影，有时候安然躺在飘窗上晒太阳小憩，他在一旁坐着看书。

他像在天文馆的时候那样给她讲一些关于宇宙的小故事，她认真地听他说。

吴漾讲着讲着，看她眼睛里带着光一样专注地看他，就忍不住停住话头。

他喜欢被她这种充满爱意的眼神注视。

他喜欢她的喜欢。

时光就这么温柔静好地流淌而过。

又是在家约会的一天，中午十二点半，安然正躺在卧室的飘窗上，头枕着吴漾的腿跟他说自己要吃的菠萝糖醋肉是什么样的。

突然听到外面门响，有人回来了。

安然吓得直挺挺就坐了起来。

吴漾扶着她下地，用眼神提问：谁？

安然慌张地让吴漾快去把卧室门反锁上，她腿脚不利索，跑不了。

吴漾照做了。

他刚锁好，就听见门外安爸爸的声音："安然？"

那声音如此之近，吴漾顿时有一种心虚感。

安然喊了声："啊，我换衣服呢！"

安爸爸答应了一句，就走了。

安然冷静下来，跟吴漾说："你先在屋里躲一下，我去看看，估计我爸中午回来拿什么东西。"

吴漾点头，四处看看，躲到卧室里的卫生间去了。

安然出卧室，在厨房见到她爸爸："爸，你怎么回来了？"

安爸爸："公司今天下午维修电路要停电，给我们放半天假。高兴不？我给你做饭，你想吃什么？"

安然："……"

她急中生智："我想吃东区的烤乳鸽，爸你给我去买那个吧！"

安爸爸一口答应，掏出了手机打了个订餐电话，还得意地跟她笑："我是老顾客，可以送上门的。"

安然看爸爸这个慈祥的笑容，心里怕怕的。

她等安爸爸开始炒菜的时候回了卧室，把门反锁上，找到还在卫生间的吴漾："怎么办，我爸下午不上班了。"

如果刚才直接出去的话，最多只是尴尬一小下。

可是现在这样从她卧室走出去，只怕被安爸爸打断腿，跟安然挂情侣款石膏了。

他俩相对无言。

就在吴漾打算走出去接受胖揍的时候，安然拉住了他的胳膊："要不你继续藏着吧，我再想想办法，把他支出去……"

吴漾坐回到窗边，外头日光亮晃晃的，他挠了挠额头，就这么被"金屋藏娇"了。

安爸爸做好了午饭喊安然出去吃，安然看着吴漾躲好了才出门，把门轻轻带上。

她心情复杂地跟爸爸吃完这顿午饭，吃完问她爸下午的打算。

安爸爸："没什么事，你有什么事需要爸爸做吗？"

安然："要不你陪我去医院拆石膏吧！"

安爸爸："不是约的明天下午去吗？不急在这一天半天。"

安然还想找个什么借口，安爸爸却想到了什么似的："是想赶紧拆了石膏找那小子出去玩是吧？我看你魂都让人勾走了，有点出息好不好？"

"……"如果爸爸知道勾她魂的人现在就在家里，是不是要连她一起赶出去了？

安然一时半会儿没有更好的主意，先拿了两个苹果回房间给吴漾吃，打算和他一起想办法。

这一下午，安然就躺着仔细听安爸爸的动静，只等着他有个什么事能出门。

吴漾倒是放松下来了，从她书架上随便拿了本书，坐在安然旁边看。

安然问他："你怎么不着急了？"

吴漾："既来之，则安之。"

安然震惊地看着他，心态这么好吗？

"反正最多就是被打一顿。"他右手托着她的脸，拇指摸了摸她的嘴，居然还笑，"不亏。"

安然被他说得脸红，背过身去不理他了。

后来，大概是专注听声音太伤神，安然也不知道自己什么时候睡着了。

醒来的时候天已经暗了，屋里没灯，吴漾躺靠在飘窗上听歌，看到她坐起来的时候把耳机摘了："醒了。"

"哦，几点了？"安然问这话是因为肚子在叫。

"六点。"吴漾告诉她，"你爸一直在家，没出去。你妈妈也下班回来了，他们现在好像在做饭。"

安然想像那只动画里的土拨鼠一样仰天长啸。

"怎么办？"她现在只会说这一句话了，"怎么办啊？"

吴漾安慰她："你们明天去医院的时候我再走。"

安然："我爸送我去，我妈可能在家。等等，你说什么？那你今天晚上怎么办？"

吴漾看看她，又看看床，最后拍拍身下飘窗的垫子："睡这里。"

安然的眼睛瞪得圆圆的，好像才睡醒，像迷瞪的小鹿一样。

吴漾跳下飘窗，拍拍她的脑袋："没关系，我家允许我夜不归宿。"

安然摇头，把他手甩下去，还要说什么，外面安妈妈叫她吃饭。

因为安妈妈习惯来她屋里帮她收拾房间清理垃圾，她不敢让吴漾躲卫生间了，推着他来到大衣柜前："委屈一下，我很快吃完。"

吴漾确实很委屈，他脱了鞋钻进柜子里，坐在她的衣服上蜷缩着。

安然盯着柜门前的拖鞋，发现了一个很吓人的事："你的鞋是放在鞋柜里了吗？"

"放在门外的鞋柜里。"

他这么说，安然松了口气，那应该还好，那是给客人用的，她爸妈一般不会看外面的鞋柜。

她把吴漾穿的拖鞋塞到床底下，拉上衣柜门，留了条缝给他透气。

晚饭吃的什么安然根本不知道，她食不知味，一边幻想如果吴漾露馅被爸妈发现了会是什么可怕的修罗场，一边又琢磨着家里有什么小零食可以拿回房间给吴漾吃。

安爸爸看出来了她的心不在焉，敲敲桌子："明天去医院，要么就让吴漾送你去吧。"

"啊？"

安爸爸一副体贴女儿的样子："啊什么啊，你不是想和他出去玩嘛，这也有十几天没见了，让他来接你吧。"

安然差点以为她爸发现什么了。

她松了口气，撒娇："不要，我要爸爸送我，还要妈妈陪着一起。"

安爸爸被"拒绝"了，但并没有生气，相反还挺受用的："你自己说的啊，可别又因为我们多管闲事跟我们甩脸色。"

说的是上次把人叫到家里来坐坐的事。

这如果被他们知道安然每天都把人叫来家里坐坐，甩脸色的可能就轮不到她了。

安然讨好地给她爸夹了块肉，自己低头把饭几口扒拉完，又去厨房拿了两包奶一包苏打饼干，揣在家居服的裤子口袋里，拄着拐回房间。

安妈妈看见她裤子鼓鼓囊囊的，提醒她："睡前别吃太多，容易积食。"

"哦，我睡得晚，当夜宵。"安然快到门口了，又跟她爸妈叮嘱，"我今晚要跟同学开课题讨论会，要开摄像头，你们不要随便进来打断我。"

然后名正言顺地把门锁上了。

她把东西一股脑地扔到床上，拐也放到一边，单脚撑着拉开柜门。

吴漾正抱着腿蹲坐着，头埋在胳膊上，好像是睡了一会儿。

突然涌入的光亮让他眯了下眼，安然伸手拉他："出来吧，饿不饿？给你拿了点饼干。"

她的手没能拉动吴漾，反而被他用力一扯，没站稳，扑到他身上去了。

衣柜总共就没多大点地方，除去衣服，又这么塞进来两个人，空气都被拥挤得稀少了。

安然挣扎："干吗干吗？"

吴漾按着她的腰，仰头咬她："饿了。"

或许是安然说的借口太冠冕堂皇，安爸爸安妈妈居然真的没有过来打扰她。

可能也怀疑她这话的真实性，只是觉得女儿有自己的小秘密需要私人空间，哪里能猜得到她会胆大到藏了个男人在屋里。

夜色漫漫，两个人这么关在屋里实在没什么事可干，想找部电影看，只看了个开头安然就看不下去了，有些烦躁。

已经十点钟了，吴漾把大灯关了，躺在飘窗上裹好小毯子："睡吧。"

安然答应了，但是睡不着。

她在床上翻来覆去的，最后朝着飘窗上的吴漾说："那里透风，你也来床上睡吧。"

空气沉静了十几秒。

然后是吴漾起身的声音，没一会儿，安然感觉床一沉，他的声音在旁边："来了。"

他是带着飘窗上的小毯子过来的，两个人两个被窝，井水不犯河水，但安然还是感觉非常奇妙。

她往吴漾身边靠了靠，小声说："我睡不着，我们聊聊天吧。"

今夜没拉窗帘，窗外有对面楼的灯光映照进来，眼睛适应了黑暗以后可以在这光亮中略微看见对方的眼睛。

吴漾也转向她，枕着自己的一只胳膊："好，你想聊什么？"

安然想了想，问他："你小时候，最开心的事是什么？"

这个"小时候"没标具体范围，吴漾往近了想："大一的时候，我每天最开心的就是跟你一起装饰聊天室，就像装修自己的新家一样。"

"哎呀，小时候。"安然不满意。

吴漾又想了一会儿，他好像也没有什么特别开心的事，很难想到具象的事情。他问安然："那你最开心的是什么？"

安然倒是说了很多，说她去乡下外婆家和村里的小孩上树抓蝉、下河捞鱼；说她外公骑自行车带着她翻过两个山头去赶集，集市里有好多好吃的，外公都会买给她。

吴漾终于在她的启发下也想起来一件事："上小学的时候，有一天我发烧了，后来出水痘，没法去上学，我妈在家陪了我三天。她平时很忙，但是那三天她都没去工作，一直陪在我身边。"

安然不知道为什么，听他把这么平常的事情当作最开心的事，有点难过。她小时候有个头疼脑热的，她爸妈都会请假陪着她的。

她摸摸他的脸："乖，以后你生病我也陪着你。"

吴漾弯起嘴角，侧头亲她的掌心。

最近他们经常亲亲，可都是青天白日的。这样暧昧的夜色里凑在一起，直叫人荷尔蒙发酵。

吴漾顺着她的掌心，亲到她的脸，她的唇。

安然闭着眼，一动不敢动。

他不再只是碰触她的唇，舌尖挑开她的牙关，顶进去，勾着她和自己厮缠。

半晌，他气喘吁吁地抬头，狼狈地抱着小毯子下床："我还是睡飘窗吧。"

相安无事的一夜，安然醒来的时候却发现自己是躺在吴漾怀里的，他半倚着床头躺着，在看手机，而她的胳膊搭在人家腰上。

她还以为自己是抱了个抱枕呢。

"早。"他低头跟她打招呼，脖子倚的时间太长了，有些僵硬，他左右扭了扭。

安然仰头看他，傻傻地问："这是印度早安礼吗？"

说着也跟着扭了扭头。

吴漾失笑，捏了一把她的脸。

安然担惊受怕地等到中午爸妈带她去医院拆石膏，再回家的时候发现吴漾帮她把卧室收拾过了，床上的被子叠得整整齐齐的，看起来走得非常从容，一点没有做贼心虚的意味。

安然的脚恢复自由了，他俩却不如之前那样频繁地每天见面了。

因为安然的爸爸开始了超长的春节假期，监管着安然不许她到处乱跑，"伤筋动骨一百天"，要她在家好好养伤。

安然拗不过她爸，又不敢再让吴漾来家里玩，刚好吴漾也需要一些时间准备研究生复试的内容，于是两人开始了"网恋"。

他们找回了之前那个聊天室，没事就一起玩玩小游戏做任务领家具，安然每天蹲在窗边拍月亮，拍完传到相册里，通常是《1月17日，想你》这种直白的标题，她现在表达对他的喜欢倒是不藏着掖着了，反正他都知道。

这好像成了他们之间的一种仪式，安然甚至特意充钱买了云空间，就为了放她的月亮图。

日子在安然睡睡醒醒地养伤生活中一滑而过，除夕夜守岁，吴漾和迟允都给她发拜年信息了，她选择先回迟允的信息，然后跑回房间和吴漾打电话。

安爸爸安妈妈看着她这副女大不中留的样子，默默叹气，转而又相视一笑，不去管他们小年轻的事了。

安然挺委屈地跟吴漾说："我已经两周没见到你了……"

吴漾语气温柔，哄小孩似的："明天我去你家拜年，给你带糖吃。"

安然拒绝："我不吃糖，我胖了。"

吴漾居然答应说："好，那不带。"

他说不带，安然又不乐意，最后哼哼唧唧地问他几点来。

吴漾看了眼时间，跟她许诺："你睁眼就能看到我。"

安然觉得他说大话，故意逗他："那我六点就起床了。"

"那我六点就到了。"

吴漾说到做到，安然六点闹钟响的时候，居然真的听见外面有敲门声。

安然的爷爷奶奶已经不在了，外婆家在乡下要初二才回去，初一这天通常他们一家三口都会起个大早，等一些亲朋上门来拜年，然后下午补觉。

安然起身就想往外跑，下了床看到椅子上自己的新衣服，又飞快地脱了睡衣换上新装洗脸梳头，再出门，吴漾已经坐在沙发上了。

他听到声音看过来，对她笑："安然，过年好。"

"过年好，过年好。"安然憨憨地拱手对他抱了抱拳，然后凑到他身边坐下。

他今天穿了件白底毛衣，领子和袖口是大红色的，胸口还有个红色的口袋。

安然伸手去戳了戳他的红色口袋："我以为这是给我的红包呢。"

吴漾指了指桌子上的袋子："给你带的。"

安然倾身去翻袋子，里面有一些花里胡哨的进口糖果，还有各式小零食。

她忽然想到她小的时候，有叔叔阿姨来家里做客，也会带各种各样的小零食给她，只是长大了以后就不再收到了，结果吴漾好像每次来都给她买这些东西。

那次去天文馆的时候也是，他给她买星空棒棒糖，然后问她们小女孩是不是喜欢这种。

他是把她当小孩吗？

吴漾不只是带了给安然的吃食，还有给安爸爸的酒和给安妈妈的护肤品，他礼数周全，又是大过年的，安爸爸安妈妈也对他客客气气的，招待他一起吃早饭。

也没觉得过了多久，天色就已经大亮了，有朋友给安爸爸打电话说一会儿到。

吴漾在这里有些打扰，他跟安爸爸安妈妈告辞，正在吃橡皮糖的安然立马站起来："我送送他！"

他站在玄关换鞋，她扶着他的胳膊踩进一双雪地靴，不时地戳戳他的腰，蹭蹭他的手。

吴漾反手握住她的手，再次跟安爸爸安妈妈说了再见以后把门关上，出了门就问她："走楼梯下去吧，说说话。"

安然眨着眼睛看他，觉得他不是要说说话。

吴漾被她看得有些不好意思，揽着她的肩把人带走："别说你不想。"

安然偷笑。

结果一进楼梯间就笑不出来了。

他亲得又凶又狠，按着她的手腕在墙上不让她乱动，都不像是刚才在她家那个温文尔雅的吴漾了。

安然含混不清地喊了声"师哥"，吴漾停了一下，以为弄疼她了，手松开一些问："干吗？"

她抬手，搂着他的脖子，甜甜地说："我也想你。"

初五这天，迟允开车来接的安然，他在楼下出现的时候，安爸爸从窗户看下去，以为是吴漾找安然出去玩，跟安妈妈说了句："臭小子还换了辆车，家里挺有钱。"

安妈妈不懂车，但听到这话有些担心："吴漾人还蛮不错的，不知道他家里人好不好相处，有钱人是非多。"

安妈妈的担忧其实安然也有，不过是对迟允。

她以为像迟允这种有钱人家里，应该是人人穿着晚礼服，端着高脚杯，坐在长条桌前说祝酒词的。

结果她去了迟允奶奶家的这个别墅以后，感觉像是来到了一个高档农家乐。

迟允家里人都不在屋里待着，一伙人聚集在大院子里烧烤，另一伙人领着保姆在厨房备菜，几个年纪小的在楼上打游戏。

像迟允这种既不是上了年纪会做饭的，也不屑于跟小毛头一起玩的，就变成了纯吃货。

他邀请安然来一起当吃货。

安然觉得自己在逛自助餐厅，走两步就会被热情地投食。

大概是迟允跟他家里人强调过了来的只是同学，安然并没有被当作迟允女朋友，也不用回答什么令人尴尬的问题。

她可太惬意了。

就在她吃得肚皮浑圆的时候，吴漾也来了，还有吴漾的爸妈。

安然手里的烤大虾瞬间不香了，她看向吴漾，吴漾朝她淡淡地点了下头。

来之前说好的先装不熟，等回学校了再告诉迟允。

迟允奶奶看到来的人，拉着吴漾爸妈去看东西，喊迟允招呼留下的吴漾："给你小舅拿点肉串去。"

小舅？吴漾是迟允的小舅？

所以这就是吴漾说的他们"没有兄弟感情"吗？

安然惊讶地看着他俩，迟允没什么不自在，他也忘了自己有没有跟安然说自己和吴漾的关系了。现在他得了吩咐，先去给吴漾拿吃的。

安然吃惊的样子太可爱，吴漾忍不住去看她，趁没人注意的时候抽了张纸巾，替她擦了一下嘴角的油，然后把纸巾塞她手里，走了。

安然之前不知道吴漾的父母也会来，这下有种"丑媳妇见公婆"的局促感，最关键的是她现在的角色还是迟允的好朋友，她也不能在吴漾爸妈面前表现得太亮眼，怎么想都透着一丝尴尬。

迟允可不管她尴不尴尬，他就是带她来吃东西的，转了一圈看她吃差不多了，带她上楼打游戏消耗一下体力再继续吃。

安然上楼才发现，这里居然一整层都是游戏机，就像游戏厅一样。

她以为小朋友在楼上打游戏是指的电脑游戏，没想到是这么丰富的游戏。

迟允在台球屋抢了他两个小表弟的地盘，把人赶跑秀了一波球技以后，喊安然也玩。

安然不会，正合迟允的意，他可以手把手教她。

刚跟安然介绍完规则，还没开始上手呢，吴漾也过来了。

吴漾靠着门框笑迟允："你那三脚猫的本事还收徒弟呢？"

迟允不太服气地把墙上挂的另一根球杆拿下来，丢给吴漾："我进步很多了好不好？"

吴漾让迟允开球。

迟允开得不错，只是第四个球有点失误，换吴漾。

吴漾夸了他一句："有进步。"

然后没再给他机会，清台了。

迟允撇嘴："你就不能让着我点！"

吴漾淡然："是你非要拉我玩的。"

吴漾把球杆挂上墙，路过安然旁边的时候看到她袖子蹭上灰了，替她弹了下，安然觉得自己胳膊一麻。

她侧过脸看迟允，迟允正在给球杆打蜡，没看见。

她瞪了一眼吴漾，吴漾手挪开，状若无事地走了，快走到门口的时候对着安然说："打台球就是计算折角，这小子数学最低考过5分，别跟他学。"

安然猜他后面应该还有句"想学找我"没说出来。

她举手："好的，师哥。"

迟允郁闷地带安然去玩赛车了。

这一趟可以说是吃好玩好，尽兴而归。

安然跟迟允告别的时候由衷地感谢他，觉得他真是个太完美的朋友了。

迟允送她到楼下，又发出了新的邀约："十五的时候还有一次聚会，你要来吗？"

安然摇头："不了吧，那时候快开学了，要准备一下返校。"

迟允诱惑她："我奶奶包的汤圆可好吃了！"

安然依旧拒绝，怕他还要找自己玩，想了想，干脆跟他摊牌："迟允，我要跟你说个事，我之前不是告诉你我有喜欢的人吗，我们现在在一起了。"

迟允扭头看一边，又看回她："感觉到了，你最近的朋友圈很粉红。"

安然："……所以我觉得我老去你家不太好。"

就在她还想说点什么让这个事不要太尴尬的时候，迟允忽然问了句："那个人不会是吴漾吧？"

安然惊讶："啊？你怎么知道的？"

迟允表情很是抓狂："我诈你的，真是他？"

安然感觉他都炸毛了，拍拍他的胳膊："你别生气，我不是故意的。"

她也说不清什么不是故意的。

迟允气了半晌，终于又开口："安然，你够狠。"

安然立马道歉："我错了。"

迟允苦着脸："我只是想当你的男朋友，你居然想当我的小舅妈！"

突然提级变成"长辈"的安然听到迟允的抱怨忍不住笑出来。

迟允更气了："你还笑，伤害我很高兴？"

安然赶紧严肃脸，再次道歉道："对不起，对不起，我们还当好朋友可以吗？"

"谁要和你当朋友！"迟允现在心情不怎么好，努力控制自己的脾气，"你到家了，下车吧。"

安然有点不放心："那你开车慢一点啊。"

"嗯。"迟允看窗外，"放心，不至于殉情。"

安然回家后就给吴漾发消息说了这事。

把话说开比她想象中容易，只是对于迟允这个朋友还能不能继续拥有她有些忐忑。

吴漾安慰她：【没关系，他迟早要知道，就算不是朋友他也是你亲戚。】

安然别扭地要求吴漾：【夸我。】

吴漾夸她：【男朋友总算有机会得见天日，谢主隆恩。】

陷入爱河的人总是容易被喜欢的人左右情绪，虽然她还是在烦和迟允的友情刹车了，但又觉得是值得的，毕竟那个人是吴漾啊！

学校正月十六开学，安然十五早上在家吃了汤圆，中午就去赶飞机了。吴漾和她同一个航班，其实他大四没课什么时候回去都行，单纯选在这天陪安然上学而已。

安爸爸安妈妈见过吴漾几次以后对他还算满意，但也仅仅是让安然当关系好的同学那样去相处，她才二十岁，这就谈终身大事未免太早。

上了飞机安然就开始补觉，等下飞机的时候她忽然紧张起来。

她今天和吴漾一起约了迟允吃晚饭过元宵节。

迟允早几天返校了，还和班里同学一起出去玩了两天，也是今天才回校。

他们坐车回学校的路上，安然抓着吴漾的手问："你们不会打起来吧？"

"不会。"吴漾说得十分坦然，"我打不过他，他也不敢打我。"

安然掐了他手一把："打不过你还这么得意。"

吴漾认真看看安然，捏了捏她的胳膊："我怀疑我也打不过你，你以后不要家暴我。"

说这个安然可就来劲了，她握拳屈肘，秀她的肱二头肌："摸摸，硬的。"

吴漾给她比了个赞。

安然看着吴漾，心情大好，她好像只要在他身边就能短暂地忘记烦恼。她抱着他的手臂，脑袋在他身上蹭了蹭，软软叫了声："师哥。"

"嗯。"他答应，摸摸她已经到脖子的短发，问她，"后面哪几天没课？"

"周二周五比较空，你要来找我上自习吗？"安然问他。

他的研究生初试成绩很高，除了政治，专业课和英语都接近满分，接下来要准备复试了。

吴漾答："不是，复试材料都搞定了，我打算在校本部附近租个房子，想让你和我一起看房。"

"租房子？为什么啊？"虽然她也有同学在校外租房，但大多是不习惯集体生活的或者是小情侣。

哦，他不会是想让自己跟他出去住吧？

安然双手在胸前比了个叉："我才不要出去住，我爸妈知道了会打死我们的！"

吴漾失笑："是我住，我什么时候邀请你同住了？"

安然不信他的话："那你让我一起看房干吗？你在本部租干吗？"

吴漾沉默了一小下："好吧，确实是想过如果你偶尔过去的话，上学方不方便。"

安然露出一副"被我看穿了吧"的表情："那我周二陪你去看房吧，不过我只是偶尔、极其偶尔才会去你那里！"

他们说说笑笑的，先回了学校放安然的行李，吴漾只背了个电脑包什么都没带，在楼下等她放好了再一起去餐厅等迟允。

迟允来得也不晚，他们在餐厅的一角吃泰式火锅，安然和吴漾坐一起，迟允坐在他们对面默默涮肉。

平日里话最多的那个人突然不说话，气氛就显得有些不一般。

迟允指着冬阴功锅底，跟他俩说："我就像这个火锅。"

吴漾没说话，安然接了茬："很热辣？"

迟允瞅她一眼："姐，'热辣'是形容我这种猛男的吗？能不能用点靠谱的形容词？"

安然认错："好的，你继续。"

迟允对着锅底叹气："我就像这个咕嘟咕嘟的火锅。"

什么意思？安然反应了一会儿，是说"孤独孤独"吗？

安然汗颜："你这个形容词也没有靠谱到哪里去吧！"

吴漾听他们说话，在一旁笑。

笑得迟允狠狠咬了口单饼："你还笑！这里面最坏的就是你了，以前让安然单恋，现在又跟我抢女朋友。"

吴漾点头："确实。"

他这么承认了，迟允又不知道骂他什么了，只能跟安然吐槽："你怎么想的啊，放着我这个嫩草不要，去啃老牛。他心眼多得很，你跟他在一起后悔了可别找我哭。"

明明算是同龄人，骤然间被连着骂老，吴漾没忍住，屈起手指敲了迟允脑袋一下："没大没小。"

更像长辈了。

迟允惨兮兮地说："我不会祝福你们的，你们要是结婚也别给我发喜帖，份子钱我也不会给的。"

安然不知道为什么觉得有些难过，大概因为迟允是第一个正式追求自己的人。

她的人生里目前只出现过这样两个人，一个伴她度过缱绻时光，一个赠她惊艳芳华。

安然对迟允说："你是我遇见的最好的男生。"

迟允被发了好人卡，不服输地问："那你还不选我？"

安然给他夹蟹柳吃："你这么好，不应该被当成选项。"

她的感情是一道填空题，标准答案一直是吴漾。

迟允被安然夸了一晚上，临散场的时候他终于松了口："那什么，孩子满月酒的时候可以叫我。"

毕竟喜欢过，不会那么轻易就当作无事发生。可他没把关系彻底断绝，安然就已经很知足了，她贪心地还是想要和他做朋友。

陪吴漾看房其实很简单，他已经把中介手里的房源筛选过一遍，最后只有两个小区的三套房符合他的要求。

安然选了里面采光最好的一间："这样你可以白天晒太阳，晚上数星星。"

吴漾当场就签了合同付了租金。

接下来她又包揽了替他收拾新家的任务，这个精装修房几乎没什么家具，除了厨房、厕所是统一配置，屋里就只有一个嵌入式的书柜和衣柜。

一室一厅，吴漾自己住刚刚好。

他把宿舍的行李带过来，东西都摆好了房子还依然显得空荡。

安然拉他去逛家具城，一会儿想要折叠沙发配茶几，一会儿想要升降餐桌配收纳床。

吴漾全程没意见，由着她来选购，定好了他就付钱让人配送安装，一天时间高效地把房子装饰完毕。

只是他以为的完毕。

安然表示："还有床单被罩、台灯、沙发套、餐具……什么都没买啊。"

吴漾也没有不耐烦，陪着她又去了超市继续买，直到天黑了提着大包小包回到家，这次是真的累得动不了了，他在她面前很没形象地躺倒在沙发上，哑着嗓子问："叫外卖吃好吗？"

她刚才买了很多食材，应该是想自己做饭的。

安然点头。她其实也累得不行，但是精神亢奋，就像跟他在聊天室里领家具布置房间一样，她总能耐着性子把所有家具一个格子一个格子全挪一遍，放新的家具。

不知道吴漾看没看出来，她选的装饰物很多都是照着聊天室里买的同款，有种游戏照进现实的感觉。

安然把食材先分类装进了冰箱，等她出来的时候吴漾已经在沙发上睡着了，他一只手垂在身边，另一只手压着自己的眼睛，呼吸沉稳而均匀。

安然悄悄走到他身边，蹲在沙发旁边，视线和他的脸齐平。

她伸手，摸摸他的颧骨。

被他垂在身侧的那只手抓住。

吴漾睁眼,眼角有些微发红,声音低低地问:"知不知道骚扰一个睡觉的男人很危险?"

第十一章
有时风雨有时晴

安然红了脸，把手抽出来，想去收拾买回来的碗筷，但是被吴漾拉到了怀里。

沙发不宽，一个人躺着绰绰有余，两个人就略显拥挤。

她背贴着他的胸口，感受到他心跳的频率加快，自己也跟着不安起来。

吴漾手臂环着她，低头在她的脖子上浅浅一吻，声音还是没睡醒："让我抱着睡一会儿。"

安然戳破他："你睡得着吗？"

吴漾改口："让我抱一会儿。"

安然不再说话，由他抱着。他怀抱温暖，屋里地暖慢慢热起来，熏得人昏昏欲睡。

到最后，反而成了她是睡着的那个人。

再醒来的时候，沙发上只剩她一个人了，身上还盖着吴漾的羽绒服。客厅里只亮着落地灯，厨房倒是灯火通明。

安然把大衣拿开，打了个喷嚏。

吴漾听到声音从厨房探头出来看："醒了？"

"几点了？我睡很久了吗？"

"还好。"吴漾看了眼时间,"九点半,来吃饭吧,吃完我送你回学校。"

饭还是安然之前点的外卖,被吴漾重新热过又装了新买的盘子里:"搬家第一顿,开锅饭,干杯。"

他还煮了热红酒。

安然小口抿了抿,酒味不浓,更像是热饮。

吴漾把桌子上热红酒瓶给她看:"这种是预制酒,下次我们自己买材料煮,会更好喝。"

"下次"真是个美好的词,安然甚至能想象出很多她来这里的场景,仿佛这是他们两个的家。

她喜欢这个热红酒的味道,以前没人让她喝过酒,而吴漾是让她放心的人。

喝着喝着,吴漾没注意,她就一杯下了肚,还要再倒的时候,被吴漾的手挡开了:"好了别喝了,一会儿还要回学校呢。"

安然听话地缩回手,又不太听话地转着自己的杯子玩:"那我不回去,就可以喝了吗?"

一句话,给吴漾抛出两个难题。

其中一个还好解决:"喝多了伤身体,头疼。"

另一个问题就是在难为他了:"虽然很想留你过夜,但是影响不好,你还是回去睡吧。"

安然故意跑到他那边,坐到他腿上,搂着他的脖子:"我不要。"

没外人的时候,她挺大胆的。

吴漾的手无所适从,落在她腰间,心里有只猫挠他似的,让他想要做点什么止痒。

可她只管放火不管灭,在他腿上蹭了一会儿又要走。

吴漾再次看了眼时间,拦住她的腰不让她下去,弯腰横抱着她的腿弯和肩,把人抱进卧室去了:"你就作吧。"

等安然满面潮红再出来的时候，已经快十一点了，吴漾把她外套拿给她，拉着手把她送回学校去。

这里离学校近，走路也不用十分钟。

这次安然没说不走了，她怕再留下来真的要出事，虽然吴漾自制力挺强的，但是刚才在卧室被他压着亲还是让她害怕了。

他把她送到宿舍楼下，挥手跟她再见。等了一会儿，她都快上电梯了又跑回来，扎进他的怀里，舍不得地跟他说："明天我去你那里，帮你除甲醛，我买的除醛的喷雾，明天到。"

"好。"吴漾摸摸她脑袋，"快回去吧，冷。"

安然这才又回去。

吴漾往回走的时候，接到魏秋的电话，她因为在电视台实习，比他们回来得更早。

魏秋问他在哪里，他回答自己在本部外面租了房。

魏秋惊讶地"啊"了一声，然后说要去看他："我刚从台里回学校，到西门了，你家地址发我一个，我瞅瞅。"

吴漾正好走到西门的位置，左右看了看，看到魏秋从出租车上下来，朝她喊了一声。

魏秋穿着呢子大衣，里面是西装裙，脸上的妆还没卸。她走到吴漾身边，搓着手看他："你怎么在这儿？"

吴漾跟她没什么遮掩："送女朋友回宿舍。"

"啊？哟！"魏秋又看了吴漾全身一眼，"啧啧啧，是不一样啊！"

吴漾没忍住笑："谈恋爱心情比较好。"

魏秋不跟他见外，正赶上她今天有苦要诉，推着他往回家的方向走："去你那儿坐坐，你心情好，我心情可不咋样，我今天被个老流氓揩油了……"

吴漾听到这话，也没再聊自己恋爱的事，边走边听她讲今天在台里的遭遇。

走到家的时候，安然给他发信息，是情侣装卫衣，问他喜欢哪个颜色，他看了一下，选了蓝色的。

安然又问他：【睡了吗？想我吗？】

吴漾回她：【还没有，想你。】

魏秋正说到那个老流氓给她倒水故意倒到她腿上，还上手擦的事，撇嘴："你果然见色忘友。"

吴漾把手机放到一边，严肃脸："好，你继续说。"

安然第二天一早有课，上完课拿了快递就跑去吴漾家，昨天吴漾给她一把钥匙，可以让她随时去。

安然到的时候吴漾正在做饭，昨天吃的是外卖，今天把她昨天买的那些食材都拿出来做了。

他系的围裙也是安然挑的，恶趣味的肌肉超人，穿在他身上既违和又好笑。

吴漾看她偷笑，捏捏她的鼻子，把手上的面粉在她脸上捏出个指印。

她想吃的可乐鸡翅、腐竹空心菜、肉饼，他全都做了。

安然吃饭的时候就在想，怎么会有这么好的男朋友，学习好，长得帅，对她还温柔。

她想到什么就不自觉地说出口了，吴漾很受用："多夸两句。"

安然夹了个鸡翅在他碗里，眼巴巴地瞅着他："师哥，你什么时候娶我？"

她可爱极了，吴漾感觉自己总想捏她，捏脸捏手。

他吃她给的鸡翅："等你毕业。"

安然立马托着脸，向日葵一样："那我要努力写论文挣学分，研究下怎么提前毕业！"

吴漾无奈地放下筷子："兜兜，你这样，我吃不下去了。"

安然还在卖萌："师哥不吃饭，吃我。"

要命。

吴漾喝了口水漱口，站起来，拖着不安分的女朋友的胳膊，把人带进卧室里去了。

吴漾去洗完澡再出来的时候，安然正跷着脚趴在床上列计划。

"今天收拾客厅，喷除醛喷雾，拖地，把书架整理好，沙发套套好。"

吴漾一头躺倒在她旁边，把玩着她的手指："你饿不饿？困不困？"

安然凑到他跟前，把被子给他盖上："你怎么不穿睡衣？"

"热。"他回答，又坐起来，从衣柜里拿出件 T 恤穿上，重新躺回去，"帮我买几件家居服吧，你也放几件在这里。"

他带过来的衣服不多，安然整理的时候看过，都是很贵的牌子，所以他也没让自己帮他买衣服，只是说买家居服。

她用头蹭蹭他的下巴："我给你多买几件，然后我穿你的。"

吴漾低头看她，想着她说的场景……又看着天花板，身体蠢蠢欲动。

但觉得还不是时候。

"不睡觉的话，别在床上躺着了。"吴漾不打算再折磨自己，干脆拉着她起床，把没吃完的饭吃完收拾了，然后去收拾客厅。

安然戴着口罩，拿着喷雾器认真地喷洒书架和沙发，喷完了静置一会儿再拿纸巾擦拭。

擦到沙发缝的时候，擦出来一个紫色的一字夹。

她把一字夹举起来，对着光看到上面还残留的一根头发，比她的长，更不可能是吴漾的。

这个沙发是昨天新买的，除了他俩睡过，也只有搬运师傅碰过了，那个大老爷们应该不会戴这种东西。

安然觉得心里咯噔一声。

她摘了口罩，明明身边只有除醛剂的味道，她却觉得好像还有隐隐约约的女士香水味。

她想要拿着去问问吴漾，应该只是误会，可她又不敢问，怕他撒谎骗自己或者说出什么她不想听的话。

她把那枚发夹小心地收起来，放进大衣口袋里。

"兜兜？"

"啊？"安然吓一跳。

吴漾又重复了一遍刚才的问题："喝奶茶还是西米露？我给你煮。"

"奶茶吧。"

可是等奶茶端给她的时候，她一点都不觉得甜，只感觉茶味有些重。

她把奶茶推开："不好喝，苦的。"

吴漾拿过去尝了一口，是正常的味道啊。

他只当她是故意撒娇捉弄，又起身去厨房："那我给你煮西米露，放椰奶好不好？"

"嗯。"安然看着他的背影，不太想怀疑，可又想到了那个发夹。

他这么好，会给别人煮西米露吗？

安然回宿舍以后，实在憋不住心里的疑惑，她找小西郑重地拜托："你给我看看盘，最近是不是又要陷入三角关系？"

小西瞪大了眼："姐姐，又有人追你？"

"不是。"安然把那枚紫色发夹拿出来，托在手上给小西看，"我在师哥家里发现的。"

小西眼睛瞪得又大了一圈："不是吧，师哥不像这种人啊。"转而她又闭嘴，"不过人不可貌相，你还是注意点儿好。你别太迷信。"

安然跟小西说了一会儿自己跟吴漾最近的事，说着说着，好像说的全是他的好话，找不出一丝缺点来。

她不知道是不是自己的女朋友滤镜太厚，问小西给自己出出主意。

小西注意力从手机里的星盘移开，没听清她问什么，但是说了句："哦哦，我觉得你可以直接问问师哥发夹的事，不过找个合适的时机，别吵架。"

一说起这个事，安然又耷拉下来脑袋。

她当然不会跟吴漾吵架，她甚至连问一下的勇气都没有。

她其实对于跟吴漾谈恋爱这件事一直有点不真实的感觉，而且他好像很会哄女孩子，跟他在一起的时候她总是那么开心。

安然其实有些害怕，怕他是因为自己喜欢了他很久于是出于同情和她在一起，更怕她其实没那么了解他，不知道他是不是只是看着高冷，实际上有很多暧昧对象，如果她提出了质疑可能就会被分手。

事实上，他们在一起得太过轻易了不是吗？她感觉他都没怎么跟自己见过几次就跟她谈恋爱了。

还不如迟允跟她相处的时间长。

怀疑的种子一旦生根发芽，就如同藤蔓一样见风猛长，绕着安然的心一圈又一圈，勒得她喘不过气。

她讨厌这样的自己，好几次鼓起勇气想问问吴漾发夹的事。可话到了嘴边，她又被那万分之一的不好的可能性吓得退缩。

她想她是太在意吴漾了，如果是朋友遇到这种事，她大概会一棒子把对方打飞，但是轮到她自己了，她就只会唯唯诺诺，享受这不踏实的温存。

吴漾也发觉安然这几天不太对劲了，问她最近是不是有烦心事。

她说没有，只是大二的课太多作业太多，有些烦。

吴漾刚刚参加完研究生复试，正在等成绩。他没什么事情，就陪着她去上课。

通常他不会和她坐在一起，都是和她一起吃个早饭逛去教学楼，然后在她们教室的最后一排找个靠窗的位置坐着，有时候听听课，有时候做自己的事。

一次专业课，到了提问环节，没带花名册的老师直接大手一挥，指着吴漾："最后一排的同学，你来回答一下这个问题吧。"

同学们的头纷纷朝后看，然后有小规模的哄笑，是那些知道吴漾身份的人。

安然的室友挤眉弄眼地看她，安然被看得脸热。

她替吴漾感到尴尬，他不会是连问题是什么都没听到吧？

没想到吴漾听了，而且还很认真地回答了老师问题："我认为新闻的真实性与主观性并不矛盾，一份报纸可以保证每条新闻都是真实事件，但在排版上可以体现主编的主观性，例如把动物园里的老虎逃跑被捉回来和干部违纪被调查放在同个版面上，就是一种价值判断的输出，还有纪录片，虽然可以做到全部是真实拍摄，但是把不同段落组接在一起也可能造成不同的表达。"

他侃侃而谈了三分钟，表达清晰，详略得当，获得了老师的肯定："不错，是新转过来的学生吗？以前好像没见过你。"

被问这个问题，吴漾好像找不到合适的答案了，他看向安然，安然害羞地扭头不看他。

有嘴快的同学告诉老师："是安然的男朋友！"

"哦。"老师笑笑，一副不干预学生恋爱的模样，又回归课堂去了。

等到下课，大家背着包往外走，安然磨蹭着最后来到吴漾身边，有些不好意思："你下次还是别来了吧。"

吴漾看她的表情，感觉她口不对心："我怎么觉得你还挺愿意我跟着的呢？"

"才没有。"安然握住他的手指，一根根捏，心里是有些甜蜜的。

走到楼下的时候，在教学楼门口遇到了匆匆走过去的魏秋。

吴漾主动喊了她一声，她好像有事急着要走，敷衍地挥了挥手就离开了。

但只是一瞬间，安然就看见她的头上的一字夹，紫色的。

或许不是巧合吧？

安然盯着魏秋的背影，春寒料峭，她穿着蓝色的针织裙，身姿曼妙，即使是素面朝天也显得清纯动人。

如果安然是男生，她一定会喜欢魏秋。

安然悄悄看吴漾，他的视线并没有在魏秋身上逗留，而是在用手机查她刚说的想吃的茶餐厅。

"你喜欢我什么啊？"她忽然问吴漾。

"嗯？"吴漾把手机放下，"这又是什么送命题？"

"明明是送分题，你诚实回答不就好啦。"

吴漾想了想，被她牵着的手反扣住她的："大概是，你比较傻？"

安然对这个回答不满意，手从他手里抽出来，向前快步离开："就你聪明！"

吴漾追上去，拉她，被甩开，再拉，又被甩开。

他挡在她前面，不让她跑，哄她："怎么了啊？我怎么惹你了？"

安然不看他："你没惹我，我闲得，想生气。"

吴漾纳闷，小声问："你是生理期到了吗？"

安然捶他，拳头落在他肩上被他握在手里。

"到底怎么了，你不说，让我猜，我猜不到你又生气，这样咱们两个都难受对不对？"

他一句一句引导着她说实话，安然觉得委屈，眼泪唰地涌上来："你搬家那天，魏秋去了对不对？晚上去的是不是？她有在那边过夜吗？"

她的三连问，把吴漾问蒙了。

半晌，他认错："对，是，没有。是我的问题，没有跟你说一声。"

安然摇头："不是跟我说一声的事，而是你不应该让她去，你都不让我在那边过夜，为什么她可以？"

"她没过夜啊。"吴漾先否定她的不存在的事实，再解释，"我不是不想让你过夜，我是怕你同学知道了影响不好。她那天有烦心事要跟我说，所以在我那里坐了坐，我们只是好朋友，没有别的。"

话都说开了，既然他说没什么，那安然就行使女朋友特权："以后你不可以让她去你家。"

吴漾没有立马答应。

安然又捶他一拳，扭头就走。

走了几步没听见动静，回头看他，他还停在原地，朝她伸开双臂："回来。"

安然听着他的话，下意识往回迈了一步。

然后又反应过来她正在生气，哼了一声，跑走了。

安然气鼓鼓地回到宿舍的时候，室友们刚打好饭回来，看到她都觉得吃惊："不是跟师哥出去吃吗？"

安然凑到小西桌前，拿了她的肉火烧吃，咬得十分用力："吵架了。"

大家八卦之魂燃起来，纷纷要给安然出主意。

安然吐槽起来吴漾带女生朋友回家，而且还是大半夜的时候。

室友纷纷表示绝不能忍，这种事情没有哪个女朋友能接受。

室友的话给了安然勇气，她反复确认："对吧？是吧？不是我矫情吧？"

得到肯定的答案，她更加气愤吴漾的拒绝了。

只是等没人的时候，小西爬到她床头，跟她说悄悄话："我觉得你还是要和吴漾心平气和地聊一聊。我之前没跟你说，其实你们感情可能比较波折，而且有口舌之争，我怕给你不好的心理暗示就没告诉你，没想到你们还是吵架了。"

安然只听到那句"感情比较波折"，不安地问："什么意思？他会因为这件事跟我分手？"

小西安慰她："想开点，说不定是你甩他呢。"

安然觉得没这种可能性，她之前一直不敢问，就是怕问到什么让她接受不了的答案，现在说开了，知道那个发夹是魏秋的，而且还是吴漾一直说的绝不可能在一起的魏秋，她又觉得她有底气了。

有底气对着他"作"。

一整天，安然都没理吴漾，他打电话也没接。

等到晚上她气消一些了，他却没联系她了。

安然食不下咽，看综艺也觉得没意思，作业也不是很想做，拿着手机刷搞笑短视频，想找乐子却笑不出来。

她问室友们："我要不要主动给他打个电话？"

"你现在打了的话，白天的冷战就前功尽弃了。要让他意识到事情的严重性，不能妥协。"室友们觉得还是得等他下次来找再接电话。

安然觉得有道理，也不玩手机了，省得老是看他有没有给自己发信息，心神不宁的。

而此刻的吴漾正在跟迟允喝酒。

他搬家以后，迟允还没来过。今天刚好课不多，迟允下了课打了个电话问他要不要一起吃饭。

吴漾叫了个羊蝎子外卖，还烫了一小壶清酒。

迟允问要不要叫安然来吃，吴漾打电话过去，被她挂断。

迟允多有眼色一男的，立马幸灾乐祸地问："干吗？吵架了？"

"嗯。"吴漾也觉得挺郁闷，把中午的对话复述给迟允听，"你怎么看？"

迟允啃着肉骨头，站在安然的一边："一切以女朋友指令为准。"

吴漾又问："如果换成是我，不希望她跟异性朋友交往，比如不让你们俩见面，你觉得也可以？"

迟允把骨头吐出来，幽怨地看着吴漾："你怎么这么小心眼？"

吴漾摊手："你看，你这就很'双标'。"

迟允偷笑："你自己的女朋友，还要什么原则啊。你觉得麻烦的话，我很乐意替你哄。"

吴漾瞥他一眼，看他贼心不死的样子，想揍他。

"瞧你那个样子，我就是说说啊，我哪能真撬你墙脚。"迟允不乐意了，"怎么也得是你俩分了我再全拳出击啊，我有道德的好不好！"

"嗯，有，但是不多。"吴漾鄙视地丢下一句，不自觉看了眼手机，没有安然的消息。

迟允本来对他们吵架挺喜闻乐见的，看到吴漾这个样子又有些同情，他还没见过小舅这种神情呢。

迟允："要不我出马，帮你沟通沟通？"

吴漾信不过他，感觉被他一沟通女朋友说不定都没了。

两个男人无言地碰了碰酒杯。

迟允直接睡在了吴漾这里，他在沙发上睡到半夜腰疼，摸到卧室去睡大床，还没睡多久，被醒来吓一跳的吴漾一脚踢下床。

吴漾开灯，看到地上龇牙咧嘴的迟允，揉了揉眼："你干吗？"

迟允扶着自己的腰："这话我问你才对吧！"

吴漾理直气壮："睡着睡着摸到一个人，很恐怖。"

迟允理亏，但是气也很壮："我受伤了，我要睡大床。"

吴漾不习惯和人睡一张床，他干脆把床让给迟允，自己去沙发上躺着了。

已经是清晨五点多，窗外的树影被光打进来照在墙上，像是黑白壁画。

吴漾躺着，看到外面的天空，月亮依稀可见。

他睡不着了。

他好像是头一次因为感情问题失眠，客厅里还有未散尽的羊蝎子味。

吴漾在想，安然是怎么知道魏秋来过的呢？他无意撒谎，但也不得不说是有遮掩的痕迹。

他能理解安然吃醋，但是因为恋爱就要让朋友退避三舍，他觉得不合适，也不合理。

他不会这么要求安然，他希望她依旧像从前那样自由社交，所以他认为安然也应该这样对待他，何况他的朋友其实并不多。

魏秋和他一起长大，认识二十多年，怎么可能说断交就断交。

他越想越觉得自己没错，也想了很多说辞来开导安然，让她不要那么幼稚。

天越来越亮，吴漾下楼去买早餐，回来了迟允还在睡，被他从被窝里薅出来。

迟允起床气很浓，对着吴漾嚷嚷："我不吃饭！我要睡觉！"

"去上学。"吴漾像个教训儿子的爸爸，把迟允的被子掀开，冻得他直哆嗦。

迟允"啊啊啊"地叫唤："我早上没课！"

"快起来。"吴漾才不管他的辩解，硬是把人拖起来吃饭。

吃完了，吴漾把打包盒给他："去给安然送鸡蛋灌饼，快点儿，一会儿凉了。"

迟允才不要去："你没有腿吗？这是假肢吗？"

吴漾："她不接我电话。"

迟允把自己手机给他："借你。"

吴漾有点别扭："还是你去吧，我怕她把你也拉黑。"

迟允拿过那个打包盒，飞快地拆开又飞快地塞进嘴里。

吴漾没来得及抢下来，眼睁睁看着他把鸡蛋灌饼给吃完了。

迟允吃到翻白眼，打了个嗝，擦擦嘴，指挥他："你再去买个热乎的，自己去送。"

说完他拍着肚子又去睡回笼觉了。

跑腿的人不配合，吴漾只好自己出马，带着热气腾腾的鸡蛋灌饼去安然宿舍楼下。

他给安然发信息：【给你带了鸡蛋灌饼，吃吗？】

安然回他：【吃过早饭了。】

吴漾又发：【那当加餐点心？】

安然没回他。

吴漾觉得她大概是不想扯这些不相关的话题，还在等他让步。

园区里都是女生，有男的进来比较显眼。安然的室友看到他了，回去以后跟安然说："师哥在楼下，你要不要当面跟他说？"

安然昨晚没睡踏实，感觉自己眼圈有些黑。

刚才收到他消息时，她悬着的心舒服了一些，可又不想就这么"和好"。

就在她想着要怎么跟吴漾"辩论"的时候，又一个室友带了消息回来："刚才看到你男朋友跟一个很漂亮的女生在说话呢。"

安然警觉起来："谁啊？魏秋师姐？"

魏秋在学校也算个名人了，室友想了一下，点头："好像是。"

这下她没空再想什么对策了，麻溜翻身下床，抓了抓头发又套了件帽衫，去洗了把脸，都没来得及化妆就跑下楼去。

吴漾确实遇到魏秋了，她正在打趣他居然也是二十四孝男友，还有早餐外送服务的。

吴漾差点没忍住说出来她就是导火索，考虑到安然的面子，只当作自己只是普通的来送饭。

他问魏秋："女生如果生气了，怎么哄比较好？"

魏秋诧异地看他："我如果生气，通常哄不好。"

吴漾苦笑："太难了。"

魏秋拍拍他的肩："加油！我去台里了。"

魏秋前脚走，安然后脚就下来了。

她站在吴漾面前，不说话。两人对视了一会儿，往喷泉广场的方向走，那边人少。

找了个长椅坐下，吴漾把鸡蛋灌饼给她："还是热的，吃吗？"

安然低着头，摇头，没说话。

吴漾早上打了半天的草稿，终于可以说了，他开口："我觉得恋爱不应该是……"

他话没说完，安然抬头看他，两行眼泪顺着脸颊流下来。

吴漾的道理讲不清了。

他把头低下去，歪着在她脸前看："怎么还哭上了？"

安然抽抽搭搭，带着鼻音问："不应该是什么？"

吴漾伸手把她眼泪擦掉，坚定地答："不应该不听女朋友的话。"

吴漾没想到自己的一肚子道理在安然的眼泪面前如此不堪一击。

他抱着安然的脑袋在胸口，丰拍拍她的背，摸摸她的头："别哭了别哭了，我错了。"

安然听他服软了，委屈得更厉害了，抽噎着打了个嗝："你错哪儿了？"

吴漾认错的话不用打草稿都很流畅："错在没有第一时间找你认错，不应该惹你生气，你说什么就是什么，我不应该质疑。"

安然听得很爽，抬起头来看他："那你答应了，不许让她再去你家。"

这个"她"指向性很强，吴漾犹豫了一秒。

安然眼泪又哗啦哗啦流："你这个态度，你还是觉得你没问题呗？"

吴漾给她擦眼泪，可是越擦越多，他被她哭的脑子有点转不过来："你先别哭，风大，脸一会儿难受了。"

安然也不想哭，但是她好像情绪激动的时候控制不住自己的泪腺，她是很想跟他掰扯掰扯道理的，可话到嘴边全变成了断断续续的抽噎。

她干脆拿出手机来给他打字：【你们关系就那么好吗？那你干吗不跟她在一起？】

吴漾低头看手机，有些无奈："别胡说，我以后不会让她晚上单独去我那里可以吗？"

他特意强调了时间和人数。

如果是昨天，安然就满意了，可是拖到现在，他对魏秋的重视程度只让她越发惶恐。她想要更多的保证：【白天也不要去！】

"兜兜，我当然可以立马答应你，但是我不确定会不会有什么意外情况，万一临时有事，她去了，我没遵守承诺，你会更生气的呀。"

安然听到"意外情况"，只觉得牙酸，什么意外情况还非要孤男寡女共处一室呢？

她不想和他聊了，用袖子擦掉眼泪，往回走："别叫我兜兜，我现在不是很喜欢你了。"

说来说去，她还是跟他闹了脾气。

吴漾觉得自己已经很迁就她了，不明白她为什么还不满意。魏秋在他眼里就像是迟允一样，都是他从小到大的玩伴、亲友，没道理突然就要疏远啊。

他想，安然可能还是不放心他们的关系，或许让她和魏秋接触一下，熟了就好了。

于是他组了个饭局，约魏秋和迟允去他家吃饭，并且向安然"求助"："你来帮我一起招待客人好吗？"

他们是客人，她才是女主人。

他这次的态度不错，安然是奔着解决问题去的，又不是奔着分手去的，所以她答应了。

　　吴漾的新家还没收拾妥当，接待客人的那天安然正好没课，早早就去了他那里，先把饭厅收拾了一番，把一些还没拆封的零碎小物件暂时堆放在柜子里。

　　那些都是她买了快递过来的小百货，但是因为前几天吵架没过来，所以没有装好。

　　吴漾在厨房备菜，他们今天吃火锅，除了几道半成品的小食需要加工一下，其他的都只需要切片摆盘。

　　盘子用的是可降解的那种纸盘，家里的碗筷通通都是两人份的，客人来了只有一次性餐盘。

　　他俩忙了一天，傍晚的时候迟允和魏秋先后脚地来了，他们都没空手，迟允搬了一箱各式各样的酒水饮料，魏秋带了一提纸巾作为温居礼。

　　迟允来了先喊"小师姐"，小声问她："你们和好了？"

　　安然有些尴尬，尤其是魏秋也在，她捣了迟允一肘子，让他闭嘴。

　　迟允给她倒了一杯酸梅汤，怎么看都感觉是在笑话她。

　　魏秋是个很自来熟的性格，大概和她当主持人也有关系，她很快就跟安然热络起来，聊天话题也都接得很巧妙，不让任何一个人没话讲。

　　安然跟这样一个人待在一起，很难讨厌她。

　　安然甚至觉得有点喜欢她。

　　他们边聊天边涮火锅，吃到很晚才把肉和菜都消灭。

　　吴漾和迟允收拾人件垃圾拿卜楼去丢掉，安然就去厨房洗水果，草莓和车厘子都是刚买的，看起来又大又水灵。

　　魏秋进了厨房，询问是否需要帮忙。

　　安然关掉水龙头，转身面对她："师姐去沙发坐一会儿吧，没什么要帮忙的。"

　　魏秋答应了，背着手打量了一圈厨房，夸她："你真能干，厨房收拾得这么整洁。"

这个夸赞安然受之有愧了，都是吴漾收拾的，她没怎么进过厨房。

魏秋又跟她说小秘密："吴漾居然现在会下厨，太神奇了，他小时候在厨房烧到过手，最讨厌油烟味了，更别说做饭了。谈恋爱是不一样。"

他居然不喜欢做饭吗？

安然想到寒假的时候他就经常跑到她家给她做饭，还有搬过来以后也一直是他买菜做饭，觉得和她认识中有些偏差。

安然不禁想知道更多，向魏秋求问："他还有什么喜好和讨厌的事？"

魏秋伸出食指敲敲自己的太阳穴，似乎在思考："他不喜欢吃胡萝卜、白萝卜、红萝卜，他讨厌所有萝卜。"

魏秋又想了想，有些好笑地跟安然说："他这个人喜好不多，好像没见他特别喜欢什么，大概目前为止最喜欢的也就是他的专业相关吧。"

"你们在聊什么呢？"迟允进门看到她俩都在厨房，凑过来听热闹。

魏秋笑："在说吴漾喜欢什么，他好像就喜欢研究那些星星。"

"对吧对吧，你也觉得他是外星人吗？他以前还假装宇宙飞船坏了要我给他买一个什么镜，骗光了我的压岁钱！"迟允跟魏秋说起来小时候的事，义愤填膺。

魏秋立刻附和："我知道！他也跟我说过，还让我当他的副手带我回伽马星旅游，我当时感激得给他带了一个学期的零食！"

他们说着说着，又说起来共同的一个钢琴家教老师，说吴漾练琴时的糗事，还有吴漾爸爸画的画。

这些事安然都不知道，她认真倾听，了解小时候的吴漾。直到吴漾也来到厨房帮安然拿水果，他们才离开去客厅。

安然带了一盒桌游来，他们四个人围坐在茶几边玩了几局大富翁，终于散场各回各家。

吴漾和迟允一起送她们回宿舍楼，到了门口，迟允直接回男寝那边走，魏秋也挥挥手先进了园区。

留他俩在楼下说话。

吴漾低头，观察她的神情：“你觉得还行吗？”

安然说不准他问的是什么还行，如果是她现在的感受的话，其实不太行。

她再次感慨：“秋秋师姐那么好，你为什么不喜欢她？会不会是你喜欢她而不自知，然后有一天你突然幡然醒悟了，我就只能黯然离场。”

吴漾捏她的后脖颈：“撮合我俩的人不少，被自己女朋友撮合我是真没想到。”

“大家都这么撮合的话，是不是说明你俩真的很配呢？”她看着吴漾，自己也觉得自己有点烦了，患得患失地说一些扫兴的话。

没等吴漾回应，她转过身去：“算了，我累了，先回去睡了。”

吴漾拉住她：“先别走，话不说清楚你回去又要难受。”

安然摇头：“是我的问题，这事儿说不清楚的，你回去吧。”

“你这样，我回哪儿去啊？”吴漾干脆又拉着她往园区外面走，“逛逛。”

这会儿都晚上九点多了，连摆摊的都收摊回家了，哪有什么好逛的。

但是吴漾坚持拖着她走，春寒料峭，她居然走出来一身薄汗。

安然在一家烤冷面的摊子前驻足，指着铁板跟吴漾说：“我要吃这个，加辣条。”

吴漾跟老板复述了一遍，等待烤冷面制作的过程，她又指着旁边的土豆泥小车，说还吃那个。

吴漾看了一眼她的肚子，今晚的火锅她没吃饱吗？

他转到另一个摊位前买土豆泥，要的微微辣。

等这两样零食到手，她边走边吃，也不怕灌进风去，吃了几口，都转手给吴漾吃。

她要喝那个粉冲奶茶。

吴漾有点不想买，他觉得不干净，可她对他噘嘴，他只好不爽地扫码买单。

小街走到头，还有卖烤猪蹄的，安然咽口水，吴漾自觉地上前一步买了一根。

猪蹄嚼起来不太方便，安然啃得脸上都沾着油，黏糊糊的。

他就在旁边拿湿纸巾给她擦脸，她吃两口他擦一下，跟刚学会吃饭的小朋友需要家长帮忙似的。

她最后又买了一份煎饺垫底，终于结束了夜市之旅。

她没吃完的那些东西都进了吴漾的肚子，包括那杯甜得齁人的奶茶。

再往宿舍楼走，安然心里舒服多了。她虽然不知道吴漾的过去，但是她拥有他的现在，她要给他制造更多新鲜的回忆。

在门口停住，她问吴漾："你喜欢烤冷面吗？"

吴漾："还行。"

"那你喜欢土豆泥吗？"

"还行。"

"喜欢那个巧克力奶茶吗？"

"……可以不喜欢吗？"

安然笑了，继续问："那你喜欢我吗？"

吴漾挑眉："当然。"

安然踮起脚在他脸上吧唧一口："那你可以继续叫我兜兜了。"

第十二章
情侣要做的 100 件事

:
:

小情侣间的脾气总是来得快去得也急，前一秒拉黑拒接在朋友圈发抑郁图文，下一刻又如胶似漆高高兴兴谈恋爱了。

吴漾回顾整个吵架过程，疑惑地问安然怎么知道那天魏秋来过他家。

安然神神秘秘地吓唬他："我在你家安了针孔摄像头，你要小心点，不要干坏事！"

吴漾好像还真信了，追问摄像头的位置。

安然胡扯了句："客厅、卧室都有。"

吴漾的表情尴尬而羞涩，低头在她耳边小声问："那你昨晚有没有看到我在卧室做坏事啊？"

"你又做什么坏……"安然横眉冷目，还没说完，感觉哪里不对劲，对上吴漾含笑的眼睛，狠狠捶了他一拳，"流氓！"

"啧。"吴漾不承认，还倒打一耙，"兜兜自己想歪了，还骂我。我昨晚在卧室喝了点小酒，你以为是什么？"

安然语塞，又捶他一拳。

吴漾闷哼吃痛："咱们商量一下，以后能不能动口不动手啊？你这个力量真的很大，我感觉要被打出内伤了。"

安然骄傲地秀了秀胳膊上的肌肉，威胁他："好好学习一下'男德'！"

"男德班"优秀代表吴漾同学立马给她做了一份刚学会的舒芙蕾。

吃高兴了，安然也就把魏秋的事一并告诉他："我在沙发上捡到一个紫色发夹，后来在师姐头上又看到了同样的，就猜到了。"

吴漾回忆了一下那天晚上，魏秋坐在沙发上跟他讲被占便宜的事，她说得声情并茂，气得摇头晃脑捶沙发，头发都乱了。临走的时候，魏秋把头发松开重新扎了一次，她那后脑勺上别着的几根发夹有所掉落也没发现。

提起那天晚上，安然还是不太舒服。但她决定往前看，既然已经和吴漾说好不再为这事吵架了，那也就没必要又翻旧账。

安然搞到两张摄影展的门票，跟吴漾一起去看展。

这个摄影师的风格偏前卫，用色非常大胆，后期处理也很夸张，有些作品都看不出是实拍还是画的。

其中有一组作品是《星月》主题，安然跟吴漾讨论："这个流星好夸张，这是真的吗？"

吴漾认真研究了一下，摇头："不太像。"

安然用手机拍下来："感觉挺适合做插画的。"

这组作品旁边还有个巨大的月亮灯，月亮前面是个不发光的石膏球体，通过遮挡，不同角度能照出来不同形状的月牙。

看展的人几乎都会在这里拍照留念。

安然钩钩吴漾的手指，拉他在月球灯前面拍照。她的动作设计是站在月亮前面右边侧着身好像倚靠在月亮边缘，然后她让吴漾站在月亮左侧做同款姿势。

拍完了，她立马修图，月亮是主体，他们俩都只是逆光剪影，看不清脸。

安然把吴漾那张发给他，晃着他的胳膊问："当头像好不好？"

这种事，吴漾自己是想不到的，不过安然有这种需求，他当然没什么意见，很听话的就把用了四年的头像给换了。

他只是换个头像，没想到在安然的朋友圈看到她新发的状态，是他俩各

自的那个照片，配文：【天上月，眼前人。】

吴漾后知后觉，这是不是算宣布恋爱？

虽然他们在一起有一段时间了，身边人也都知道他们的关系了，但是好像从来没正式公开过。

安然这么发出来，他突然反省了一下自己，之前太缺乏仪式感了。

他万年不更新的朋友圈，也发了那两张照片，配文：【眼前月，心上人。】

第一个给他点赞的是迟允。

迟允同时评论：【谢谢，拉黑了。】

之后好多人发祝福之类的评论，大概因为他很少发状态，点赞人数特别多，架势搞得像这是他的结婚照似的。

吴漾心里有点爽。

秀恩爱原来这么有意思吗？

安然凑到他手机面前看，很羡慕地问："哇，你人缘不错嘛，这么多人评论点赞。"

吴漾也看她的手机，这一看，发现她的朋友圈怎么和他看到的不一样。

他严正声明："把我的分组设置成最高级别！我要看你所有状态！"

安然给他看朋友圈照片上的小锁："你是最高级别分组啊，我这些是私密照片，仅自己可见的。"

吴漾："不行，我也要看你的私密照片！"

此时，一个领着孙子的阿姨从旁边经过，听见吴漾的话吃惊地看着他，捂着孙子的耳朵快速走开。

"扑哧！"安然看到吴漾尴尬的表情，不给面子地笑出声。

他们从展览馆出来的时候，日头正盛。

春天的风硬，景色却柔软。两个人手拉手穿过公园，看到有双人自行车，安然瞅瞅吴漾，吴漾心领神会，立马去租车。

安然要坐在前面掌控车把手，吴漾就坐在后面给她蹬轮子。

他们顺着公园的小路一路骑行，经过波光粼粼的小河，穿过空旷的篮球场，路过花圃草坪，追着放风筝的小朋友跑，最后停在有很多野营帐篷的坡地上。

安然提议："明天我们来野营好不好？"

"好。"

吴漾好像很少拒绝她，她说什么他都说"好"。

安然不知道他会不会觉得自己事多，又骑上自行车往回走的时候，她问他："你有没有什么想做的事？我可以陪你。"

吴漾想了想，告诉她："跟你一起都挺有意思的。"

这种话太虚了，安然不依，停下车，扭头看他："不行，感觉像是我单方面拉你谈恋爱似的，你要主动点！"

吴漾左右看看没人，凑过去亲了她一口。

她脸红，跺脚，车子都差点被她弄翻。

吴漾安抚她："知道了知道了，我来研究一下情侣可以做点什么事，第一次谈，没经验，你多担待。"

哼，说得跟她不是第一次谈似的。

她把任务交代下去了，就等着吴漾来执行，就算都是第一次谈恋爱，学霸的完成能力也比她强得多。

第二天风和日丽，吴漾提了两个大包，一个里面装着帐篷，另一个背包里有什么安然不知道。

她也背了两个包，一个是野餐提篮，装着餐具和餐布，另一个包里是各种吃的。

他们吃完早饭就带着大包小包的打车去公园，找了个有阳光有树荫的绝佳位置，开始搭帐篷。

吴漾主动承担体力活儿。他买的这个是一体成型的帐篷，第一步是双手抓着一侧甩开，甩得到位的话基本不用怎么安装就能搞定。

吴漾甩了几次，都不成型。

安然把红白格子餐布铺在草地上，摆好竹编提篮和刀叉餐盘，回头看帐篷还歪歪扭扭站不起来。

她走到吴漾旁边，看他怎么做的，然后在他再次失败以后接手过去，抻直了拉杆用力一甩，那个帐篷就立住了。安然看着已具雏形的帐篷问吴漾："师哥，是这样吗？"

"……"吴漾觉得他可以去贴吧回答那种"女朋友力气大是什么体验"的问题。

帐篷搭好了，吴漾在底下又铺了一层小毯子，喊安然进去坐。

这是个能盛纳两人的小帐篷，可以打开一块透明小天窗。

两人坐在里面略显局促。

吴漾把另一个包打开，把里面的东西一样样拿出来。

先是一个拍立得相机，然后是一个小本子。

他打开本子给安然看："我上网搜的情侣必做的100件事，有一些太奇怪，我删掉了，现在这里有78件，你还有什么事可以补充上。"

安然拿过小本子，看到上面写着"一起饭后散步""一起做手工""一起吃早茶"，五花八门，看起来挺有意思。

吴漾又说："每做一件事就拍一张照片，我还买了相册。"

安然一言不发地盯着吴漾看。

吴漾被看得有点拿不准主意，问她："是太幼稚了吗？"

"是有点幼稚……"安然扑到他怀里，"不过我喜欢，嘻嘻。"

她一扑，吴漾没坐稳，抱着她一起往后仰倒，帐篷搭得不牢固，两个人连同帐篷一起都翻车了。

吴漾失笑，骂这帐篷质量不好。

安然从塌掉的帐篷里爬出来，元气满满地跟吴漾说："放着我来！"

吴漾的包里还装了风筝，他坐在野餐布上摆弄着风筝，看安然三下五除二地把帐篷插好。

她往土里插支撑柱的样子像个勇猛的海王。

帐篷重新支好以后就成了摆设，安然打开手机相机对着摄像头整理自己的头发和衣领，然后拉吴漾一起在野餐垫上自拍。

红白格子的餐布在绿色的草地上非常容易出片，安然忍不住拍了好多张，直到吴漾的手在那个橘子上抓抓放放了好多遍，她才恩赐他可以开始吃东西了。

放风筝也是个技术活儿，起飞的地点要选好，最好两个人一起放，一个人找好角度迎着风放，另一个人牵着绳快点跑。

一听说是要快点跑，安然当仁不让地拿过了绳子滚轴，开玩笑，她跑垒可是扛把子。

吴漾站在高一点的坡顶上举着风筝，安然拿滚轴在湖边做好起跑动作。等到一阵风来，吴漾把风筝扔开，安然就开始跑起来。

他们的风筝是个花蝴蝶，垂下来的两条带子打着转飞舞，风筝和风较劲，一拽一拽的。

安然只管跑，越跑越觉得胳膊累。

吴漾从坡顶跑下来，跑到她身边，接过了滚轴。风筝已经挺稳当地在天上了，他不再奔跑，依着风的方向不断调整放线，让风筝越飞越高。

安然觉得他放风筝真厉害，回去拿拍立得给他拍了张照片，可惜风筝飞太高拍不到，只拍到他面朝着镜头，边笑边后退着调整风筝线。

安然用手甩着照片，看到影像越来越清晰，只觉得吴漾真好看。

太阳最晒的时候，他们坐在树荫下吃带来的那些东西，看着没多少，但种类多，一样吃一口，再喝点低度数的起泡酒，很快也就饱了。

酒足饭饱容易犯困。

安然先爬进帐篷里，找了个靠里面的位置躺下睡觉。

过了一会儿，吴漾收拾完外面的东西，也钻进来，在她旁边躺下。因为帐篷空间不大，他是面对她侧躺着的。

顶上的小天窗被打开，有一方块的阳光照射进来，就照在安然的脸上，她抬手挡着脸。

吴漾这么近距离看她，看到她脸上的绒毛，他伸出食指，在她下巴脖子上摩挲。

安然觉得痒，缩着脖子笑。

然后她觉得眼前的光亮好像不见了，她挡着脸的手被他拉开，睁开眼，只能看到他悬在上方的脸。

他在亲吻她。

又过了一会儿，他的脸也看不到了，只留下一个头顶，头发扎在她的下巴上，刺刺的。

吴漾的小本子很快就被勾画满了，那些一起做的事其实都挺日常的，尤其是列出来当成一个个小任务去做的时候，一天能完成好多个。

拍立得相纸用得飞快，安然手机里也存了很多图，她去照相馆买相纸，顺便洗照片。

中新大学旁边有个挺大的照相馆，学生一般会在这边拍证件照。安然到的时候，正好就遇到来取照片的魏秋。

魏秋拍的是半身职业照，她主动跟安然打招呼，正在电脑上选片确认打印数目的安然不知道为什么觉得有些拘谨，不太想被她看到自己要洗的那些照片。

但是电脑屏幕太大，魏秋又正好站在前台边上，很难看不到那些照片。她瞪大了眼睛，吃惊地凑到屏幕前又看了一眼："妈耶，这是吴漾吗？"

是趴在地板上拼乐高的撅着屁股的男人。

安然快速把界面拖到最底下，点了提交按钮，感觉自己好像还在幼稚的小学生阶段，而魏秋已经是成熟的职业女性了。

选好片，付了钱，魏秋等她一起往学校走。

路过最近新开的那家网红冰激凌店时，魏秋还买了两个甜筒，请安然吃。

她总是能在人际关系上做得亲切又熨帖。

安然咬着甜筒，感觉自己更像被照顾的小朋友，她突然发现吴漾和魏秋其实有点像，在照顾人这方面。

魏秋叹气："要毕业了，好烦啊。吴漾最近在干吗？"

安然回答："在等考研成绩，今年成绩出得特别慢。"

"还是上学好啊，上班就好多烦恼。"魏秋抱怨了两句，就不再深入展开了，她还安慰安然，"放心吧，吴漾没有过不了的考试。"

安然点头，这个她倒是不担心的，吴漾确实是她认识的人里学习能力最强的了。

没想到，这次他的考研成绩却打了脸。

遇到魏秋的那天下午出的分，当时安然正在吴漾家里把没完成的乐高继续拼装，听到屋里吴漾打电话，说什么分数。

她立马猜到是复试成绩，等他打完电话了跑过去，兴奋地问："怎么样啊？"

对上的是吴漾的苦笑："不太好。"

复试有笔试有面试，笔试他拿了最高分，面试却只得了 58 分。如果按照各科成绩相加的规则，其实他也能录上，但还有一条附加条件是每门必须分别达到及格。

也就是说他是被面试直接淘汰的。

安然要开口又不知道讲点什么的样子逗笑了吴漾，他摸摸安然的肩膀："多大点事，你怎么比我还难过？"

安然就是觉得难过，在她眼里，吴漾怎么会受挫折呢？

"能申请复核吗？"安然还在想挽救的方法。

吴漾点头又摇头："意义不大。"

"那你怎么办？"安然替他委屈，"明年再考吗？"

其实也不是不能找人，只是这样感觉把事情搞复杂了，明明他只是想换个地方安心做学术而已。

"明年的事明年再说。你不是约了做美甲的吗，走吧。"他说完，站起来拿外套，看安然还坐在那里，喊她，"走呀。"

安然只好跟他一起出去。

她约的美甲店在商业街，做完还能吃一顿火锅。

来之前计划得很美好，没想到是带着这样的心情出发的。安然坐在美甲店的椅子前面还在不开心，虽然吴漾什么都没跟她说，但她就是觉得肯定有什么岔子。

吴漾坐在她旁边看美甲师操作，一只手做完以后，他说他学会了，和美甲师换了位置，给安然做另一只手。

安然选的是绿色小叶子和粉色小花瓣的图样，吴漾涂一层油，烤一次灯，画一朵小花，神情专注认真。

他画好了拇指的图案，定型以后让安然看看怎么样。

安然撇着嘴说："好看。"

吴漾把指甲油的瓶子盖拧好，伸手掐了一把她的脸："这是不高兴什么呢？不满意我做的指甲？"

他越是表现得云淡风轻，她越是感到难过，她还记得过年那会儿他天天抱着电脑写论文，他才不是不在乎这个结果。

安然咧嘴笑笑："很满意。"

吴漾又拿出另一瓶指甲油，看她一眼："算了，别笑了，比哭还难看。"

做完指甲，火锅店提前排的号也到了，安然都不知道自己吃了点什么，食不知味。

等他们吃完出来的时候，天已经黑了，路灯下是热闹的夜市。

两个人拉着手走在路边，安然抬头看到旁边的便利店，觉得嗓子有一点干，进去买了瓶水。

吴漾没有申请分数复核，他把这个结果告诉家里以后，父母并没有太意外，当然，还是安慰了他，并询问他之后的打算。

过年的时候吴漾爸爸给他介绍了一个教授，那个教授常年在国外研究所工作，这次是回国交流的。

他所在的那个研究所现在有学工名额，吴漾爸爸想让他去那里学习，然后申请研究生。

吴漾妈妈也赞同他留学，不过建议他直接读个管理学的专业方向，以后回来可以接她的班。

吴漾听到过他妈妈和他爸爸小声讨论过："不要让他去那边做学术，万一以后不想回来了怎么办？"

对于父母的安排，吴漾没有一口回绝，但也不是特别想接受。

安然这几天像是怕他想不开似的，天天去他那里蹲守，除了上课时间，几乎都是趴在他床上玩手机或者拿着拖把拖地。

北城的春天风大，风里带沙，隔一天地上就一层灰。

吴漾的毕业论文早就完成了，在他关于未来的几条选择里，有一条是先工作一年，明年再试试考研。

他没跟安然说过爸妈想让他出国留学的事，一方面他还没想好，另一方面他怕安然胡思乱想。

所以安然看到的就是他在找工作投简历，想要通过实习看一下就业环境。

天体物理学相对大众专业开始太过冷门，在就业市场上不太好找专业对口的工作，大多还是要继续学术深造，留校任教或者去研究所。

不过中新大学的学生找个实习碰壁还是没那么严重的，吴漾很快找到了一家天文馆的实习岗。

上岗前一天，安然比他还紧张，拉着他逛街买新衣服，还去做了个发型。

吴漾无奈地被按在理发店椅子上："只是实习。"

"说不定你做得好就转正了呢！"安然知道这份工作他不会一直做下去，但她相信每一件事他都能做到最好。

为了庆祝他找到工作，安然还特意早早下课买了菜亲自下厨给他做晚饭：酸辣土豆丝、番茄炒蛋、红烧肉、凉拌黄瓜、酒酿小圆子。

非常高规格的四菜一汤。

但是第一天上班的吴漾回来得有些晚，到家的时候菜已经有些凉了。

安然一边好奇地问他上班感受，一边帮他把菜重新热了热。吴漾先去冲了个澡，出来坐下说"挺好的"，吃饭的速度比平时快了不少。

安然帮他盛汤："你慢点吃呀，这么饿吗？"

"中午没吃饭。"吴漾解释，"入职资料有点多，弄完就错过饭点了。"

安然埋怨他："那你就叫个外卖呀，干吗不吃饭！"

"知道了。"他像个被小娇妻数落的丈夫，大口吃着她做的饭，听她问东问西。

吴漾的这个实习岗说穿了就是个打杂的，每天要复印整理资料，帮各位老师递送材料，做会场布置和会议记录，翻译论文，制作表格，有时候还要跑跑腿买咖啡。

要说学到了东西好像也有一点，但更多的是应对鸡毛蒜皮的琐事。

他没有跟安然抱怨过，安然却感觉他有点累，但她只以为工作了就是那样的，不像她在学校，最大的烦恼也不过是赶在截止日期前写完作业。

周末，原本约定好去陶艺店做手工的，但是吴漾晚上熬夜加班了，早上顶着黑眼圈狂打哈欠。安然看他困成那样，也觉得心疼，让他在家补觉。

只是那家陶艺店是预约制的，材料位置都会提前准备好，约定时间不去的话票就作废了。

安然决定找小西陪自己去，不能浪费钱。

她把吴漾推回卧室去睡觉，自己换了鞋离开他家，往学校走着给小西打电话。

小西正在睡懒觉，不想去玩。

安然又求了她好几句，小西意志坚定，誓死和她的床共存亡。

安然没办法，翻着通讯录想再找谁出来。

"师姐。"她走到校门口了，听到有人喊她，抬头看见抱着篮球的迟允。

迟允走近她，看她化了妆，问她："要去哪里啊？"

安然把手机放进兜里，犹豫了一下："要去做陶艺，还缺个人，你要不要去？"

迟允是没什么事的，不过他贱兮兮地问："啊，这样不好吧？让吴漾知道了会不会生气呀？"

安然也想到了这个问题，她点点头："那你还是不要去了。"

"……"这两人真是一样绝情！

不过迟允最终还是跟安然一起去了，因为已经到了约定时间，陶艺店打来电话问她去不去，她没找到其他的伴儿，干脆就把迟允带上了。

他俩坐在陶艺店相邻的两个座位上，捏着泥巴在转盘上拉胚。原本安然是想和吴漾做一对情侣马克杯的，现在她改主意了，打算做个花瓶。

至于迟允，他爱做什么做什么吧。

两个人都挺专注地做手工，没人说话。安然还有点儿不习惯这么安静的迟允，过了一会儿问他："你最近在干吗呀？"

迟允也在做花瓶，他那个艺术得犹如比萨斜塔一样的泥坯越转越斜，最后被他拉开揉成团，重新来过。

他看着泥团，回答她："也没什么，训练，准备分方向考试。"

"哦。"安然发现自己不去垒球队训练以后，碰到迟允的次数不多了。

"师姐最近在干吗呀？"

安然没有避讳地说："在谈恋爱。"

"你够了。"迟允捂胸口，"我不哭不代表我不会痛。"

他表情浮夸，安然也不知道他是不是认真的，只是觉得之前那样说开了以后，他应该已经对她死心了，也没必要扭扭捏捏的，显得他俩有什么似的。

安然给他讲："我在集邮，做恋爱中必做的一百件事。"

迟允手一滑，新的泥坯又转得乱七八糟。

"吓我一跳，我没听清那个'恋'字。"

安然回忆了一下自己刚才说的话，去掉"恋"字还剩什么。

想明白了，她差点把手里的泥团扔他脸上。

迟允赶紧转移话题："一百件事然后呢？做完了就分手？"

"才不是。"安然气呼呼的，"我们好着呢！"

"好吧好吧，你们好着呢。"迟允撇嘴，又多问了一句，"哦，他是不是要出国了？我好像听我妈说起来着。"

"啊？"安然完全不知道，"什么出国？"

迟允诧异："你不知道吗？你不知道的话我更不知道了。可能只是家里说的吧。"

这个话题没纠结太久，他们又说起共同体育老师的事，还八卦了一下金教练好像谈恋爱了的故事。

只是安然心里有点不安，为什么吴漾完全没跟自己提过出国的选项呢？

从陶艺店出来，打车回了吴漾家，迟允跟在安然身后，问："我能去看看我小舅吗？"

安然点头，和他一起上了楼。

进门发现屋里黑乎乎的，窗帘还拉着，吴漾大概还在睡。

安然抬起食指放在嘴边，冲迟允"嘘"了一声，轻手轻脚地去卧室，看到吴漾果然还在蒙着头睡觉。

她退回客厅，把窗帘拉开窗户打开，然后问迟允："你怎么还不走？"

迟允赖在沙发上躺着，"过河拆桥！我陪你去做陶艺了！请我吃饭！"

安然也饿了，原本计划和吴漾拔草陶艺馆旁边的阿根廷烤肉的。

她拿出手机点外卖："那就'疯狂星期四'吧。"

吴漾一觉睡到中午，他听见外面有人说话了，知道安然在家，不太想动弹。直到肚子叫了，他才慢吞吞爬起来。

一出门就看见安然和迟允在抢吮指原味鸡里的鸡腿，说说笑笑的，有点刺眼。

"你醒啦？"安然听到声音，回头对他笑，"快洗脸刷牙来吃饭！"

吴漾走到她旁边，颇有点宣示主权一样，手搭在她肩上，就着她的手，啃了一口她抢过来的鸡腿。

"太油了。"他嫌弃。

安然指着旁边的袋子："给你买了粥。"

"嗯。"吴漾转身去洗漱，走之前训迟允，"不要欺负我女朋友。"

谁欺负谁呀！迟允对着他背影翻白眼。

安然看见了，告状："师哥！你大外甥朝你翻白眼！"

迟允挥拳头威胁她："不许胡说！"

"他还要打我！"安然补充道。

吴漾咬着牙刷从洗手间探头出来："嗯，等我刷完牙替你报仇。"

迟允无语，他知道了，这个家他一秒钟都待不下去了，他立马滚。

等吴漾整理好自己出来的时候，迟允已经换好鞋站在门口跟他"拜拜"了，他也没留人，挥挥手让迟允"快走吧"。

安然把他的早餐摆好了放在他面前，陪他吃着，忍不住问："师哥，你想出国吗？"

安然的问题让吴漾一愣，随即皱眉："迟允又跟你说什么了？"

安然看他没有立马否认，有些不开心："为什么你没有跟我说过呀。"

"还没影的事，只是我家里的想法。"吴漾解释完，想着既然聊起来，干脆问她，"你想出国吗？"

安然被这个问题问得茫然了，她还从来没有考虑过，而且她现在大二，总要把学上完再说吧。

吴漾看她发呆，揉了揉她的脑袋："一片空白是吧？我也是。"

"什么？"

"关于未来，一片空白。"吴漾最近实习工作实在谈不上开心，也让他对未来产生了迷茫，"如果我出国的话，可能就会待在外面很久很久了。"

"不回来了？"她瞪大眼睛。

吴漾笑着，像是开玩笑："那要看你在哪里了，你如果跟着我，我就不回来了。你如果在这里等我，那我……"

他想了想："那我游也要游回来呀。"

安然没有笑，她没想到自己居然也是吴漾考虑的因素，而且看起来还是个麻烦因素。

"吴漾，你跟我具体说说吧，说说你现在都有哪些选择。"安然极少喊他的名字，表情严肃。

吴漾放下手里的勺子："干吗呀，搞得这么吓人。没有那么复杂，就是国外有个研究所我可以去边工作边学习，或者就是在国内先找个工作明年再考研。"

安然抿着嘴。

吴漾走到她旁边，把她拉到自己身边，坐下以后抱着她在身前："我觉得可以再试一次，如果还不行的话再出去，或者是等你毕业了跟我一起出去。嗯，你愿意跟我走吗？"

安然仰着头，傻傻地问："那我是不是再也见不到我爸妈了？"

"也不至于见不到，可以经常接他们去玩，逢年过节我们也可以回来，大概，就像是嫁到了外地？"

他用的"嫁"这个字，让安然觉得好像是一件人生大事。

她点点头："那我考虑考虑吧。"

"不着急，先毕业。"他没想着要让她立刻做决定，就像他自己都没做好决定一样。

回到宿舍以后，安然就开始搜索起来留学相关的信息。

小西从她背后经过，扫了一眼她的电脑屏幕，凑过来问："咦？你想出国吗？"

安然回头看小西，让她坐过来："师哥可能出国读书工作，我记得我们学校好像有交换生项目吧？"

"有的吧，你直接给留学生院打电话问问呗。"小西一脸诧异，"怎么突然就要出国呀？你出去以后学什么？还学新闻吗？那以后要在那边工作吗？"

安然忽然发现，小西问的这些问题她一个都没想过："就还是学现在的专业吧，工作应该也在那边吧。"

她兴致寥寥地跟小西说了几句，回床上躺着的时候心里却是翻山倒海，她不知道国外的工作好不好找，去到全新陌生的环境里，如果她不适应要怎么办，在家做全职太太吗？

这次对话好像对吴漾没有什么影响，他的实习工作依旧很忙，安然问过他，他打算完成三个月的实习期，拿到实习证明，准备毕业的事情，毕业以后再做打算。

安然感觉他们的生活好像很割裂，她在学校上课学习，课下和同学逛街聚会；而他早出晚归，有时候还要加班，周末也不是每次都能陪她出去玩。

他们的相册和之前相比更新得极其缓慢。

吴漾也觉得很抱歉，有一次周末安然让他在家补觉，他拒绝了，硬是陪她出去约会，可是在电影院灯光暗下来的时候，她瞄到他闭上了眼睛。

五一小长假，班里组织了团建活动，要去郊区农家乐加漂流，预计出行两天一夜。

安然想着难得能跟吴漾待在一起，打算不去团建了。

吴漾得知以后，强烈要求她去参加班级活动："兜兜，你的大学生活不应该只围着我转。"

安然不服气地反驳："我才没有，我的活动多着呢，只是怕你自己孤单而已。"

"那就好，我不会无聊的，在家看看书，等你回来。"

既然他都这么说了，安然也就出去玩了。

郊区山青水绿，景色宜人，安然怕自己会想吴漾，所以没有频繁跟他发消息，不过挺频繁地发朋友圈了。

迟允在下面给她评论：【这烧烤哪有我们家的好吃？】

安然回他：【你奶奶最棒！】

迟允发了个墨镜表情，表示同意。

安然发了六七条朋友圈，吴漾都没给她点赞，她虽然理解他可能在休息，但心里还是有点不舒服。

一整天，安然都很积极地参与班级游戏，想要分散注意力。直到晚上，篝火晚会结束了，安然才给吴漾发消息，说要睡觉了。

吴漾很快回了她：【晚安，盖好被子，山里夜凉。】

安然的小委屈好像又消散了。

她跟室友们一起睡大通铺，小西和她一个被窝，探头探脑地偷瞄她手机："说了晚安怎么还继续聊啊？"

安然被她吓得一激灵，把手机扣到床上，回过头踢小西的脚："干吗偷看我手机！"

"偷看别人谈恋爱多有意思啊！"小西也踹了她一脚。

两个女生笑嘻嘻地踢来踢去。

欣欣敷着面膜从她们旁边走过，嫌弃地说她们："幼不幼稚啊？"

小西附和："就是！安然你幼稚不幼稚！"

安然反击："你偷看才幼稚！"

"本爱情专家这不是想帮忙参谋一下嘛，看你今天一天魂不守舍的。"

安然以为自己表现得不明显，没想到好朋友一眼就看出来了。

小西大嘴巴地替她说了她考虑陪师哥出国的事情。这还是她们第一次聊起未来的话题，几个女生在郊区的土味别墅里围炉夜话。

小乔："我肯定是要继续读书，我们家最低得是博士学历。"

欣欣说要回老家考公务员，小西想自己创业做自媒体。

安然以前是想去报社或者电视台当记者的，现在又有些不确定了，和吴漾绑定的未来好像充满了变数。

"千万不要异地恋，太难坚持了，谈恋爱是为了寻开心，可不是找罪受！"经历过异地恋一年分手的小乔提醒她，"要走一起走，要留一起留。"

安然也是这么想的，她用力点头。

第二天的漂流行程满满，安然这次是真的没空找吴漾了。

团建结束，大家坐着大巴车尽兴而归，到学校的时候已经傍晚了。

安然给吴漾打电话，说自己要去洗个澡吃个饭早早睡觉，昨晚没睡好，今天又很累。

吴漾说"好"，让她不要过来找自己了，先好好休息。

挂了电话，他把刚送到家的蹄髈放进冰箱，对着切好的菜思考是自己炒炒吃掉还是也冷藏起来。

正想着，门被人敲响。

吴漾去开门，来的是魏秋，她看他穿着围裙："做饭呢？"

"哦，还没开始做。"吴漾想到安然不喜欢让人来家里，把围裙摘下来，问魏秋，"吃了没？出去吃吧。"

魏秋就是来找他吃饭的，闻言也没要就在家里自己做，跟他一起去附近一家小酒馆吃晚餐。

魏秋点的低度鸡尾酒，吴漾只要了干姜水，然后又点了小吃和比萨。

"找我干吗？"

"没事就不能找你？"

吴漾歪头看看她，摇头："你看起来是有事。"

魏秋失笑："好吧，确实。就是你妈派我来当说客，劝你去国外那个研究所，不然这机会不是说有就有的。"

吴漾没想到他妈妈居然会找魏秋来劝她，不过想想也正常，他们两家关系好，她妈妈应该觉得魏秋能劝动他。

魏秋继续说："我不打算留在台里了，那个老流氓越来越嚣张，我要出国读书，可能我妈跟你妈聊起来过，你妈就给我打电话，让我和你说说，也算有个伴。"

说到有个伴，她想起来他的小女朋友："你跟你妈说过你谈恋爱的事吗？你不会是因为安然所以不想出去吧？"

"不是。"吴漾答得果断，"你不要跟我妈说安然的事，我没跟我妈说过。"

"哦，"魏秋扬扬下巴，"求我。"

吴漾用自己的茶杯碰了碰魏秋的酒："求你。"

他们坐在临街的落地窗边，街上天色已黑，窗前贴着的灯串把店里点缀的温暖可爱。

说好要早睡又睡不着想男朋友的安然，路过这家小酒馆的窗子时，就看见吴漾跟魏秋碰杯说了什么，而魏秋笑得明媚灿烂。

第十三章
青春在这里落幕

:
:

安然看到那样般配的俊男美女的和谐画面，第一反应居然不是走进去，走到他们面前，问问自己男朋友怎么在和别的女生喝酒。

而是逃跑了。

她脚步很快，唯恐走慢一步就被他俩看到。

安然一路小跑地回到宿舍，室友们刚洗漱完各自准备上床，看到她回来有些诧异："不是去找师哥了吗？"

"哦，师哥加班。"她说完，也爬上床，坐在床上发呆，半天没换衣服。

室友们感觉气氛不太对，彼此交换了个眼神，最后派小西出马问她："怎么了？吵架了？"

安然安静了这么一会儿，其实什么都没想，大脑放空地盯着墙面发呆而已。

冷不丁被小西一问，她没了掩饰心事的想法，苦着一张脸回答："我刚才去师哥家，在楼下的酒馆看到他和魏秋在喝酒，说说笑笑的。"

"什么？又是魏秋？"

室友们把床帘完全拉开，齐刷刷地望着安然的方向。

欣欣最是气愤："这个魏秋心里能不能有点数？人家一个有女朋友的人，

老往上贴什么贴？"

安然替魏秋说了句话："她和师哥是一起长大的青梅竹马，也不是往上贴吧，他们关系一直挺好的。"

"那更要避嫌了啊！不想想人家女朋友知道这么个青梅多硌硬吗？她不知道，吴漾也不知道吗？"

欣欣说到吴漾，安然沉默了。

小乔没有跟着骂，她安慰安然："还好是在酒馆不是在酒店发现的，可能有什么事要聊吧，你也不能让他们哭着聊啊，那吃饭肯定是有说有笑嘛。"

安然很矛盾，别人说吴漾不好的时候她想要维护，可是别人替吴漾说话了她又难受。

她跟小乔说："但是我们很久没有一起出去约会吃饭了，他最近一直很忙，我有时候下课过去给他做点吃的，有时候他就吃外卖。本来想假期和他一起过的，但是他让我去团建，结果他和魏秋去喝酒！"

有过异地恋经验的小乔开导她："我觉得就算谈恋爱，也需要有个人的生活圈子，你不能要求他的世界只有你吧，他也可以和他的朋友交往。你觉得不高兴就跟他聊聊，或许下次可以让他带你和他的朋友一起玩？"

安然知道小乔的话有道理，而且吴漾其实也这么干了，想让她和魏秋做朋友。

可她还是过不去心里那个坎，她不想承认又不得不承认，魏秋不行，就是魏秋不行，魏秋又漂亮又优秀，还比她认识吴漾时间长，她心眼小，容不下魏秋。

小乔看自己说了半天，安然的表情也没变好，不跟她讲道理了，和欣欣一起骂吴漾："酒有什么好喝的！要不你还是给他打个电话让他回家等你吧，可别再来个酒后乱性什么的，男人说不好的！"

这话说得安然有点心慌，她求助地看向小西。小西斩钉截铁地跟她说："别打。"

被冤枉的吴漾一滴酒都没沾，他一直喝的红茶，魏秋那杯鸡尾酒度数也不高，她喝完一杯就跟他一样换成茶了。

她吃饱了饭，又和吴漾聊了两句："本来我是不想多嘴的，不过我劝你别意气用事，你如果打算国内考研，那要先找人摆平你导师，你也别瞎清高，他先破坏规则的。如果你想出国深造，那这次跟着张教授是一个好机会，不要拿自己的前途开玩笑。"

吴漾点点头："好，我知道。"

魏秋最后提醒他："尽快做决定吧，拖是拖不出来结果的。"

吴漾扶额："你可真是比我妈还负责。"

"毕竟是比你大三个月的姐姐。"魏秋把最后一口茶喝光，"话带到了，走了。"

吴漾回到家里，想着魏秋的话，思考如果跟张教授走的话，安然是不是可以先申请交换学习。

当然，如果安然不想出国的话，他也可以留在国内，只是那要先找好研究生的老师，考研肯定是要考的，不然像现在这个实习岗一直打杂没有意义。

想得头疼，他捏捏自己的太阳穴，看了眼时间，还不算特别晚，他给安然发消息：【睡了吗？】

安然没回他，看样子是真的累了，早早休息了。

吴漾又给她发了一句：【明天有空吗？没事的话来我这儿吧，给你炖蹄髈。】

发完，等了五分钟，感觉她不会回了，才把手机放起来去洗澡。

收到消息的安然并没有睡，她还在听室友们给她的恋爱建议。

小西跟安然说："你人生的命题是'认识自己，找到自己'。"

"喔，Know yourself（了解你自己），"小乔开玩笑，"原来你是苏格拉底转世。"

安然仔细回味这八个字，感觉好深奥。

小西启发她："比如你要想想你自己想要的未来是什么，而不是怎么配合吴漾的未来。我觉得你谈恋爱以后好像总是围着吴漾转，当然，如果开心也行，但显然这种状态是让你不开心的，那你就要想想怎么才能找到快乐的自己了。"

欣欣插话："然后你就会发现，不谈恋爱，啥事没有。"

安然被逗笑，深以为然地点头。

欣欣叹了口气："我原来以为，你如果谈恋爱，必然是那种有人惹你不高兴了，抡起棒子重拳出击的杀神，谁能想到你居然是只会躲在被窝里呜呜哭的受气包。"

"如果是跟别人在一起，可能我会重拳出击，但那个是吴漾呀。"是她喜欢了那么久好不容易得到的男朋友，她才会那么仔细地生气，生气了又不敢发脾气。

小乔摇摇头："所以说，在自己喜欢的和喜欢自己的人里还是应该选喜欢自己的，你要是之前选择跟迟允好，现在看他跟别的女生眉来眼去地喝酒，你会怎么办？"

安然想了想："大概会踹他一脚再臭骂他一顿。"

小乔："对嘛，那你试试这样对吴漾呢？别当作什么都不知道！"

安然想象这个场景，感觉那个画面也太违和了。

安然带着满肚子的不知道如何是好睡觉，醒来觉得脑袋疼，洗脸的时候发现左边脸好像有点大，仔细分辨才知道原来是牙疼。

是一颗智齿发炎了。

起初，安然以为是因为自己没休息好，想着多喝点温水或许就好了。结果那颗牙越来越疼，脸越来越肿。

等她到吴漾那边的时候，脸已经明显地变大小脸了。

吴漾看到她吓了一跳，二话不说就拉着她去看牙。他们找的离学校最近的牙科诊所，这里看病不用排那么久的队。

医生给她的智齿进行了冲洗和上药，又给她开了漱口水和消炎药让她回去吃："等到不疼了可以过来把智齿拔掉。"

安然捂着脸答应了，回去的路上都没有说话。

吴漾以为她是牙疼心情不好，原本准备要做的菜都没有动，给她蒸了鸡蛋糕，煮了八宝粥喝。

安然略显沉默地吃完午饭，原本还想要跟他谈谈的，可现在张不开嘴了。

吴漾也是，想要再问问她对于出国的看法，结果看她这个样子觉得还是改日再谈吧。

他留她在家里休息，她就躺到床上去用冰袋敷着脸，闭着眼睛想事情。

想的什么也忘了，乱七八糟的，脑子被这颗牙疼得不甚清晰。

吴漾刷完了碗上床，躺在她身后，伸手抱住她的腰，在她耳朵上轻轻亲了一下，小声问她："有没有想我？"

"唔。"安然扭头，睁开眼看了他一眼，又扭回去闭上眼。

吴漾还在笑她："是不是山里的烤肉吃太多，上火了？"

安然心烦，把他的手扒开，往床边挪了挪。

"好了，不说了不说了。"吴漾靠过去，手搭在她腰上，没再抱她，而是一下又一下，轻轻拍着她，哄她睡觉。

这样被安抚着，安然觉得牙好像没那么疼了，可是眼睛却痒痒的，是被眼泪淹了的感觉。

她转过身面朝着吴漾，一头钻进他怀里不给他看自己的脸。

吴漾无所察觉，环抱着她，手在她背上轻抚慢拍："乖乖，不疼了。"

"疼。"她把冰袋拿开，撇嘴，"疼死了。"

五一假期剩下的两天，安然都没去吴漾家里，窝在宿舍跟她的智齿相爱相杀。

吴漾给她发信息让她过去"养病"，他来照顾她。可安然心里还憋着气，现在牙疼影响战斗力没法跟他掰扯，索性不要见他了。

吴漾劝了两次她都不答应过去，他也挺无奈的，以为她是觉得脸肿不好看不想被他看到。

等到假期快要结束的最后一晚，安然意识到第二天她要上学他要上班了，才后知后觉地有些遗憾。

她就这么浪费了五天，本来是可以和他共度的。

安然也不知道要怪谁，可她心里不舒服，这种不舒服的感觉最近反复出现，究其原因就是她的计划总是被打乱，生活好像很喜欢和她开玩笑，动不动就把她拼好的理想拼图抽走一块，让她着急上火干瞪眼。

就在安然跟自己发脾气的时候，吴漾的消息发来了。

吴漾：【牙疼好点没？】

安然以为他是要跟自己说晚安了，拖着有点不想回他。

吴漾又发来：【带你出去兜风好不好？】

他这么问，安然好奇了：【去哪里？】

吴漾：【你先下来，我在楼下等你。】

安然飞快地把睡衣脱了，换了一身运动装跑下楼。

吴漾不知道从哪里搞了一辆山地车，没有后座，但是后轮上有两个蹬子可以站人。

他跨坐在车座上，对着安然问："你站后面行吗？"

"啊？"她觉得这么站着有一点丢人。

吴漾看她犹豫了，换了个问题："那要不你骑车带我，我站后面？"

那好像更丢人……

安然默默走到车子后面，手扶着吴漾的肩，站上去。

吴漾脚一蹬，车子窜出去，安然吓得紧紧抓着吴漾的肩。

吴漾笑："扶稳喽。"

他骑着车子往学校西校区方向走，沿途经过居民区、无人小路、商铺一条街，时而安静时而喧闹，光影交错之间，安然感觉仿佛回到高中的时候，放了学，她跟同学走在回家的路上。

春天夜里的风已经变得温柔，晚风拂过脸庞，她眯着眼睛，觉得莫名感动。

吴漾把车子一直骑到西校区附近的步行街，跟安然说了一声要停车了才停下。

她从后面跳下来，看自行车后面的这家甜品店。

"他家的花生汤味道不错，我今晚突然很想喝，带你来尝尝。"吴漾解释，把自行车挂上锁，拉着她的手进店里。

他点了两碗，一碗牛奶花生汤，一碗传统的鸡蛋花生汤。

安然的智齿已经没那么疼了，不过还不太敢嚼东西，花生汤里的花生炖得软烂，正适合她现在吃。

她吃了一半自己的那碗，又去捞吴漾的鸡蛋花吃，吴漾把两人的碗对调了一下接着吃。

吃完了，安然意犹未尽地舔嘴角，打量这家小店的装潢，特别朴实无华，如果不是开在学校附近感觉都不一定有年轻人走进来。

"喜欢吗？"吴漾问她，"这是我的秘密菜单，一般有同学来找我玩的时候我都会当作一天的压轴项目。"

"喜欢。"安然听说他不只是带自己来吃过，又觉得有些酸溜溜的，"你也带魏秋师姐来吃过吗？"

"啊……"吴漾被她这个问题杀得措手不及，"怎么突然问起她来了？"

"你不是说同学找你玩就会来吃吗？那她肯定也来找过你吧。"

"好吧。"吴漾观察安然的表情，感觉她不高兴，后悔自己多嘴挑起来的那个话题，想聊点别的，"我实习再过两周就差不多能收尾了，结束以后我打算回江市一趟，你要不要和我一起回去呀？"

"回去干吗呢？也没什么事，你如果觉得一个人无聊就让迟允或者魏秋陪你吧。"

吴漾抓着她一只手，放在自己掌心捏了捏："好好说话。"

"我在好好说呀。"安然把自己的手抽回去，玩自己的指甲。之前吴漾给她画的指甲已经长长了剪过了，后来没再去做指甲，现在的指甲一半是花的，一半是新长出来的粉粉的。

吴漾不知道怎么回事，回想了一下最近和魏秋有关的事情，好像也只有那天她来找自己，替他妈妈传话。

是被安然看到了吗？

他试探着问她："我有做什么让你不开心的事吗？"

安然哼了一声，他终于发现自己在不开心了吗？

"看来是的。"他自问自答，"那是怎么了，和魏秋有关？因为我和她吃饭？"

他什么都知道，还假装没事发生！

安然开口："是我闲，不应该说了要睡觉又想去找你。"

这话一听就是气话了，吴漾看小店里又来了人，不适合讲话，拉着安然出去。

他推着自行车，和她往来时的路走回去，对她的气恼只觉得好笑："兜兜，你真的很爱吃醋。"

困扰了安然好多天的问题，到了他嘴里就只是"吃醋"？

她不服气地反驳："那你有没有想过，为什么我总是吃醋？是不是你和你的异性朋友走太近了？你就不能不让我吃醋吗？"

吴漾觉得自己很冤，他一个月见不了魏秋一次，偶尔一起吃饭，而且还是考虑到安然的感受，在外面不是在家里吃的饭，他还要怎么保持距离呢？

他停下车子，站定了，认真地看着安然："对不起，我以后跟哪个女生见过面吃过饭会告诉你一声的。"

他这么说，安然又觉得自己像是在无理取闹。

她不说话，他隔着车子伸手想要抱抱她。

安然躲开了。

她一个人走在前面，吴漾骑坐在车子上用脚蹬地在后面滑行。

从这里到学校，说远不远，但是走起来也将近半小时。

他们两个人就这么一言不发地走回了宿舍，吴漾沉默着看她上了楼，转身回家。

他有点心累，他觉得要纠结的事是关于工作考研和出国的抉择，但是在她那边，好像根本都看不见这些。

接下来的几天，安然都在参加班级活动，他们有个市里的班级评优比赛，她要帮着写申报书。

吴漾要把实习工作收尾，每天忙于整理文档，加了几次班，深夜回到出租屋的时候觉得有些孤独，可是看到安然未回信息的界面，又有些生气。

说实话，他甚至都不知道安然到底还喜欢不喜欢他了，总有种自己已经被单方面甩了的感觉。

他看她的朋友圈，她和同学排练节目，熬夜跟同学一起吃夜宵，去垒球队给新学员带教，给跳高的迟允喝彩。

他怎么觉得她的生活依旧丰富多彩，只有他自己成了苦哈哈的"社畜"还没有女朋友心疼呢？

安然不知道吴漾的想法，她过得也没有很开心，尤其是发了那么多朋友圈都没得到他的一个赞。

她忍不住了，想要跟他说"我们和好吧"，却又不知道怎么开个头。

茫然的小女孩给亲爱的妈妈打电话，想要得到一点恋爱建议，结果打了两次都没打通，发信息也没回。

她右眼皮一直跳，心里不安起来。

给安爸爸拨过去，安爸爸接了，打着哈哈说自己在外面应酬，安妈妈可能睡觉了。

安然觉得不对劲，一再逼问，安爸爸也是没想到她正好会找过来，只好说实话："你妈妈在做手术呢，子宫肌瘤，小手术，没事哈。"

安然耳朵一阵嗡鸣，她着急跺脚："你们怎么不跟我说呢！都手术了！要是我不问，是不是一直瞒着我！"

"好安然，不怕，真没事，这个是良性的。好了好了，我要去弄手续，这个，妈妈做完手术再跟你打回来啊。"安爸爸匆匆挂了电话。

安然立马开始查机票，订了最近的时间，连行李都没收拾，简单背了个包就打车去机场，路上才给辅导员发信息说要请事假。

这一路，她一直上网查关于子宫肌瘤的相关问题，好像预后比较好，只是不知道她妈妈是什么情况，网上说一般不需要做什么治疗的。

她给她爸爸发消息说自己正在回去，安爸爸让她安心上学。

安然不听：【已经值机了，你们都瞒着我，我要去陪我妈，说不定你在家怎么气她了，网上说这个病是气出来的！】

安爸爸冤得不行，最后让她下飞机直接打车到医院，别乱跑。

安然在距离地面几千米的高空时，吴漾终于忍不住给她打电话了。

他拨打的号码不在服务区。

吴漾想不明白，他是被她拉黑了吗？

安然在医院见到已经手术完正躺着休息的妈妈时，连日来的委屈涌上心头，趴在床边呜呜哭。

安爸爸拍了她半天都没拍好，郁闷地问她吃饭没："我去给你买点吃的，好了别哭了，你妈又没事，过两天就能出院。"

安然还是止不住，哭得安妈妈都有点慌了："老安，是不是医生手术里又发现其他什么问题了？转移了？"

"哪有什么问题啊，好了你这个不孝子，别哭了，影响你妈心情！"安爸爸抽了安然的肩膀一巴掌。

安然终于打着嗝止了哭。

后面的两天安然寸步不离地照顾妈妈，没有说自己恋爱的烦恼，怕给她妈妈添乱。

她还趁爸爸出去打饭的时候悄悄问妈妈："我爸是不是惹你不高兴了？你有什么气要告诉我！"

"没有啊，和你爸在一起能有什么不高兴？"安妈妈其实看得出来安然有心事，她意有所指地跟女儿说，"感情这件事要自己掌握分寸，合则聚，不合就散，在一起就是要让自己开心的。"

"哦。他如果惹你生气你要告诉我。"

"告诉你，你要怎么的？"

"告诉我，等他老了躺病床上我给他拔氧气管。"

安妈妈被逗笑，笑得刚进门的安爸爸一头雾水，跟着一起笑，安然看爸爸的憨憨表情，忍不住也笑了。

安然待到周日下午的时候，妈妈不许她继续待了，让她回学校："这里有你爸陪我就够了，你回去上学。"

安爸爸也赶她："别打扰我们二人世界了。"

安然没办法，只好买了晚上的机票回去。她在医院待了两天，没洗澡没换衣服，戴了个棒球帽在夜色里赶到机场。

值机的时候遇到了同样要回学校的魏秋。

她穿着紫色连衣裙，宽肩细腰大长腿，惊喜地跟安然打招呼："你一个人吗？"

安然没想到会在这里遇见她："家里有点事。师姐回来是干吗？"

魏秋也不藏着掖着，大方地跟她说自己回来准备出国的事情。

安然联想到吴漾也有出国的想法，不自觉地挂钩了两人。

她们前后脚值机，位置安排在一起，就算安然再不想跟她交流，还是要保持表面的客气。

不过魏秋好像没有什么感觉，她就像个热络的师姐，和她有一搭没一搭地聊着天，从今年流行的牛油果绿色到哪个体育老师脾气差，都说得很有意思。

飞机起飞，没有手机玩了，坐在安然身边的魏秋和她开始畅聊模式。

魏秋问："吴漾现在打算的怎么样了？是出国还是留国内继续考研？"

这个问题问住安然了，她并不清楚。前两天他给自己发过信息，让她看到了给他回电话。

她在医院的时候心情烦躁，又要照顾她妈妈，看见了就给他回：【我没什么事，比较忙，不方便接电话。】

然后吴漾就没再给她发消息了。

魏秋看安然脸色不太好，以为自己问的这个问题他们没有达成共识，讪然一笑："我是不是问太多了呀？"

"没有，我不知道。"安然坦白地说，"他没跟我说。"

魏秋有些惊讶，随即替吴漾说话："他大概想要都理顺了再跟你说吧。他这个人，很多事闷在心里，谁也不知道他想什么。"

"师姐你很了解他吗？"

"毕竟认识这么多年了。"

魏秋意识到她们的气氛似乎有些尴尬，打算不聊吴漾了。

可是安然直接问她："那你知不知道，他喜欢过师姐吗？"

安然觉得自己挺讨厌的，好像攻击性很强似的，可她真的挺想跟魏秋开诚布公地聊一次，不然她过不去心里那个坎。

魏秋被吓到了，结巴着说："啊？什么啊，他怎么会喜欢我呢？我们就是好朋友。"

"可是我觉得师姐对他挺特别的，而且你们一起长大，彼此就真的没有好感吗？"

魏秋沉默了一会儿，摇头："真的没有，要说高中的时候我可能有点喜欢他，毕竟他长得帅学习好，是那种大家都会喜欢的男生。但是他没喜欢过我，不来电，大概是太熟了？就是好朋友而已，你不要想太多。"

安然不知道魏秋这话是安慰自己还是真心的，可是得到这样自己想要的答案了，她不知道为什么还是没有开怀。

乘务员推着车子来发饮料，安然要了可乐，魏秋要了咖啡。

等乘务员走开了，魏秋又对安然说："其实他谈恋爱我还觉得挺吃惊的，他那个人，我以为不会喜欢上任何人呢。以前我们一起玩，还有其他的朋友，他经常会自己待着看书，迟允就经常说他对人类没有兴趣。我都没法想象他谈恋爱什么样，那天我看到你拍的那些照片，太神奇了，他居然有耐心陪你做那些事，以前我们玩他都说无聊的。"

安然能想象到魏秋说的吴漾的样子，以前她也以为吴漾那种高岭之花应该是活在自己的世界里，闲人勿扰的。

她想起来妈妈说的，恋爱是要让人开心的，从什么时候开始，她不开心了呢？

她看了看魏秋，她原本以为是因为魏秋让她不开心，可是现在魏秋坦荡磊落地坐在自己身边，让人讨厌都讨厌不起来。

"师姐。"安然的话多了起来，"你觉得，我和师哥在一起合适吗？"

这样的问题，魏秋没想到。她看着安然，其实有点搞不明白吴漾喜欢这个小妹妹哪一点，但是又因为她从来没搞明白吴漾喜欢什么样的女生，所以也不好妄下评判。

她认真地、慎重地看着安然说："鞋子合不合适，只有脚知道。"

然后，她又跟安然分享了一句自己很喜欢的爱情观："好的爱情不是彼此迁就，而是彼此成就。"

安然体会着她说的话，感觉在她面前自己真的很没用。她对魏秋说："师姐，你真的很好。"

魏秋笑了，点点头："大概是。"

吴漾此刻正在机场的出口等着，魏秋上飞机前给他发了短信，告诉他路上偶遇了安然。

他对自己居然不知道女朋友飞到另一个城市觉得心酸又无奈，想到安然说的"有事很忙"，他怕她出了什么事，下了班就赶来机场等着接她。

终于等到她们那个航班降落，魏秋远远看到等待的吴漾，和安然说了一声："但愿你不要觉得我多事。"

人群里，魏秋其实更显眼，但吴漾一眼先看到了穿着灰色帽衫的安然，看她傻愣愣地望着自己。

他向她招手，可她并没有跑过来扑到他怀里，而是在快到他身边的时候扭头问一旁的魏秋："我们一起走吧。"

这一行到学校的路途十分安静，静得好像所有人都不呼吸似的，连出租车司机都被这诡异的静默搞得咳嗽都压在嗓子里。

到达学校，安然终于开口说话，问吴漾吃饭了没。

吴漾说没吃，于是他们跟魏秋告别，去找地方吃饭。

还是在吴漾家楼下的那个小酒馆，点了简餐。

安然从医院走的时候已经吃过饭了，现在不饿，她点了无醇啤酒，陪着吴漾吃饭。

等吴漾吃得差不多了，她才说话："那天晚上我在路边，看到你和魏秋师姐在这里喝酒，当时我觉得你们看起来真般配。"

"安然，我觉得我们不要一直纠结这个……"吴漾听她这话，不知道是魏秋和她说了什么，让她又开始胡思乱想。

"师哥，你听我说。"安然打断他，"这段日子，有很多人跟我讲了很多道理，我都听进去了，但也都没办法做出什么改变。谈恋爱是要让人开心的，但是现在我们都不开心。"

吴漾听到这里，脸色有些沉。

安然继续说："我现在想想，其实最开心的是上了大学以后，没有人管我，我可以光明正大地暗恋你，见到你就很高兴，偶尔和你有交集就很满足，和别人说起来我有个喜欢的人就很骄傲。而不是真的和你在一起以后，患得患失，无法控制地围着你转。"

吴漾问："和我在一起，你不开心吗？"

"也是开心的，可是好像这种开心很重，还带了很多烦恼。开心的时候觉得不真实，好像随时会消失。"安然低着头，"可能我更愿意和脑子里的那个你谈恋爱，不必担心有一天会失去你。"

吴漾皱眉，有些挫败地苦笑："你想象中的我，比真实的我更完美是吗？所以真的在一起了，发现我也没有那么好。"

有时候情绪是会叠加累进的，放在平时，吴漾不会这么容易被她这些话激怒，可现在，他的自尊心不允许他低头。

"所以呢，你想说什么？"

"所以……"安然话赶话地说出了她一直担心害怕却总觉得注定会发生的事情，"我们分手吧。"

安然说了分手，没敢看吴漾的脸色。

许久，她听见一声叹气。

"你想好了吗？"

其实没想好，甚至在回来的飞机上还在纠结是再冷战一阵子还是主动找他和好。可是现在冲动之下说出口了，她居然觉得轻松了很多。

原来她害怕的事情也没那么可怕。

她点头，说："嗯。"

"好。"吴漾起身，大概是气急了，直接走出小酒馆。

安然看着他决绝离开的背影，心里又好像有一丝舍不得。

她也站起来，还没走到门口，吴漾去而复返。

她看清了他的表情，是生气的样子，可他对她说："我先送你回去。"

其实离学校不远，治安也挺好的，但安然没有拒绝，当作最后的告别。

吴漾把她送到宿舍楼下以后，再没说什么，连"再会"也没说一声，这次是真的走了。

安然心里空空的，直到回了宿舍，室友和她说话都还有些木："什么？你刚说什么？"

小西看她一眼："我问你妈妈怎么样了。"

"哦，还好。"安然点着头，"做完手术了，挺好的。"

"你怎么了啊，魂不守舍的。"小西摸了摸她的额头，体温正常。

安然的泪腺这时候才开始工作，眼泪吧嗒吧嗒掉个不停。

室友们都围过来，以为是安妈妈出了什么事，结果她哭着说："我跟师哥分手了。"

哭完她还笑了一下："是我提的。"

笑完她又继续哭："本来觉得挺爽的，可是现在怎么这么难过啊，呜呜呜呜……"

室友们轮番过来拥抱她："没事没事，掰了这个，下个更乖。你的福气在后头呢！"

她就这么哭哭笑笑的，听室友们聊爱情故事聊了半宿，第二天起来眼睛都是肿的。

金教练给安然发消息，问她有没有时间去体育馆，要挑队员组成下一支垒球队，找她一起参谋一下。

安然回说下课了就过去。

去的时候还特意戴了副墨镜，遮一遮她的黑眼圈。

新队员们身体素质都挺好的，可是技术练得不咋样。

金教练不无遗憾地说：“都没你用功，一个个玩似的。安然啊，你真的不考虑再打两年？”

人在空虚的时候是想要找点事填满生活的，她看着她引以为傲的垒球队这么松散，脑子一热就答应了金教练：“那我再打一年吧。”

金教练两眼放光：“真的？”

安然指指自己的脚：“不过我脚还得再养养，这两个月我先陪练吧。”

金教练原本只是随口说说的，这下成了意外之喜。他红光满面地笑着扶着安然坐下：“没问题，你别累着，坐坐坐。”

安然看金教练这故作巴结的样子觉得好笑，没想到他俩这一幕被人看到了，离谱的谣言传得满队飞。

这个谣言安然还是从迟允那儿听来的，他训练完来找她，从头到脚打量了她一遍，眉头紧皱：“你最近还好吧？”

安然答他：“还好，就是当不成你小舅妈了。”

迟允眉头皱得更紧了：“因为金教练？”

安然吃惊地瞪大眼睛：“什么？”

“听说金教练女朋友怀孕了。”迟允食指戳着自己额头，“更离谱的是，传言金教练女朋友是你。”

安然走到旁边桌子，捡起来一个球棒，怒气冲冲地问迟允：“哪个不长眼的胡说八道？我找他去！”

迟允看她这么火大，反倒笑了，按着她的球棒让她息怒：“不是真的就行，我还想呢，跟吴漾分手也不至于就找个这么老的啊。"

安然替金教练说了句："他也才三十出头。"

"怎么，你还真考虑他？"迟允说着，看安然手里的球棒蠢蠢欲动，立马投降。

安然无语死了，提溜着球棒走来走去，有种拔剑四顾心茫然的感觉。

迟允也没问她跟吴漾是怎么回事，提醒了她谣言的事以后就没话了，后来看她火一直没消下去，主动提出来带她去吃绵绵冰。

冰店就开在校园里面，说是店面，其实就两条临窗的长板凳，他俩对坐着吃冰，五月份的温度已经挺高了，只是一早一晚还有点凉。

上个月安然还说要和吴漾一起吃这家的红豆冰，吴漾说等天再暖和一点的。没想到终于吃到了红豆冰，对面的人却换了。

迟允看她走神，拿勺子敲敲她的碗沿："跟我这个大帅哥在一起，还想别的男人，你礼貌吗？"

安然否认："我没想吴漾。"

迟允嗤笑："我说吴漾了吗？"

安然低头舀了一勺红豆，甜得发腻："那你还能说谁？"

"我说金教练。"

"噗——"安然差点把红豆喷他脸上。

迟允嫌弃地拿纸巾擦了擦脸："干吗？扮演豌豆射手呢？"

"放过金教练吧，有他啥事啊？"安然替教练喊冤，"你要是再听谁胡说八道，你立马告诉我！"

"怎么的？"

安然还没想好要怎么办，但总得找到造谣的才能辟谣，不然她总不能在朋友圈发一条"我不是金教练女朋友"吧？

吃完冰，迟允送安然回宿舍，要离开的时候还是忍不住问了一句："你跟吴漾是真分手了，还是那种把分手当作恋爱必做的事过几天再复合？"

谁会拿这种事开玩笑，安然白了迟允一眼。

结果迟允居然愧疚地问："不会是因为我吧？"

安然认真想了想，严肃地望着他："也不能说完全无关吧。"

迟允被说得更愧疚了，"那个"了半天，最后丢下一句："你要是需要我赔偿，就跟我说。"

"赔偿？你要怎么赔偿？"安然不解，大少爷有钱没地方花，来给她精神补偿金？

迟允老脸一红，扭捏地说："人情债，以身相许呗。"

"……"安然挥手，跟这个不正经的家伙再见。

安然的悲伤在刚分手那天达到顶峰，以后的每一天，她都在努力寻找自己生活得快乐，尤其是回归垒球队以后，课余时间又变得充实起来。

和她不同，吴漾听她说分手的那天是生气的，气极了以后觉得这样也好，不必每天想着要怎么哄她了，落得一身轻松。

他加快节奏把实习工作圆满结束，加班加得领导都有些不好意思了，跟他说会帮他留意有没有内推名额，有的话立马告诉他。

吴漾并不打算在这里任职，他拿好实习证明以后就飞回江市，跟王教授又见了一次，促膝长谈后决定跟对方去国外的研究所。

或许原本也没那么容易做出决定的，跟安然的分手倒让他没什么牵挂了。

挺好的，他回归自己最擅长的生活方式，这段恋爱只是他人生的插曲，还有无垠的宇宙等待他探索。

把出国的事情处理好了，他再次回到学校办毕业流程。

毕业季，分手季。他目睹了几对他们班的同学和恋人因为要各奔东西而分开，每晚都能在小酒馆看到喝得烂醉如泥大喊"我爱她"的毕业生。

他不理解，但是他好像也和他们殊途同归了。

吴漾到他租的那个房子里收拾东西，原本是想收拾完就联系房东退租的，可这里没住多久，东西却越收越多。

都带走肯定不现实，扔掉又不方便，尤其是一些他和安然共同做的手工品、乐高，还有杂七杂八没什么用的摆件。

这些极具个人属性的东西，不应该出现在垃圾桶被某个陌生人捡走。

可是留在这里，留给下一个租客也让人心生不爽。

思来想去，他给迟允打电话，喊迟允过来。

"这间屋子租期一年，到明年三月，我走了以后钥匙留给你，你偶尔有需要的时候可以过来住，明年到期了你自己决定还租不租。"

不租的话就由他来清空吧。

迟允啃着吴漾给他买的鸡翅，在屋里巡视了一圈，接手了钥匙："你看看有没有你特别私人的东西，带走，不然要是丢东西了我可不管。"

吴漾把那本他和安然打卡恋爱100件事的相册带走了，他还没想好怎么处理它，先找个地方放起来吧。

最后一晚住在这里，他给安然发了条消息：【你要不要来看看，有没有什么你要带走的。】

安然回：【不要了，都扔了吧。】

她这七个字，比跟他说分手那天对他的伤害值都大。

他坐在少了一些衣物但看起来没什么变化的卧室，靠着那张他和她曾经相拥而眠过的小床，脑子里放空。

吴漾好像后知后觉地，开始难受了。

在床上躺靠着，毫无睡意。

他又爬起来，把装洗衣机的箱子收拾出来，然后把那些安然做的手工品都放进去，平时散落在各个角落的小玩意，堆放起来也有大半个箱子。

他把箱子放回储物间，如果哪天安然想要拿走了可以整箱拖走。

屋里没了那些丑萌丑萌的摆件后，显得冷清了一些，终于像是个主人要搬走的样子了。

吴漾收拾那些东西的时候没敢细看，可是现在躺下了又忍不住细想，这个家里好像有太多安然存在的痕迹，连他床头饮水机上都有她画的小花花。

彻夜未眠，他把家里所有的酒类都喝光了，终于在天蒙蒙亮的时候带着醉意睡着。

就像是他不理解的那些在酒馆买醉的人。

吴漾的毕业典礼没有邀请安然，但内心隐隐期待着她会出现。他想，就算分手了，她也不会错过他的一些重要场合吧。

可是直到典礼结束，他也没见到她。

其实安然去了，不是为了吴漾去的，她跟着师哥师姐去参与典礼报道纪实，窝在监视器前看直播画面，中间还跟着同学飞了一次无人机。

无人机越过吴漾肩膀的时候停了好一会儿，那就是安然在屏幕上看到吴漾的脸以后跟他打招呼。

她心里默默跟他告别：毕业快乐啊，吴漾。

吴漾的父母和魏秋的父母都来北城看他们了，就像当初一起来送他们上大学一样，两家人住在同个酒店里，除了参加典礼仪式，剩下的时间一起出去游玩。

晚上去吃了烤鸭，吴漾看着师傅片鸭子，想起上次跟安然一起吃烤鸭的时候，她把鸭皮沾满了白砂糖塞他嘴里，等他英勇就义般咽下去了，就追问他："好不好吃？好不好吃？"

他在爸妈疑惑的眼神里，将肥油鸭皮沾满白砂糖，告诉他们："这样好吃。"

吃完了，却又觉得那个糖甜得发苦。

听着两家家长讨论要送他们一起出国，然后去度假的内容，吴漾头一次心生退意，不想离开了。

魏秋原本和两个妈妈聊今年包包的流行款，聊着聊着，吴漾他妈妈忽然不靠谱地提议："你们要不要出国之前订个婚？出去了相互照应，觉得不错就结婚，觉得不好就分开。"

这种事，关键还是看女方。

魏秋妈妈看向女儿，似乎一点都不惊讶吴家有这种想法："我是很满意吴漾的，知根知底的，是好孩子，不知道他们年轻人怎么看？"

魏秋警铃大作，桌子底下猛踹吴漾。

吴漾刚才走神了，这会儿皱着眉头疑惑地望向她。

这一眼却被长辈误会成听魏秋的。

魏秋觉得他们爸妈的包办婚姻太离谱了，吴漾自己又没第一时间拒绝，那就别怪她出卖他了："吴漾有女朋友！"

吴漾也反应过来爸妈在说什么事了，接魏秋的话："嗯，我有女朋友。"

"什么时候的事？在哪里？同学吗？怎么不带给我们看看？"吴妈妈头一次听说这事，大惊，接连追问了好几个问题。

吴漾不知道从哪里说起，干脆不说。

他是个闷葫芦，吴妈妈看向魏秋。魏秋根本不知道他分手的事，替他回答："是我们学校的师妹。哎呀，阿姨，谈恋爱干吗见家长，你会吓到小女生的。"

"哦哦。"吴妈妈似乎有些尴尬，又不太想放弃撮合吴漾和魏秋，不知道是跟谁说，"这样相隔两地的恋爱，不容易持久的，小孩子没什么耐心。"

他妈妈说的这些话都跟往他伤口上撒盐一样，吴漾猛地站起来，走出包间出去透气。

魏秋紧跟着他一起出去了："我去催催后面的甜品。"

她追上他，小心看他脸色："怎么生气了？因为我曝光你恋情？可是我再不说点什么，咱俩都要被按头订婚了！"

"不关你的事。"吴漾吐了一口气，"只是没告诉你，我失恋了。"

"失恋"这个词和吴漾放在一起，哪儿哪儿都透着不搭。

魏秋想安慰他一下，手才搭在他胳膊上，又抽回去："就算你分手了，我也不和你订婚，别打我主意！我还打算出道呢。"

吴漾笑了："好的。"

姗姗来迟的迟允，刚走到走廊就听见他们说什么分手啊订婚啊，不敢置信地快步走到他们面前："什么？你们要结婚？"

吴漾捶他的肩膀："不要胡说八道。"说完还特意加了个场景，"在安然面前。"

迟允"喊"了一声，显然对他的态度不买账："你都要漂洋过海，远走高飞了，管我说什么！"

魏秋看看这个，再看看那个，感觉他们的爱恨情仇有些复杂。

她一副吃瓜脸，迟允跟她说："本来我都退场了，现在看怎么好像可以从观众席上台了呢？"

他们在走廊聊天，吴爸爸出来上厕所看见了，一手揪一个："不好好吃饭，跑出来干吗？"

一家人热热闹闹回包间。

有迟允在，他比魏秋还会讨妈妈们喜欢，只有吴漾自己坐在角落不说话，满脸都是分手后的苦大仇深。

吴漾出国是从江市起飞的，他比魏秋早一步离开，和王教授两个人一起走。

吴漾妈妈生意上还有点忙，约好后面送魏秋走的时候再过去看他。

搞得像魏秋才是他们亲女儿一样。

他跟在王教授身边，漠然看着飞机窗外的航站楼变成火柴盒大小。

一扭头，好像还是跟安然一起回家那次。他记得她小心翼翼地凑过来，用脸贴着他的脸，软软地说："别生气了好不好？"

吴漾闭上眼睛，想把记忆里关于她的画面挤出去，却浮现得更加清晰。

她就这样时不时地出现在他的眼前，又触不可及。

安然知道他今天离开，迟允那个大喇叭尽职尽责跟她通报吴漾的行程，大概是还不相信他们真的分手了。

快放暑假了，午后照进教室的阳光昏昏沉沉，好多坐在后排的同学都耷拉下了脑袋。

安然靠窗坐着，看着窗外的绿得发亮的树叶，好像那些叶子缝隙之间还有飞舞的灰粒。

一架飞机从远处划过，云朵被拉成了长条。

安然想到，那个人曾经是自己来这个城市，来这个学校的理由。

但是现在那个人不在这里了。

他去到大洋彼岸，没法再和她同一个时间看月亮了。

安然觉得这个夏天如此燥热，她的青春在一片蝉鸣声里就此落幕。

第十四章
好不好重新来过

:
:

三年后。

又到毕业季，北城热得仿佛蒸笼，柏油马路走起来黏脚，用力踩下去就像要深陷其中。

安然叼着半根冰棒，蹲坐在体育馆外面有风的楼道口，满头大汗地回复迟允短信：【收到收到，下班就过去！】

曾经的短发已经留长，毕业一年，她成功留在台里，成了一名体育记者。

说起来，这个岗位最开始的实习机会也是来得很巧。

大四她最后一次代表学校参加垒球秋季赛，获得冠军后的赛后采访，身为安然师哥的记者因为着急上厕所，拜托安然替他顶一会儿。

于是安然拿着话筒自问自答，气氛愉悦地完成了对队友们的采访。

恰好这事被台里主任看到了，后来校招的时候主任钦点了安然，把人招进台里来实习。

吃完冰棍，安然又跑回混采区，找到她的摄影大哥，继续把采访工作完成。

等到收工离开的时候，天边已经满是红色的火烧云。她对着西边落日拍照，发到朋友圈打卡心情：【火红的太阳刚落山，今天也是勤劳的小安。】

迟允评论：【速来，鲅鱼饺子没了！】

安然查了一下打车过去的时间和坐地铁的时间，考虑到晚高峰有可能遇到漫无边际的堵车，她决定坐地铁赶去迟允的毕业趴。

从体育馆这站上车，安然连扶着把手的机会都没有，但也不愁会跌，前前后后都是人，摔倒都有垫背的。

人潮拥挤中，她恍然察觉到背后有人一直往自己身上贴。这个时段的地铁，偶尔碰一下正常，但是大家都会有意识地尽量缩着自己的身体，留一点点私人空间。

安然回头，看到一个穿着条纹衬衣的瘦瘦的戴眼镜的男人，他见她看自己，面无表情地把头扭向一边。

安然疑心自己多虑了。

等车子下一站停靠，大家都往外涌的时候，那个眼镜男却反而朝着车厢连接处背过身去。

安然觉得不对劲，瞅了一眼看到他正在拉裤子拉链，瞬间懂了。

她的火噌地上来了，在车门关闭前一把揪住男人的后领子把人揪下车。

眼镜男没防备，踉跄着被拉下车，刚要站住脚跟她理论，安然拿起她的皮包对着他的头就是一击，把他眼镜都打飞出去。

周围的人吃惊地看着他们，绕道走开。

安然朝着巡逻的站警大喊"救命"，手死死抓着没了眼镜的眼镜男，跟警察一起把人扭送去派出所。

迟允来派出所接安然的时候，以为看到的就算不是哭哭啼啼也得是灰头土脸的女生，没想到安然看起来好得很。

她在离开的时候，还借故"包坏了不小心飞出去了"甩在那个猥亵男的右胳膊上。

迟允看得很清楚，她是使出来击球的力量把包砸过去的，他看着都觉得骨头疼。

猥亵男被砸得跳脚，警察象征性地批评了一下安然的"不小心"，喝着茶笑呵呵地看着安然离开。

本来下班就晚，这一折腾天都黑了，安然坐上迟允的跑车，催促他："饺子，饺子，向鲅鱼饺子冲呀！"

安然跟迟允到租住的别墅的时候，他的朋友们正在快乐地抽水烟，屋里弥漫着甜兮兮的烟雾。

迟允一脚踹翻一个，让他们把水烟壶收起来带走。

安然抱着手臂，因为屋里空调开得太足，骤然间的温差让她皮肤起了一层鸡皮疙瘩。

迟允带安然去厨房，这里面杯盘狼藉的，看起来像是湿垃圾回收站。

他懊恼地说："你来太晚了，好吃的都被他们抢光了。"

不过，他还给她留了鲅鱼饺子，他奶奶亲手包了寄过来的。

迟允从冰箱冷冻柜里翻出来预留的那盒饺子，还好，没被人偷吃。

他让她坐着等会儿，他开火给她煮饺子。

安然从乱糟糟的料理台上收拾出来一块干净区域，刷了两个杯子，倒了两杯低度的气泡果酒。

饺子煮好，迟允坐到她对面，一边陪她吃一边问她："明天是休息吧？今晚可以在这里玩？他们一会儿剧本杀。"

"嗯，休息，嘶　好好吃。"安然饿了，饺子都来不及嚼碎就咽下去，烫得龇牙咧嘴。

迟允嫌弃地看着她："你慢点吃，为什么感觉你工作以后变成糙妹了。"

安然吞了一个皮薄馅大的饺子，说："替我谢谢咱奶奶，太好吃了！"

她拿着酒杯跟他碰了一下，一口甜酒入喉，疲惫了一天灵魂暂时得到放松。

两个人聊起来迟允毕业以后的打算，迟允无所谓地答："还没想好是不是回江市，回去的话就跟着我爸妈做生意了，留在这儿的话就是积累一下人脉。"

"然后还是回去接手你们家公司吗？"

"是啊，不然我要坐吃山空了。"他说这话时确实很像个二世祖，"其实我觉得他让我管公司可能破产得会更快。"

安然笑喷，又和他碰了碰杯："迟总毕业快乐，以后我回江市买房就买你家开发的，便宜点啊。"

迟允不正经地答："你要是嫁到我们家，楼盘不是随便挑，都不要钱。"

几年过去，他说话还是不过脑子。

说起来，她和吴漾分手以后，室友都以为她会跟迟允在一起，迟允也这么以为。

没想到安然一副看破红尘的样子，专注学习和比赛，无心情事。迟允碍于吴漾的存在，也有点别别扭扭的，他俩就这么拖着，当好朋友也当得挺舒服，习惯了这种恋人未满的状态。

吃完饭，他们出去找朋友一起玩剧本杀，安然不在状态，游戏玩到大半，就被淘汰了。

有门铃响，她跑去开门，门外的外卖小哥递给她一个纸袋子。安然看收件人是迟允，拿过去给他。

迟允坐在角落，没抬头，伸手把袋子里的粉蓝 T 恤拿出来给她："你衣服不是弄脏了嘛，换一下。"

"哦哟！"朋友们起哄。

安然笑着道了谢，接过衣服去洗手间换。换完出来的时候，她看到迟允站在外面，靠着二楼的栏杆玩手机。

他挺冤："他们把我给投死了，告诉我秀恩爱死得快。"

安然打了个大大的哈欠："那我们可不可以不参加下一局了，有点困。"

"你先去睡吧，左手第二间。"迟允和她一起步行到她房间门口，在她伸着懒腰回房前，忍不住又说了句，"对了，你知道不知道，吴漾回来了。"

安然伸在半空的手一顿，又平稳落下去："哦，回呗。"

她没再和迟允多聊，把门关上了。

这三年，不是没有吴漾的消息，她甚至还在魏秋的社交平台上看到过几次吴漾的身影。

只是她年少多倔强，分开后再没和他说过话。

也不是完全没有交集吧，每年过年的时候，吴漾会给她发一句：【新年快乐。】

但她未曾回复过，只当他是群发的。

安然半夜正睡得香，忽然听到一阵欢呼声，打开床头灯看了眼时间，凌晨两点三十七。

这群小孩可真有精神啊。

其实她也不过大他们一岁，可工作以后真的很容易老气横秋。

"接觉"失败，她索性找了个剧开始看，想要把自己看困，结果越看越精神，天都亮了她也没睡着。

片刻晃神，手机黑屏，屏幕上倒映出她的脸，眼神迷离，看起来十分疲惫。

她把手机放下，强制自己睡一会儿，就要进入梦乡的时候，迟允敲门。

"师姐，吃早饭！"他这一嗓子，不大不小，正好把她喊醒。

安然带了点起床气去开门，见到迟允揉着眼睛："我刚要睡着。"

迟允立马把门关上："当我没来！"

说是这么说，可她这次彻底精神了，用冷水洗了脸，洗漱完去和他们一起吃早饭。

这群玩了大半夜的家伙现在一个个也都蔫了，闭着眼往嘴里送油条大饼，呵欠连天。

一部分人要在这儿补觉，中午退房再走；还有几个人吃完早饭就要回去睡自己的床。

迟允也是玩了通宵，咬着咖啡杯的吸管，问安然要去哪里。安然想了想："那我也回家补觉吧。"

她和小西合租的两居室，就在电视台附近。

迟允要送她，她让他好好睡觉："你疲劳驾驶，我小命不保了。"

安然以为能回家大睡一觉养养神，结果还没到家门口就被领导一通电话喊去加班，说是有个素材缺失，让她去盯一下后期。

安然只好又赶去台里。

后期大哥看起来比她还邋遢，戴着棒球棒和口罩，顶着黑眼圈跟她打招呼。

安然在剪辑室不知不觉就是一上午过去了，后期大哥去吃午饭，她趴在桌子上补觉。

这一觉因为太累而睡得无比深沉绵长，听到同事回来的响动，睁开眼的时候，发现口水流了一脸。

她抽了两张纸巾擦脸，感觉头发也睡毛了，于是起身去卫生间整理仪表。

卫生间分男女隔开，但洗手台是公用的。安然正对着镜子把头发散开，用手重新抓起来在头顶绾个丸子，身后走过来一个男人。

她在镜子里看到他，他也看见了她。

是吴漾。

吴漾怎么会在这里？

她直直地看着镜子里的他，等他走到她旁边的水池洗手了，她还因为太过震惊没回过神来。

她的一绺碎发落下来，安然都没注意，草草把头发扎起来。

吴漾没有跟她打招呼，沉默地抽纸擦手。

安然都有点怀疑，这会不会是长得和吴漾一模一样的陌生人？

吴漾擦完手就离开了，始终未置一词。

安然火速给迟允发消息：【你说吴漾回来了，是回北城了？】

迟允：【是啊，他好像有什么项目在这边，顺便来参加我的毕业典礼。】

真的是他。

安然心跳如擂，以为再见会像老朋友一样挥手寒暄，没想到是冷漠得如此决绝。

她捂着胸口往剪辑室走，走过化妆间的时候，门忽然打开。

吴漾从里面走出来。

四目相对，他依旧没说话，却抬手把她脖子边露出来的那缕头发捏起来，然后顺到她的发髻上，一圈，又一圈地转上，最后把发尾别进头发里。

做完这件事，他退后半步，转身向录制间走去。

安然像被施了定身术，站在原地看着他挺拔的背影，感觉自己与这个世界好像割裂了。

昨晚听迟允说吴漾回来了的时候还没什么感觉，可是今天真的见到他了，就这么面对面近距离地接触了，她才发现自己也并不能做到心如止水。

时间能抹平很多情绪，可也沉淀了很多情感，毕竟那个人是她曾经喜欢了多年的人，即使分手后也还带着惯性在心里的某个角落有一席之地。

她回剪辑室把工作完成以后，忍不住好奇吴漾来做什么。

这几年，她不能说完全不知道他的行踪，毕竟有迟允在，而且她还关注了魏秋的社交账号。

她知道吴漾去了那个研究所，又读了研究生，专业选了天体物理和管理学，今年毕业，好像要继续读博士。

三年时间不长不短，尤其是在学校里日子过得简单又自在，没什么烦恼地就过去了。

安然已经很少想起吴漾，起码不会一想起来他就难过了。

但是前男友这种存在，还是会让人有些不一样的感觉，尤其是他俩当时分得干脆利落，却又不涉及什么背叛，感情上还是有一些残余的。

从剪辑室离开，安然又路过化妆间，敲了敲门进去。房间里空荡荡的，梳妆台上放着几页流程台本，是教育频道的一个广告性质的栏目。

安然把台本上预设的问答快速扫了一遍，大概了解了吴漾过来是宣传一款少儿启智类的宇宙系列产品，这是他现在做的项目吗？

其他的她都看得懂，就是这个系列产品的名字……《兜兜宇宙》？

不是她自作多情啊，她怎么觉得这个产品名的指向性这么强呢？

安然一回家就跑到小西床上，把不知道是睡午觉还是早上都没起的好友摇醒："小西！吴漾回来了！"

小西直挺挺坐起来，还以为是着火了地震了需要逃命了。

意识到什么事都没有，她又一头栽回床上："回来回来呗……嗯？谁？吴漾回来啦？"

小西躺着，眼睛瞪得像铜铃："咋？他来找你再续前缘了？"

安然躺到她旁边，跟她聊："那倒没有，我今天在台里遇见他了，他还装不认识我，一句话都没说。"

"台里遇见的？这么刺激？"

"对呀，我当时看到他还以为出现幻觉了！"安然说着，有些不知道怎么开口似的，但还是跟好友共享了她心里的疑惑，"而且他现在做生意，做的产品名字就是我的名字！你说他什么意思？"

"妈呀妈呀，那还能是什么意思，那就是没忘了你呗！"小西被安然说激动了，爬起来猛晃安然的肩膀，"你怎么样？这位女嘉宾，还有心动感觉吗？"

安然回忆下午见到他的样子，他依旧穿着白衬衣，却和以前的气质不太一样了，从前是书生气，现在好像带了些凌厉，不变的都是那种生人勿近的气场。

安然点头，不得不承认："还是很帅！"

"那还等什么，我宣布你们牵手成功！"

小西抓过她的手高高举起来，姐妹俩笑作一团。说闹归说闹，但安然却没当真："哎，看到他这个样真好，想想我当时好幼稚啊，要是没分手的话我现在岂不是可以当阔太？"

"你要是想当阔太，迟允那不是还排着队拿着爱的号码牌呢？"小西羡慕她的优质桃花，"昨晚跟迟允共度良宵了？"

"什么呀，你不要说得这么奇怪好吗？是和他一堆同学一起玩的，我觉得迟允吧，就是大少爷脾气，越是得不到越觉得好，真跟他恋爱可能还不如跟吴漾在一起时间长呢。"

小西叹气："也不知道你是太清醒还是犯糊涂了。"

吴漾回来了，好像很多事骤然不同了，可对安然的生活而言又似乎一切如常。

她和小西一起窝在出租屋里用投影看电影，一起研究空气炸锅美食，一起把市场买来的低价处理的花束修剪。

安然都忍不住感慨："和姐妹在一起生活这么自在，干吗要结婚呢？"

小西无情地打破她的幻想："少来，但凡有个顺眼的帅哥要娶我，我立马抛弃你。"

安然把拍下来的生活碎片加了滤镜发到朋友圈。她的朋友圈依旧设置分组，最高权限的是她妈妈，吴漾分在最低权限组。

这条悠闲假期是所有人可见的，吴漾也看到了。

在国外的时候，他还保留着每天看看安然朋友圈的习惯，虽然能看到的数量有限，有时候十天半个月才能看到一条她的日常快乐汇总，那些碎碎念他几乎是看不到的。

他知道他大概是在她分组设置的"普通可见"里，他也不敢点赞，怕她烦了直接把他拉进"不可见"分组。

这几年他专注在专业研究，也听了家里的意见接触商业管理，发现并没有想象中排斥。

他大多数时间是有事可做的，极少数时间会有些孤独情绪，而消化情绪的过程几乎都寄托在了安然身上。

没办法，他只谈过这一次恋爱，喜欢过这一个女生，让他想别人他也不知道能想谁。

魏秋偶尔约他一起出去玩，她交了个一起留学的男朋友，这让吴漾妈妈非常沮丧，还问他有没有觉得遗憾。

吴漾当时就想起来安然，和他妈妈一样自说自话。他都想拍一段魏秋和

男朋友甜蜜蜜的视频发给安然：【看！看见没？魏秋的男朋友长这样，和我半毛钱关系都没有。】

曾经，他以为他喜欢安然，是因为安然努力地喜欢他，让他感受到了全身心的关注，那种他在成长过程中不曾有过的珍贵体验。

可是后来安然跟他分了，不再喜欢他了，他发现他还是喜欢安然。

他还是会在跨年夜想起他第一次亲吻她时的悸动。

她挺坏的，明明是她先要开始这段喜欢，可是又能绝情地说分就分，大过年的都不回一句祝福。

吴漾说不清对她是什么感觉了，大概是心有不甘吧。

他看着朋友圈里她晒的照片，看电影的那一张，他放大看桌子上，摆了两个酒杯。

虽然迟允说她还是单身，可吴漾看到这种成双入对的物件时，还是忍不住心慌。

安然不知道自己朋友圈晒的照片会有人拿着放大镜看，她在思考请假回家的事情。

安妈妈下周过生日，她想回去陪妈妈。虽然手术预后比较好，但安然还是怕了，她现在每天睡前都要和妈妈视频几分钟，哪怕是没什么可说的就说个"晚安"。

视频里，安妈妈不想让她请假："你要不要下周末回来一趟，我这个生日也不是什么整寿，又卡在周三，不要过啦。你周末回来正好收拾收拾你的东西，很多我们也不知道要不要扔的。"

安然家最近在搬家，他们要搬去绿化环境更好一些的远离市区的地方，对安妈妈的身体健康也好一些。

安然掐算了一下日子，说："那也行。"

生活一旦有个什么标记，日子就过得特别快。

回家之前，安然去参加了迟允的毕业晚会，晚会开始前有走红毯仪式，迟允邀请她当自己女伴。她特意把自己毕业的时候穿的那条亮闪闪的礼服找出来穿上，提前一个小时下班跑去学校陪他走红毯。

迟允非常快乐，回忆过去，跟她说："当年我来学校第一天，跟你问路的时候，你给我指了反方向，那时候我就知道，这个女人，心狠手辣。"

安然也笑道："谁那么张狂，第一天上学就在校园里飙车，溅师姐们一身泥！"

他俩有说有笑地走过红毯，在背景板签字合照。

然后在红毯尽头见到迟允的家人。

迟允的爸妈都没在国内，来不了，他那精神矍铄的奶奶在孙女的陪伴下来看他毕业典礼了。

一起来的，还有迟允的小舅。

迟允看着沉默立在一旁的小舅，对自己奶奶说："奶奶，你们先进礼堂找个位置坐，我要去准备表演节目了。"

说完，他拉着安然的手腕离开。

安然和迟允一起走，快走到礼堂门口的时候，她悄悄回头看了一眼。

那里原来站着的人已经不见了。

迟允要表演的节目是他们班的合唱，他作为开场歌手非常骄傲，拖着安然在后台看他们彩排。

安然很给面子地陪他们等着，等他们班上台唱歌的时候，她也在上场后台的幕布后近距离看。

歌唱完，迟允班的同学开始蹦迪模式在台上热舞暖场。

安然看着迟允扭得最起劲，笑得拿着手机拍他视频。正录着像，镜头里的人朝自己走过来，她抬头，迟允已经快步走到她身上，两只手拉着她摇晃着倒退回舞台，拉她一起跳舞。

安然离开学校以后，好像很久没这么纯粹地开心傻笑了，她跟着迟允他们一起踩着节奏舞动，虽然不会跳舞，但一点不影响他们的快乐气氛。

跳完了，她背上都出了一层汗，跟着迟允离开礼堂去找家里人。

迟允刚才在舞台上拉着她的手，这会儿走出来走到红毯边上了也没松开，他目光灼灼，兴奋地看着安然。

安然之前也是太高兴了没注意，被他拉着跑到外面了才发现他一直拉着自己。

她刚要开口，忽然看到路灯下站着的身影，手比大脑先做出反应，从迟允手里抽出来。

迟允回头，手顺势插进裤兜。

吴漾刚才在观众席看到他们在台上跳舞就觉得有些胸闷，想出来透口气，结果看到这两人十指相握，胸口的那口气更闷了。

他深深地看了眼安然，安然不知为何被看得心虚，明明他已经不是她的谁了，管她和谁牵手呢！

她不再看吴漾，跟迟允道别："你们家人聚餐我就不跟着了，蛮尴尬的，我要回去收拾行李，明天要回家呢。"

迟允没挽留她，她能翘班来陪他走红毯就已经很够义气了。

安然跟他挥挥手，假装没看见地从吴漾身边走过去。

等她走出一段距离，吴漾问迟允："你还在追她吗？"

迟允警惕地看着他："干吗？"

吴漾继续问："追上了吗？"

迟允："你觉得呢？"

追上了还能让你在这儿看热闹吗？

吴漾自问自答："看来是没有。"

迟允："……"

这是干吗，他又没惹他，为什么要来伤害他！

吴漾从口袋里掏出来一个小盒子给迟允："毕业快乐，晚上我还有事，不跟你一起吃饭了。"

"喂喂喂！"迟允眼看着吴漾朝安然的方向跑过去，气得要命。

他打开包装简约的小盒子，是一枚星球戒指，他怀疑这是吴漾直接从公司拿的样品来糊弄他。

迟允骂骂咧咧地把那枚戒指装回盒子放进口袋，遥望着吴漾离开的方向，重重地哼了一声。

安然在校门口等车，这会儿路上堵，车子过来还要几分钟。

她站了一会儿，车还没等来，先等来了吴漾。

吴漾走到她身边，站住："你去哪儿？"

没想到暌违多年，两人再次见面了开场白是这样一句话。

她还以为他打算一直装哑巴了呢。

安然看他，答："回家。"

她说着话，车到了。安然指着面前的车："那个，我先走了，师哥再见。"

再听见她叫"师哥"，吴漾觉得心一颤。他伸手把她要关上的车门拉开，在她疑惑的眼神里也坐上后排座位。

"这么久没见，你不应该请师哥吃个饭吗？"他问，没等她回答又说，"算了，师哥请你吃饭吧。"

前排司机扭过头来看安然，似乎在询问是否需要帮助。

安然看吴漾无比坦然地坐在自己身边，觉得赶他下车未免太难看，只好跟司机说："走吧师傅。"

车子到达目的地之前的几百米，安然喊停了司机，在有饭店的街上下车。

她的手划过右边一排门头店招，问吴漾："你想吃什么？"

她还穿着漂亮的小礼服裙。

夜晚的灯光下，纱裙的珠片闪闪发光。

吴漾看了一圈，选了家意式餐厅。毕竟穿成这样去吃烧烤或者小龙虾都怪怪的。

餐厅里面人不满，说话的声音也不大。灯光昏暗，桌子上点了蜡烛，看起来很有约会的气息。

他们俩对坐着，话都不多。

应该说是基本上都没说话。

连点餐都没商量，全是安然点的，吴漾只说了一句："你看着来。"

前菜上得快，安然专注吃饭，吴漾没怎么动菜。

正餐做得有些慢，安然没东西可吃了，只好跟他寒暄："师哥最近怎么样？我看好像在做自己的品牌？"

"嗯。"吴漾没说自己怎么样，反问她，"你过得好吗？"

安然点头："我挺好的呀。毕业，实习，转正，都很顺利。现在做的工作也挺喜欢的。"

"嗯。"听到她说她过得好，吴漾心里空空的，"我也挺好的。"

"那就好。"

再见叙旧，却又不敢提旧情。

新的生活已经没有交集，成年人的"挺好的"有多少是无奈妥协。

安然心里感慨万千，却也说不出什么来，只是举起手中的酒杯浅饮了一口。

"经常喝酒吗？"吴漾看她自如的喝酒，想起以前她喝红酒的时候都会皱眉头说"涩"。

"也没有，就是好像能接受这个涩涩的味道了。"安然说，"人的口味会变的。"

她说这话，让吴漾觉得仿佛在说她的心意。

主食上来了，他俩又安静地吃饭。

其实从前在一起的时候，他们也会有这样不说话各干各的事情的时刻，只是那时的静谧是舒心的，现在的沉默却让人觉得疏离。

"我会喝酒。"吴漾忽然就说了这样一句，"想你的时候。"

安然被他说得心跳慌乱起来，平复了片刻，想开口说点什么，又咽了回去。

她低着头，眼睛看面前的盘子，但她知道他正在看她，好像在等她的回答。

她要答什么呢？

过去的事就是过去了，她不否认也曾想过他，但是已经分开了，就往前看吧。她现在挺好的，不想再来一遍当初的恋爱烦恼。

她不说话，吴漾也不再逼问她，把饭吃完，他送她回家。

送到楼下的时候，她跟他道别："就到这儿吧，家里有人。"

吴漾看着她。

她解释了一句："我和小西合租。"

"嗯。"

安然往楼栋里走的时候才觉得自己这句多余，她跟谁一起住，干吗要跟他报备呢？

她飞快地回了家，进门以后喊小西帮她看看："吴漾还在楼下没？走了没？"

小西风风火火地跑去窗边，看到吴漾刚刚转身离开："刚走！咦，又停住了！在看我们这边，不过他好像不知道你住哪间？"

小西刚说完这句，安然收到了吴漾发来的消息：【我们重新开始，好不好？】

安然飞回家的时候，爸妈已经做好大餐等她了。

家里空了大半，很多家具都被搬去了新房子。

"等你下次回来的时候就可以睡新家了。"安爸爸一边切蛋糕一边跟她说。

因为安爸爸安妈妈对蛋糕没什么兴趣，特意等安然回来才买了生日蛋糕。

一家人吃完饭，安妈妈跟安然回卧室，跟她说哪些东西是她已经送去新家的，剩下的要她自己整理，或者是告诉爸妈什么不要了他们来收拾。

安然干脆就和妈妈一起开始整理，她回家待的时间有限，不想浪费在睡觉上，想跟妈妈多待一会儿。

母女俩聊着天，安然从行李箱里翻出来一个漂亮的糖果盒，她记得这个盒子之前摆在书架最后头的。

打开盒子，才发现里面装的是她高中时写的东西，有随笔有诗有小说，还有一本本子叫《WY》，没记错的话写的应该是她给吴漾的信——没送出去的信。

安妈妈还在说新家她的卧室灯罩选什么图案，一回头，发现她正愣愣地看本子。

安妈妈好奇地问："写的什么呀？"

"日记，你别看！"安然猛地把本子合上，脸红红的。

安妈妈笑话她："是不是什么少女心事？"

安然敷衍着把话题带过，把那本日记放进了自己的背包里。

等到夜深人静的时候，她又把本子拿了出来。那些她写过的文字，她没脸再读一遍。

可是最后一页纸上，那些遒劲的字迹是什么时候写上去的？

吴漾给她的"回信"十分简单：

【安然，真巧，我也喜欢你。】

一个人不能两次踏入同一条河流。

对安然来说，喜欢吴漾这件事花了太久的时间，她已经学着慢慢抽身而退了，他却偏偏又来招惹。

如果说吴漾发给她的"重新开始"还只是让她心里微有波澜，那么那个日记本上无意发现的回信就在她心里泛起惊涛骇浪。

她仔细回忆，猜测这应该是那年寒假他经常跑来她家玩，有次她把爸妈带出门去摘石膏，他一个人藏在她家的时候，翻到了这个本子，然后偷看了她的少女心事。

他这个人，怎么这样呢！

安然有些羞恼，觉得吴漾当初一定笑话过她。

她没回吴漾的那条信息。躺在自己的小床上时，回忆起他曾经在飘窗上睡了一晚，他的脸在脑海里越来越清晰。

关于他的事情又开始霸道地攻击她的大脑。

安然不知道要怎么办，她很想头脑一热就答应他，可又怕重蹈覆辙。

理智告诉情感，不要在夜晚做决定，不要在睡前想事情。

她看到有个帖子，标题是"那个追了你很久的女孩后来怎么样了"，发帖人描述了一个女同学追了自己很多年，他犹豫该不该答应。

安然想不明白自己的事，但她挺乐意给别人建议的。

她把自己高中第一天就喜欢一个师哥的故事简单挑重点复述了一遍，最后以分手告终，她总结说：【爱情要势均力敌，如果有一方投入太多，另一方未必就全盘接收，可能只会觉得压力太大，而更爱的那一方只会患得患失，永远处于劣势。不要因为对方喜欢了你很多年就接受他／她，感情不是恩赐，你的接受可能是另一种层面的薄情寡义。】

她的回帖因为足够长又很认真地讲了个故事，获得了很多赞。

而这个高赞回帖甚至被推送给了吴漾。

他打开软件就收到了"你可能感兴趣"的推荐内容：【那个追了你很久的女孩后来怎么样了？】

吴漾体会到了被智能机猜透心事的恐怖。

而那个回帖更是看得他冤枉极了。

他怎么就成了薄情寡义了？

第十五章
学着成长和放下

短暂的周末回家旅程结束，安然回到工作岗位上，又开始了顶着烈日往外跑新闻的日子，整个人都晒黑了不少。

吴漾的信息她一直没回，就当他是个美好的回忆吧，这条河她不再踏了。

她拿着素材去机房的时候，看到两个女同事站在屏幕前眉飞色舞地聊着屏幕上的人："青年才俊，有女朋友吗？"

"不知道啊，好像是单身吧，我和他聊天的时候没听他说起来女朋友。"女编导笑嘻嘻的，"怎么样，要不要我把他联系方式推给你？"

安然从她们身边经过，扫了一眼屏幕上的人，是吴漾在解读绘本里的科普知识。

同事看到安然在偷瞄，立马大方地问她："你也喜欢这一类型的吗？"

安然赶紧摇着脑袋跑开了。

吴漾要参与录制的节目总共有八期，他已经都录完了，现在只需要来补录一些镜头和采访。

他那天站在安然楼下，给安然发了那条消息以后是有点后悔的，后悔自己没有找个合适的时机和场合，过于随意地把自己的迫不及待展示了出来，可能只会吓到她，让她逃得更远。

他想不出来要怎么追安然。

当年他想追她，就从机场跑回酒店，陪她打完决赛。

现在他想追她，除了想办法靠近她，其他的一切好像都无从参与。

在录影棚里录制完，吴漾没有立即离开，而是在那天遇到过她的楼道里慢慢走，甚至去卫生间转了两圈。

因为形迹可疑，还把监控室看监控的保安给吸引来了，问他是做什么的。

他转了半天没等到安然，结果保安才出现，安然就路过了。

她好奇地站在不远处看着保安和他，听到他无比淡定地回答保安："我迷路了。"

安然觉得这个答案也太扯了，看保安还要追问，她上前去展示了一下自己的工作证，跟保安说："这是我们节目嘉宾，确实迷路了，我来带他的。"

保安将信将疑地看着她，让她把人带走了。

安然领着他直接出了电视台的门，不确定地问他："你在找我吗？"

"嗯。"他承认。

"找我的话给我发消息就好。"

"你不回。"

安然没话说了，这倒是真的。

他俩站在露台小广场上，下午的阳光依旧晒得很。

安然问他找自己干吗？他说："看看你。"

这么冷淡，倒好像是来找她讨债还钱的。

她不由地想起来之前在电视台的卫生间初相遇的时候，他那一副恨不得装不认识的样子，有些困惑，也就直接问他了当时为什么不说话。

吴漾："没想好要说什么，不知道拿你怎么办，以为你会哭着扑进我怀里。"

安然挠眉毛："那你是想太多了。"

"是，你变了。"吴漾说完这句笑了，又像是抱怨，"还是以前的兜兜比较可爱。"

安然把他送出大门，给两人的关系定了性："以后还是当朋友吧，师哥。"

送吴漾离开以后，安然回剪辑室的路上遇到了其他部门的领导，领导看了安然一眼，问她表格软件熟不熟练。

她表示还凑合，领导招手喊她去自己办公室，让她坐椅子上看文件里要筛选排序的一份名单，跟她说了自己的诉求。

安然就帮他搞定选区的问题。

领导站在安然身后，听她讲解点哪个钮哪个勾选，"哦哦"地应着。

安然把文件都弄好保存以后，一抬头看到领导的下巴，才觉得这个姿势不太好，她今天穿的是个圆领 T 恤，领口不大不小，但从高处还是能看到一些曲线。

她连忙站起来，把位置还给领导。

领导坐回去的时候，状似无意地伸手捏了一下她领口的别针装饰物："这个自己别上去的吗，还挺实用。"

安然只觉得他的手指关节触到了自己胸部，立马退后一步，然后随便说了几句什么就离开办公室了。

她脑袋有些蒙蒙的，不确定是自己太过敏感，想多了，还是真的遭遇了职场性骚扰。

在地铁上她敢对着变态重拳出击，可在这里，她却不能"无理由"撒泼。

坐在工位上发了不知多久的呆，她看了眼时间，是差不多可以下班的点。反正也干不进去了，她干脆把硬盘装进兜里，打算带回家再做。

人还没走出大门去，先看到了坐在车里停在路边的吴漾。

她没想到他还在。

"等你下班。"他解释。

可她不想上车，她郁闷地自己暴走，眼前遇到小石头也一脚踢开。

吴漾开着车龟速地跟着她，车窗开着跟她说话："我只能这么陪你走到路口，到了路口还这么开就要被交警抓了。"

"谁要你陪。"她看他一眼，"你们男的真的很烦。"

她用的"你们"。

吴漾不接受自己和其他男人同时被骂："你可以只骂我，不要捎带别人。"

安然"扑哧"一声笑出来，笑完又撇嘴，停住，趴在车窗上对里面的男人说："师哥，我被人欺负了！"

她跟他告状，告完又怕自己是小题大做误会了领导。

没想到吴漾问了男领导的外貌特征和名字以后，跟她说："这人是惯犯了，以前也对魏秋动手动脚过，只是没办法取证，也很难告他。"

"啊？师姐也被他欺负过？"安然已经坐上副驾驶座了，听到这里愤愤不平，"我去揍他一顿！"

"工作不要了？"他问她。

"报警也没证据，总不能就这么咽下这口气吧！"安然皱眉，"我去揍他一顿，大不了换个工作。"

"好，师哥替你出气。"吴漾把安然送回家，丢下这么一句就走了。

安然有些忐忑，不知道他要干吗。

结果第二天上班听说那个领导昨晚在家楼下被两辆车前后夹击。

他要下车跟车主理论的时候，从两辆车上下来七八个精壮的小伙子，把人逼到楼道里跟他说："管好你的手，不然下次报废的就不只是车了。"

这位领导大概骚扰过的女生太多，也没敢问他们是替谁来出气的，支支吾吾地告饶。

安然还没问吴漾，迟允先跑来邀功了："夸我！我和我的小伙伴们是不是很帅！"

安然没想到这事迟允也有参与，不过想想同事们传的两车精壮小伙，倒确实有可能是迟允的体育生朋友们。

她跟迟允道谢，又问他："吴漾让你去的吗？"

"什么叫'让'我去的？他让我去我就去吗？"迟允很要面子地说，"是他来学校说要请我吃大餐，然后还让我多带几个朋友一起吃，我一听就觉得事情不简单，正好当时我们一起打篮球，我就都带去了。"

安然还有个关心的问题："你们的车没事吧？"

迟允知无不言，言无不尽："吴漾租了两辆小货车。"

安然的提问告一段落，她脑海里冒出来一句：恶人自有恶人磨！

只是后面这个恶人，代入迟允她觉得合情合理，代入吴漾怎么那么不可思议呢？

安然跟迟允说："辛苦了！姐请你们吃饭！"

迟允："请我一个人就可以了，吴漾给我的小伙伴们发了红包。"

安然听这话的意思："没给你发？"

迟允委屈："他说替你出气是我应尽的义务，不用给钱。"

因为这样一出"惩恶扬善"的插曲，原本都不打算再和吴漾联络的安然，不得不主动约他还有迟允一起吃饭。

在她这里知恩就要图报，哪怕是"一饭之报"。

她给吴漾发了个饭店地址，是他俩以前去吃过几次的老火锅，倒没有叙旧情的意思，是因为她刚好会员生日月得到了半价餐券。

她做东，到得最早。

吴漾和迟允一起开车来的，迟允要搬离宿舍，暂时住到吴漾的住处，应该说现在是他的住处了。那个很多年前吴漾租的房子，迟允一直续租着，有时候朋友来学校找他玩可以住在那里，比附近的快捷酒店干净。

安然听迟允说在搬家，热心地问："需要帮你打扫吗？"

迟允很高兴有人帮忙，其实他找了家政服务，但是安然要去的话，他可以让家政提前下钟。

他俩旁若无人地聊天，被当作空气的吴漾也不说话，默默涮肉涮菜，涮好了就捞出来分发给三个人面前盘子里。

迟允分享了个最近的好消息："梁传福被双规了，说是学术不端还有中饱私囊。"

说的是吴漾昔日的导师。

安然听完不禁看向吴漾，却只看见他低着头认真剥虾露出来的下巴，线条刚毅，好像迟允说得这些已经和他无关。

他剥好一小碗虾肉，推到安然面前。

安然还挺刻意保持和他的安全距离，把那碗虾肉又转到迟允面前："你吃吧，我海鲜过敏。"

迟允可不跟他俩客气，一股脑都给吃了，吃完朝着吴漾挑衅地笑。

吴漾对他的幼稚行为不予理会，等到安然中途去洗手间，他却忽然跟迟允说："你别再费劲追她了。"

迟允反应了一下才明白他在说什么，从前，甚至他俩在一起的时候，吴漾也没跟迟允说过不让他靠近安然的话，今天这个要求提得很是突兀。

迟允不屑地问："干吗，怕了？"

吴漾低声答："嗯，怕了。"

安然从洗手间回来的时候，迟允人已经不见了。吴漾说他有急事："接了个电话就走了，可能是女朋友吧。"

安然神情古怪地看着他："他哪儿来的女朋友？"

吴漾："不知道，他没告诉我。"

安然："那你就知道是女朋友了？"

吴漾："我希望是女朋友。"

安然看他一脸认真地编迟允的绯闻，觉得有些好笑。她已经吃得差不多了，问吴漾吃饱了没。

吴漾问："吃饱了你就要走了是吗？那我再吃两碗。"

安然都不知道他什么时候变得这么贫嘴了，喝着果茶看他真的又吃了两碗。

吃完了，她起身去结账，要跟吴漾离开的时候，他扶着墙捂着胃，嘴唇发白地问："先找个地方坐一下，走不动了。"

安然感觉他不像装的，是真的不太舒服，赶紧把门口的等位椅拿过来一个给他坐下，站在他旁边，看他额角有汗滴下来，用手忽闪着给他脸边送风："积食？中暑？我去买点药给你吃？"

"不用。"他捂着胃弯下腰，"让我缓缓。"

这一缓就是二十分钟，其间安然还是去附近的药店买了健胃消食片和藿香正气液。她问他："你觉得你要吃哪个？"

吴漾感觉已经好很多了，他把装药的纸袋子拿过去，对她说："先不吃了，晚点看看情况。"

药这种东西，很多时候还带心理安慰作用的，既然他觉得没事，那就不吃吧，反正她买了。

因为迟允把车开走了，所以他俩去路口打车，他执意要先送她回家。

安然妥协："行，那我打一辆车，你家设为终点，我家设为途经地，你家在哪儿……"

她话没说完，一辆摩托车横冲直撞地从路口拐过来，眼看着要撞到人了，吴漾飞快地拉住还在看手机的安然，他拉得过猛，安然被她拉得重心不稳撞到他怀里，而他的脚别在马路牙子上，用力扭了一下，抱住安然坐倒在地。

安然蒙蒙的，身后是有人破口大骂飙车党，眼前是温热起伏的胸膛。

她回过神来，从吴漾怀里挣脱站了起来，却见他狼狈地手撑着地还躺倒了。

安然急忙蹲下去，先看他的头有没有磕到，然后询问他身体其他地方有没有不舒服。

"脚。"吴漾慢慢撑着地坐起来，想要站的时候倒吸了一口冷气，"脚疼。"

安然自己是有过脚踝骨裂经历的，听到这话立马要带他去医院。

她扶着他站稳，走了两步路，吴漾自己判断："应该没断，就是扭伤了，我回去躺躺就好。"

他执意要回家，安然没办法，只好陪他回去。

吴漾的家就在电视台附近的公寓，安然每天下班去地铁站都会路过这个小区，倒是没想过吴漾居然住这里。

她又忍不住要多想了。

结果吴漾直接告诉了她答案："魏秋之前住过这个小区，跟我说环境比较好。"

"哦。"安然想，好吧，自己果然想多了。

"还有几个其他的备选项，但是我来看房的时候，发现离你工作地点很近，就直接定了。"他又补充。

安然不知道回什么，坦率地讲，心里还是有点爽的。

他走路一瘸一拐的。毕竟他是为了救她而伤的，她不能袖手旁观，只好两只手抱着他一只胳膊扶着他走。

这路走得极为坎坷，吴漾一歪一抬手，便整个胳膊搭在她的肩上。

他们靠着墙边走，他要倒，为了保持平衡，把另一只手抬起来，猛地撑着墙。

倒成了把她围在墙边壁咚了。

走廊的感应灯因为这静默的片刻暗下去。

吴漾低下头，呼吸就在她耳边。

安然感觉自己的耳朵像是着了火，痒得她想一把把他推开，又要顾忌他的脚。

她的手从他胳膊上移开，握着拳抵在他胸前："师哥……"

吴漾打断她的话，声音里满是委屈："要怎么样，安然，我要怎么做，才能再得到被你喜欢的机会？"

从前的吴漾对她总是温柔，虽然更多时候安然觉得自己好像被牵着走，但因为是师哥，她总是无比信任他。

现在他这么低垂着脑袋，用迷茫的语气问她，要怎么做她才喜欢他，和她印象里那个骄傲的少年格格不入。

她的手拍了拍吴漾胸口："我们先回去吧。"

在走廊这么说话总归不太好，如果有邻居路过的话看到他们这姿势肯定要浮想联翩。

吴漾不想中断这片刻的亲密，但也知道要适可而止，否则安然可能会直接把他扔在这里走掉。

开了门，进了屋，安然也没多待，把他扶到卧室床上就离开了。

本想着吃饭致谢，结果又拖出来这么一个岔子，安然挺郁闷的。

第二天上班的时候主动给吴漾发了条信息问他怎么样了。

吴漾：【今天觉得有点疲惫，给自己放个假睡一天。】

安然不知道他之前的工作狂状态，只当他是因为脚伤觉得不舒服，她记得她伤到脚的时候还发热来着。

她今天下午有外采，看了眼时间，也快到饭点了，于是去食堂外带了两份盒饭，循着昨天的记忆找到吴漾家，给他发消息让他开门，她来送饭了。

吴漾一瘸一拐地来开门，看到安然流露出来那种大狗狗见到下班回家的主人的表情，又高兴又黏人还带点控诉。

安然把盒饭摆在饭桌上，自己先洗了手坐下："我一会儿跟人约了采访，吃完就走，你快吃吧。"

"好。"吴漾跛着脚坐到她对面，拿起筷子吃盒饭，吃了什么菜他根本没在意，视线一直在安然身上。

安然淡定地吃完饭，把两个人的盒子收拾好装进垃圾桶。

她着急要走，吴漾手撑着椅子，没把她送出去，穿着睡衣看她离开，忍不住问："你晚上还给我送饭吗？"

"不了。"安然瞄他腿一眼，"看你恢复得挺好的。"

吴漾往前走了两步，皱眉："还是挺疼的。"

"是吗？"安然戳穿他，"那是左脚疼还是右脚疼呢？"

吴漾愣住。

昨天他摔的明明是右脚，怎么今天就变成左脚瘸了，明显是装的。

吴漾在安然离开之前讪讪地说了句："都疼。"

然后等门关上了懊恼自己居然会犯这种错误。

他想了想，给安然发消息：【今天起来，真的是左右脚都疼，我也想不起来是哪只脚磕着了。】

吴漾：【当然，确实有伪装可怜的成分。】

吴漾：【但是真的是疼的！】

过了很久，安然绝情地回了个"哦"字，连标点符号都没有。

吴漾借坡下驴：【那你还给我送晚饭吗？】

安然这次回得很快：【不送。】

吴漾的脚到底用了几天才好，但安然不知道，她那天送过一次午饭后就再没见到他了。

对于吴漾的忽然回归，还有直白的情愫，安然都是不确定的，不确定自己的心意，也不确定他俩还有没有走下去的可能。

小西最近在相亲，安然觉得很离谱，才刚大学毕业为什么就要被逼着结婚，小西却一点都不反感，跟安然说她去拉生意："会来相亲的男生，多半容易听信别人的话，而且通常很想知道自己的运势。我这个月的相亲对象全都变成我的客户了，财源广进呢。"

安然记得当初小西也说过自己要陷入三角关系，没多久迟允就开始追她了，她觉得小西还挺准的，想让对方帮自己再看看姻缘。

小西却不给她看了："之前我就跟你说过，你的人生课题是找到自己，感情线怎么解读都可以的，关键看你的想法，你还想跟他好吗？"

安然和小西无话不说，她先要求小西不许笑话她，然后跟小西讲自己心里的想法："分开第一年的时候，我想过要搞事业，要变成大女主，要在行业内威风凛凛，让吴漾看到我是多么出色，后悔和我分开，求我复合。后来工作了，我发现我就是只小虾米，可能和一些人比我已经算是很幸运了，工作也挺好的，但我就是个普通人，也没达到什么业界精英的水准。可是……"

她停顿了一会儿："可是吴漾好像越混越好了，他本来就很优秀，现在创业也很好，还要读博士了，我感觉我们其实越走越远了。"

"怎么会越走越远呢？"小西反驳她，"他不是回来了吗？还就住在你单位旁边，还要怎么近？"

安然摇头："不知道，我想不清楚，所以不想再想了。单身挺好的，不想谈恋爱，麻烦。"

安然嫌麻烦，可有人不觉得麻烦。

吴漾的节目录完播出以后，他给台里相关频道工作人员一人发了一套他们公司的产品。

还有跟教育频道没什么关系的，体育频道的小记者安然也得到了一套。而且还不是私下里给她的，是吴漾的助理送完教育频道的以后，特地抱着最后一套去寻找，嘴里问："谁是安然？"

等助理走了，体育台的几个同事挤眉弄眼地调侃她"有情况"，她连连否认，说吴漾是自己校友，在台里遇到以后聊了两句，所以他送礼物的时候顺便给自己也拿了一套。

同事们"哦哦"算是信了，结果第二天下午吴漾点了下午茶点送过来，还是那种带着鲜花礼盒的。

同事：嗯嗯，只是校友。

安然给吴漾发消息问他干吗，他没回。

她忍不住电话打过去，吴漾正在开会，看到是她接了起来，以为她有什么急事，结果是她抱怨自己害她被误会有男朋友了。

他在会议室装作是什么正经工作电话，回了句："那挺好的，继续保持。我现在开例会，晚点回你。"

离他最近的助理分明听到电话那边是个女孩子，啧，老板演技真好。

吴漾高调往办公室送礼物的事过去了，安然才过了几天消停日子，又决定检举那个性骚扰的男领导。

她联系了魏秋，魏秋很乐意地写了一封实名检举信。

安然趁着督导组驻台视察的时候向信箱里投递了信件，这个男领导风评一直不好，安然虽然没被怎么样，但她相信受害人肯定不少。

在督导组对男领导展开调查的时候，她在工作群里呼吁被骚扰的女同事站出来指证，这无异于主动承认了检举人的身份。

但她不在乎，因为她已经一纸辞呈放到主任桌子上了。在决定做这件事之前，她和小西已经商量好了要创业做自媒体，还拉了迟允一起入股，向学校申请了大学生创业基金。

吴漾替她出气吓唬男领导，她确实觉得很爽。可是她不是唯一遭殃的，甚至她都不算是遭殃，如果她不站出来，不让这个败类曝光，可能就会有更多女生，尤其是新人实习生被欺负。

那她这个记者干得太窝囊了，她学了四年的新闻是为了当那道划破黑暗的晨光。

这事闹得挺大，招安然进台里的主任更是头疼不已，关键是这种时候他不能批准她离职的要求，不然还要顶一个威胁迫害员工的"锅"。

于是安然开始了休假。

她毕业前就进了台里，完全没时间毕业旅行，现在她想补上这个假期，四处走走。

小西的工作交接还没完成，没法陪她。

她一个人订了去西北的票，想要看看古城沙丘。

走之前和小西聊天，想得无比潇洒："如果半路遇到艳遇不回来了怎么办？那就没人跟你创业了。"

小西提醒她："半路遇到的多半是坏人，你可别犯傻。"

安然也就是随便说说，她当然知道要保护好自己。

只是有人比她的保护欲更强。

在她背着旅行包下楼要去机场的时候，只见吴漾也背着个包等在楼下，安静的样子，就像当年在女寝楼下等着陪她去考试一样。

安然没想到吴漾会跟过来，直到上了飞机还觉得离谱："你不用上班吗？你们公司可以说甩手就甩手？没人阻止你吗？"

"具体的事情都安排下去了，我不必事事亲为，之前我还在国外的时候，也可以远程办公。"吴漾就坐在她旁边，从座椅背袋里拿出旅行宣传册，翻看目的地景点，"地球没了我照样转。"

他说得轻松，安然气鼓鼓地想和他保持距离："你这样跟着我，会影响我艳遇的。"

吴漾恬不知耻地把脸凑到她面前："我不够艳吗？"

他怎么回事，怎么脸皮变这么厚了？

安然两只手推开他的脸，冷漠无情地说："你不够新鲜。"

吴漾坐正身子，表情受伤地继续翻杂志。

下了飞机还要转火车再坐大巴，这才到了安然预订的民宿。

吴漾没提前订房间，正是暑期旺季，这家民宿没房间了。

老板娘看着一起来的两人，不确定地问："要不加五十给你加张床？"

吴漾没意见，看安然。

安然收起来自己的证件，扭头就走："我跟他不熟。"

老板娘立马警惕地看向吴漾，吴漾苦笑，追上去跟着安然回了房间。

这家民宿房间不大，屋里还算整洁，但也称不上多干净。

吴漾扫视一圈，问她："要不我订个酒店，你跟我一起？两间房。"

"不了，我觉得这里挺好，你自己找地方去吧，去晚了都没房了。"安然有些累，直接躺倒在床上，发出舒服的喟叹。

被赶的人不是很想离开，他在双人小沙发上蜷着身子躺下，睁眼说瞎话："这个沙发我睡起来刚好。"

安然跳下床，去推他："不许睡我的沙发。"

吴漾要赖，不走："这怎么是你的沙发，这是客栈的沙发。"

安然板起脸来："吴漾！"

吴漾枕着自己的手，打定主意不走，好像彻底撕掉了他清冷的人设，懒洋洋地问："怎么不叫师哥了？"

他胡搅蛮缠不肯走，安然也没什么办法，总不能报警抓他吧。

他还振振有词："你刚得罪了人，我怕会被打击报复，不然我干吗千里迢迢跟过来？"

安然的眉头蹙着，还要赶他，他坐起来："师哥的人品怎么样，你和我一起那么久你不知道？"

他说这话，让安然不知怎么回，抓起抱枕砸在他身上："谁和你睡了！"

吴漾抱着头挨砸，挨完了又躺下："那可能是我做梦吧。"

他就这么死乞白赖地住下了。

安然来之前就约好了导游、司机，她拼的是三人行，还有两个妹子是一起的。

吴漾硬加进来，加钱不提，还得先跟那两个女生商量同意。

安然本以为她们会很不乐意原本宽敞的吉普车要变得拥挤，结果吴漾殷勤地替那两人把行李搬上车以后又跟她们说了什么，她俩就眉开眼笑地同意了。

安然腹诽：他好像现在蛮会讨女孩欢心的了。

车子一路开向古城，司机介绍说有很多影视剧在这边取景，可以租借古装拍照。

安然简单逛了一会儿，没什么兴趣，影视城她逛过太多了。

同行的小伙伴还没回来，她坐在茶寮喝茶，吴漾就在一旁跟着。

安然叹气："你自己找地方玩去。"

吴漾从包里拿出防晒喷雾给她："我觉得这地方就挺好玩的。"

她越瞪他，他越觉得有趣，丝毫不在意她挖苦他什么，总比她手机不回信息他不知道她在想什么强。

午后司机带他们去了阳关，对话两千年前的悲壮苍凉，人在大漠中渺小如尘埃，心里只觉得想长啸一声，把所有情绪都丢在半空。

那两个女生已经换上了异域风情的裙子开始拍照模式了，吴漾问安然："你的裙子呢？"

安然还沉浸在历史长河氛围里，没听清吴漾的问话："什么裙子？"

吴漾指着拍照的女生："人家小姑娘都有漂亮小裙子穿，你呢？"

"我没有。"安然诚实地说，看着别人的红裙子还真的有点羡慕。

吴漾摇着头："你这攻略做得不行啊。"

其实安然也没怎么做功课，她原本打算的就是跟着导游和司机，载到哪儿玩到哪儿，反正是来看景的，哪里都新奇。

吴漾却不满意了，傍晚回民宿以后，他就拉安然去市区的商圈，先简单吃了点晚饭，然后去那种五花八门什么都有的夜市买裙子。

买裙子的间隙，顺便买了各种各样的小吃，安然一开始还有点拘着觉得不太干净，后来吴漾从药店买了一袋子消炎药和止泻药，她也就放开肚皮看见什么想吃的通通收入囊中。

吴漾给她买了一二三四五条不同花色的裙子，连带着各种头饰和帽子。

安然说他是"冤大头"，这些东西在网上买连一半价钱都不需要。

吴漾花钱花得挺高兴："打扮你是我的兴趣。"

他俩逛夜市逛到所有摊位都打烊，这才捂着圆滚滚的肚子回民宿。

安然想到第二天还要看日出的行程，打着哈欠埋怨吴漾回来得太晚了，吴漾问她要了司机的电话，跟她说："明天你尽管睡，剩下的旅程交给我。"

安然是真的累了，早晨闹钟响的时候，吴漾到床边给她关掉了，她也就翻了个身继续睡。直到日上三竿，窗帘都遮不住明亮的阳光了，她才起来。

吴漾已经打包好行李，他俩本来就轻装简从，昨晚为了装那些裙子和一些没什么用的纪念品又特意买了个拉杆箱。

安然洗漱完，像个等待春游的小学生问吴漾："现在我们去哪儿？"

"先退房，带你去沙漠。"他背着两人的行李，去前台退房顺便拿他昨天在网上租的单反。

他们退房但是不用退钱，老板娘看这对小情侣格外顺眼，走前送了吴漾一盒口香糖。

安然跟着吴漾换了两次车，有沙地越野车来接他们，眼前的景色也越来越深入沙漠。

安然趴在没有玻璃的车窗上探出头去，正午的日光灼热，只一会儿就晒得脸红红的。

吴漾把她拉回去，警告她："你这样晒伤了，起码一个月脸都恢复不了，还要掉皮。"

安然听他说得吓人，不敢再把头伸出去了。

他们停到了一片露营地，这里的房子都建得像蒙古包似的，白色的围墙透明的天窗。

"这里晚上能看见星空。"吴漾告诉她，"晚上可以把屋顶的遮光布打开。"

安然兴奋地在房间里转悠，这里的装潢很有敦煌风情，她仔细地欣赏每个装饰品，拿手机拍下来。

都看完了，发现屋里还有个多余的家伙。

"这里好像没有沙发，你睡躺椅？"

吴漾看着屋里正中央两米宽的大床："你在床上铺一道三八线，我保证不过线。"

安然噘嘴："那你还是再开一间房吧。"

"你没看外面都是人吗？这间房我好不容易抢到的，没房了。"他说着，坐在床脚，把自己缩成一团，"我就只要这么一点区域。"

安然被他装可怜的姿态打败，决定先不跟他掰扯了，三八线就三八线。

吃过午饭，等日头西斜，她换了一套戴面纱的裙子，和吴漾一起去骑骆驼。

这个营地的配套游玩项目很多，而且都是适合拍照的，吴漾背着单反，当她的专人摄影师。

只是安然都交钱了又不想骑骆驼，吴漾问她哪里不舒服，她小声附在他耳边说："骆驼看起来很累，有点可怜。"

吴漾看看沙山，又看看安然："不骑骆驼你大概爬不上山顶。"

安然随性地说："那就不去山顶了。"

他们在沙地里徒步，鞋里满是沙子，最后磨得脚疼，干脆光着脚在原地停下拍照，等待路过的沙地摩托把他们带回去。

暑气散尽，夜晚降临。

两个人终于悠闲自在地躺在大床上，透过透明屋顶看星空。

这是安然第一次看到这么多星星，虽然不比在天文馆看得清楚，但是感觉更加真实浪漫。

隔着用毯子扭出来的三八线，安然感到平静又温馨。

她忍不住问了那个问过很多遍的问题："你为什么喜欢我？"

从前，安然问吴漾喜欢她什么，他很难给出一个准确的答案，因为喜欢本就是非理性的情感。

现在她再次问出来这个问题，他认真地去想，想要给她一个听起来可信的，可以打动她的理由。

"我喜欢你，是因为你很有毅力，喜欢一个人就可以全力以赴，用自己的办法去靠近他，去让他看到你，而且很幸运，那个人是我。我喜欢你打球打得又准又狠，跑垒跑得特别快，在球场上所有人都会被你吸引。

"我喜欢你写给我的那么酸倒牙的肉麻情书，虽然你并没给我，是我不小心看到的。"

听到这里，安然侧身给了他一拳："干吗乱翻我东西！"

"我往回放书的时候，不小心碰掉了那个盒子。"他解释，解释完了继续说喜欢她的理由。

"你很勇敢，面对不公平的事情，你可以正面硬刚，你有放下的勇气，有不畏权威的坚定。

"在你身上，我能看到我曾经有的对专业的热爱，也能看到我的逃避和懦弱，我没有你想象得那么完美，可我想要变成值得你一直喜欢的人。"

他每多说一句，安然的嘴角就上扬一分："我有那么好吗？"

她一直觉得自己只是个很普通的人。

吴漾肯定地说："当然，还不止。你还很善良。你怕骆驼累，就选择自己爬沙山；你看卖编织草帽的老奶奶很辛苦，就多买了一顶帽子送朋友。你的艺术天赋也不错，我最近收拾以前你做的那些手工品，感觉充满了童趣。而且，你是我至今唯一交过的女朋友，我不知道别的人是什么感觉，未来还有好多事要做，我懒，很难有时间再去了解喜欢上别的人。"

他还说了很多，有一些是当初在一起的小事，他自己都以为自己已经忘了，没想到现在说起来，好多细节还历历在目。

安然看着漫天星辰，听着吴漾语调平稳的叙述，白天脚踩在沙子上的酥麻感觉从脚向身体蔓延，最后眼皮越来越沉，呼吸清浅，睡着了。

吴漾自顾自说着，没听到声音，一扭头，才发现她侧躺着面朝着他睡得香甜。

他也侧过身子，不诚实地越过三八线，在她额头上轻轻亲了一下："你这么好，当然值得被喜欢。"

第二天一早，阳光早早地照射进房里，安然睁开眼的时候才五点多钟。

三八线还整整齐齐摆着，吴漾紧贴着边界侧躺着，枕着自己的胳膊，看起来像是昨晚这么注视着她睡着的。

她尽量轻手轻脚起来洗漱，但还是把他吵醒了。

吴漾抓过手机看了眼时间，闭上眼又睡着了，迷迷糊糊再睁开眼，看到安然一双大眼睛忽闪看着他。

吴漾的睡意冲淡了不少，但又觉得好像是在梦里，他抬手，触碰到安然的脸颊，捏了捏，软的。

安然像是自言自语又像是跟他抱怨："好烦。"

他开口，嗓子还是没睡醒的哑音："怎么了？"

安然却不说话了，又躺回自己那边去，闭上眼睛睡回笼觉。

梦里，她还在上高中，还是个肉嘟嘟圆滚滚的小妞，班里的女生都不跟她玩。

她在梦里没有忍气吞声，她特别骄傲自信地说："吴漾欣赏我！"

她站在讲台上对所有人这么说，大家嘻嘻哈哈地嘲笑她。这时候吴漾出现了，他站在她旁边，他说："我当然欣赏安然了，她非常好，她聪明努力又勇敢坚强，我只欣赏她。"

大家的嘲笑变成了赞美，他们在台下鼓着掌，说："安然好棒！"

安然笑起来，笑出了声音。

梦里梦外，她的嘴角都咧着，吴漾托着脑袋看她，不知道她梦见了什么，这么高兴。

后面的两天，他们都住在这里，看大漠的日落日出，看没有一丝波澜的湖面，看骆驼咀嚼的样子，看篝火晚会上喝多了酒的男男女女们醉态百出。

他们没再像那天晚上一样说那么多话，也没再讨论什么爱不爱的，在这样的自然环境里，人渺小得不值一提。就像他爱研究宇宙，研究一束光要跋涉多少年才能来到人类面前，研究那些未被发现的浩瀚星河的秘密。

再回到北城，从机场出来看见那么多的行人穿梭在路旁，安然有种恍然穿越的感觉，都有点不习惯都市的生活了。

吴漾公司有一堆事情等待处理，他把安然送回家就去公司加班了。

小西今天也在加班，家里没人。

安然躺在床上翻来覆去睡不着，总觉得身边太过冷清。

才几天而已，她就习惯了有人陪着的生活。

百无聊赖之际，迟允发消息问她回来没，安然秒回：【到家了。】

迟允这些天在见各种老板，很多都是他爸妈的生意伙伴，为了不被看轻，他努力地练习演说技巧，推销他们的创业项目。

他们要做一个短视频团队，以解说加短剧的形式介绍一些体育项目，编导是小西和安然，主演是迟允找的体育队的好看同学，摄影后期还在招人，财务和法务是迟允从他爸爸公司借用的兼职。

迟允给安然打电话，喊她出来吃夜宵。

安然心想反正也睡不着，干脆出门和他撸串，他来接她的时候她穿了件白色的睡裙，脚踩着人字拖，头发扎了个丸子鬏。

正值盛夏，夜里微风习习，大排档人声鼎沸。

迟允找地方停好车，挑了家看起来比较干净的档口跟安然坐下，点完餐就开始吐槽他遇到的奇葩。

"要不我把车卖了吧。"迟允耍性子。

安然劝他："别呀，你想想，咱们要是赔了，赔的是投资人的钱，要是把车卖了，那可能就是赔自己的钱了。"

迟允想想也有道理，怒吃十串羊肉串。

他们又聊起来剧本的进度，安然和小西已经写了几个本子了，安然把她写的垒球的那集剧情说给他听："就是女主上中学的时候遇到了变态，恰好碰到了男主，男主用树枝把变态打倒，然后拉着女主狂奔。后来女主看到了垒球比赛，觉得和当初的情景很像，她努力练习垒球，在赢得比赛的时候，又见到了正在当志愿者的当初救她的男主，他们相视一笑，结束。"

迟允听得连连点头，十分钟短剧这个体量应该是差不多的，只是——

"你别跟我说男主是吴漾。"

安然笑而不语。

迟允撇嘴："既然原型都在这儿了，我们也别浪费经费，直接找他来演呗。"

他给吴漾打电话。那边吴漾刚忙完工作，听迟允说要请他撸串直接说自己困了把电话挂了。

迟允正感慨这个男人的薄情寡义，那边安然收到吴漾的信息问她睡了没。

安然：【没，在和迟允吃夜宵。】

半个小时以后，说自己要睡觉了的某人出现在大排档门口。

迟允气得脑袋都要冒火了，又不能怎么样他小舅，于是先谈正事让他帮忙出演。

　　吴漾："不演。"

　　迟允抛出来安然也会出演的诱饵，吴漾依然不上钩，还跟安然解释了一下："我不习惯面对镜头，还是找专业演员吧，不然演出来很尬。"

　　迟允不满意："你不是还去电视台录节目了，怎么就不习惯面对镜头了？"

　　吴漾点头："就是录完发现不习惯，而且我后面会非常忙。"

　　迟允表现得非常遗憾："好吧，还有吻戏呢。"

　　吴漾拿出手机："哪天拍，我让助理安排一下档期。"

　　迟允对着安然比了个"耶"，安然也没戳穿他，连牵手都是逃跑的剧情，哪里来的吻戏。

　　他们仁后来都喝了点酒，没人能开车只好叫代驾。

　　代驾到了路口找不到车，迟允走去接代驾，留安然和吴漾在原地等着。

　　安然看着那辆跑车，忽然反应过来："咱们仁好像也坐不下啊。"

　　吴漾酒喝得最少，也最清醒："一会儿代驾把迟允接走，我打车送你回去。"

　　安然点头，这一点觉得头有点晕，不自觉地扶住了吴漾的肘弯。

　　吴漾低头看她，想起刚才说的拍摄的事："我应该是没空拍的。"

　　刚才答应也只不过是逗迟允玩。

　　安然说"好"。

　　吴漾又说："吻戏什么的不可以。"

　　安然迷糊："嗯？"

　　吴漾皱眉，强调也是恳求："你不要演吻戏。"

　　安然仰头看他，忽然笑了。

　　她抓住他的胳膊，踮脚，手攀上他的脖子，鼻尖碰着他的鼻尖，犹如最亲密的恋人："这样？"

　　迟允领着代驾回来的时候，就看见这两人在他的车前难舍难分。

安然没喝醉，酒精只是让微醺状态的人把所有情绪放大，感官却变得迟钝。

直到一束光照在他们脸上，伴随着不耐烦的吆喝："你俩，挡道了！"

安然扭头，看见了迟允和陌生人，把脸埋进吴漾胸前。

吴漾拍拍她的背，和她让到一边。

迟允也扭头看代驾，没好气地问："你很着急吗？"

代驾把手机的闪光灯关了，挠头："他俩这不是挡着你车了吗？咋了，你认识？"

迟允大步走向副驾，恼火地说："不认识！"

吴漾没把安然送回家，他把人领回自己家了。

他俩从出租车下来的时候还是手牵着手一前一后地走，等到出了电梯门，吴漾只是回头看了她一眼，就忍不住把人搂在怀里。

指纹锁打开，关上。

虽然不算是久别重逢，可再度确认心意的成年男女如同秋日干草堆里扔了一根燃着的火柴，只消一点火星就能燎过一片草原。

安然第二天中午回家的时候，小西正在敷着面膜刷剧，她"哟"了一声："怎么回事，夜不归宿？"

安然有些害臊，先去冲澡换了身衣服，坐到小西旁边，吞吞吐吐地说："我跟师哥复合了。"

"猜到了。"从安然告诉小西，吴漾追着她去了西北，小西就觉得他俩复合是早晚的事，"你说你俩折腾这么久，白白浪费了几年。"

"也不能这么说吧。"安然倒是没后悔跟他分手过，如果不是那几年，她跳脱出来喜欢吴漾这件事，去打球，去学习，去工作，去一个人渡过难关，她可能永远会陷在对他的患得患失中，忽略掉生活的其他美好。

小西问她："这次想好了？以前的问题现在不存在了？"

"没想好。"安然诚实地回答，感情的问题哪有想好的那一天，不过是跟着心动的感觉走。

她发现经过这么多年，她在变，吴漾也在变，可她还是会被他吸引，不管她承不承认，他喜欢她的时候，她每个细胞都在雀跃。

安然的离职手续终于办妥，她和迟允跑了一周确定好了工作室的场地，又跟小西闷头写了一周剧本搞定第一季的内容。

迟大少爷拿着新房钥匙坐在办公楼的空荡走廊地毯上，看着原本自带的精装办公桌椅，感觉他和安然仿佛一对刚搬家的新人。

他问安然："这就是朕打下的江山？"

安然配合地答："陛下，这只是个开始，我们的征程是星辰大海！"

迟允酸溜溜地说："那是你和吴漾的征程吧。"

安然尴尬地笑了笑，自从再次和吴漾在一起后，她跟迟允还没有聊过。

其实也不是非要聊的，毕竟这几年她和迟允从来没有过界的感情，只是比好朋友还要更好一点。

迟允早就知道他俩应该是没可能的，不管安然心里有没有别的人，爱情的开始需要一些冲动，而他们错过了合适的时机，蹉跎这些年也只是处成了兄弟。

他可以不那么坦然地祝福他们，但还是挺愿意给他小舅添添堵，给安然递送一点情报："魏秋姐也回国了，好像说是前阵子还分手了，你猜她是不是奔着吴漾回来的？"

安然刚才还对迟允涌起的那点愧疚荡然无存，她走到迟允身后，对着他脑袋拍了一下："无聊。"

迟允继续拱火："打起来！打起来！"

打起来是不可能打起来的，不过晚上和吴漾打电话的时候，他主动说起来了魏秋的事："她要来北城见几个朋友，约了我吃饭，还问你愿不愿意一起。"

吴漾有点心理阴影，三人行变成了四人局，想看热闹的迟允被邀请到现场看"直播"。

上次四个人一起吃饭还是三年前在吴漾租的房子里，那次吴漾为了缓和安然和魏秋的关系特意组的局。再次围坐共饮，几人都从青涩的学生变成了"社会人"，言谈间也带了不少工作的烦恼。

散场的时候魏秋已经喝多了，抱着安然不撒手，好像和她是亲姐妹一般，大力拍着安然的背承诺："吴漾要是对你不好，你告诉我，我替你揍他！"

迟允在一旁提醒她："姐，安然是垒球队的，一棍子能把水泥墙击穿，不用你替她出手。"

吴漾看他们说得越来越没边，打车挨个把人送回住处，最后送的安然。

下了车，安然忽然蹲在地上，不走了。

吴漾弯腰看她，摸摸她的脑袋："怎么了？"

安然张开双手，娇娇地说："走不动了，师哥背我。"

吴漾自然有求必应，把人稳稳地背到身上，一步一步在小区里绕行。

安然喝得不多，但触景生情，跟他剖析起心路历程来。

"其实当初就算没有魏秋师姐，我也会因为魏春魏夏魏冬和你吵架的，因为我太不自信了。那时候你总说要我多看看外面世界，多和同学玩，不要围着你转，我只觉得你是嫌我烦。"

吴漾打断了一下："当然不是，我喜欢你围着我转，非常喜欢。"

安然在他脖子上蹭了蹭，继续说："她们告诉我爱情要势均力敌，不能太卑微，要有尊严，要平等，不然受伤的只会是我。我都明白，但我看到你就记不住那些道理了，只想粘着你，想让你知道我多喜欢你，这样是不对的。"

吴漾听得心里又酸又软，问她："嗯，那你现在呢，还那么喜欢我吗？"

安然想了想："时间是最好的老师。"

吴漾以为时间教会了安然成长，让她更骄傲地爱自己。

可是安然在他耳边悄悄说："我还是那么喜欢你，想和你撒娇，想要你只看着我不和其他人说话，但我学会了憋在心里不告诉你。"

吴漾弯起嘴角："你好像没憋住。"

安然叹息一声，搂紧了他的脖子："你都在小区里绕了三圈了，快送我回家！"

吴漾听她的，这次朝着安然家的方向走了。走到电梯门口，他把人放下，在明亮灯光下很认真地看着她说："如果你愿意的话，可以一直那么喜欢我。因为我好像，比你想象中要更喜欢你，所以咱俩谁比谁卑微还说不准。"

安然皱了一下鼻子，他又在花言巧语了，她戳戳他的左胸口，凶凶地说："你最好是。"

虽然安然没有再表现出曾经那样患得患失的样子，但吴漾还是想给她充足的安全感。比如时不时请工作室的小伙伴们喝下午茶，或者是在安然他们跑出去拍视频的时候大驾光临监督她有没有拍不该拍的画面，偶尔还要在深夜给他们充当司机送人回家。

生活如此充实，安然都快把吴漾当成她们工作室的编外员工了。

直到吴漾想要约会而安然想要加班的时候，男朋友用丝毫不像是威胁的语气问迟允："下班吧？"

迟允弯腰做了个"请"的手势，跟安然说："您先撤。"

安然看看吴漾坚定的眼神，不好意思地跟同事们挥挥手，选择去和吴漾一起共进烛光晚餐。

饭吃到一半，吴漾拿出来一个精美的盒子："给，纪念日礼物。"

安然掏出手机来看了眼时间，12月1日，她迟疑地问"今天是什么日子？恋爱半年？"

"你再想想。"吴漾微笑着看她。

看她实在想不起来，也不勉强："打开看看，是这个季度《兜兜宇宙》要出的新品。"

安然打开盒子，里面放了一个木制的"M"形支架，架着一个拳头大的月球。

"等我们拍视频的时候，我也在片尾特别感谢吴漾先生，当作送你的礼物。"

吴漾说："好啊。"

安然又仔细看了看这个月球，在支架上找到开关，打开以后，手贴到月球上月球就亮了，是个月球灯。比较特别的是，这个亮度有三挡，但不是明暗度不同，而是可以变成月牙、半月、满月的亮。

安然在找开关的时候，发现支架上有激光刻的字迹。

她就着昏暗的光认真观察了一番，发现那是一串数字日期，是四年前的今天。

安然抬眼看他，眼睛笑得弯弯的："我想起来了，四年前你去夏城找我问我是不是兜兜。"

吴漾也笑。

"《兜兜宇宙》现在卖得这么好，我就不追究你用我名字没给版权费的责任了。"安然替工作室拉投资，"你给我们的片子投个片尾广告吧。"

"哦？"吴漾私事公办，贴在她耳边私语，"你今晚跟我回家，我找你们工作室定做一部《兜兜宇宙》系列片好不好？"

安然点头："我明天也跟你回家，你再投个片尾广告吧。"

吴漾挑了挑眉："你不如天天跟我回家，我银行卡都交给你管，你想投什么就投什么。"

安然拇指放在嘴边啃了两下："这算什么，求婚吗？"她把月球灯推还给吴漾，"那这也太不正式了。"

吴漾可没想过求婚的事："怎么感觉是你在暗示我该求婚了？"

他捏捏她的手："不着急，你还这么年轻，还没见识更广阔的世界，不要让我成为你的累赘。"

她的感动还没维持多久，吴漾坐到她旁边，打脸地说："不过，如果你很想和我结婚的话，我也是可以勉为其难'英年早婚'的。"

她扑哧笑了。

从很早之前就出现在她人生的这个男人，如果能一直这样牵手走下去，好像也是件很不错的事。

吴漾被她笑得有些不好意思，手指无意识地敲着那个月球灯，看它阴晴圆缺："四年前的今天我去找你，问你还愿不愿意和我一起看月亮，现在，我把月亮放到你手里了。"

安然眼睛有些酸酸的，她不想被吴漾看到，只跟他说："你要谢谢我，那么早就喜欢你。"

吴漾把月球灯盖上："嗯，谢谢你，喜欢我。"

谢谢你的喜欢，谢谢我的喜欢，让我坚定地走过时光，温柔地长大。

我不再羡慕夜空皎洁的月光，我是我自己的星星。

番外
爱情永不散场

迟允和安然创业的公司蒸蒸日上，很快扩张业务开二店，只是迟允却隐身成了幕后老板。

因为他要回家继承万贯家业了。

离开北城前一夜，吴漾做东请他去家里吃饭，明明菜式全都是从酒楼点了送来的，偏偏吴漾摆盘摆得好像是他们自己做的饭菜，外加一个安然忙前忙后，让他看得更是酸溜溜的。

怎么说呢，这一年多，他已经坦然接受了安然成为自己小舅妈的事实，可他们朝夕相处、并肩作战的分分秒秒都让他们关系更铁，也让他没那么轻易放下心里的那点喜欢。

人就是这样的，越是那些错过的越难以割舍，执念变成了习惯，剜心刻骨以后再怎么掩饰也不可能了无痕迹。

迟允记得某个加班到凌晨的夜晚，安然喝咖啡喝得跟喝了牛栏山一样，有些上头，蹲在他座位旁边拍着他的肩膀和他探讨爱情的真谛："爱这玩意儿，你拥有的时候，你说不上来是个什么感觉，但是你失去了，你就知道了，哦，是爱情！但是爱情是好东西吗？那也未必，如果爱情让人不快乐，丢了也就丢了吧，人活着还是得及时行乐。"

迟允觉得她说得有道理，但是懂了道理也并没有什么用，他从来就不是个好学生，学不会把理论付诸实践。

把一些青春疼痛回忆扔在北城，迟允潇洒回江市了。

他是这么以为的。

直到他爸爸扔给他一顶黄色安全帽让他去工地住一个月。

是亲爸吗？亲爸能干出来这么惨绝人寰的事？

迟允不听摆布了，他要回北城，他宁愿蹲在凌晨的写字楼里创业，也不要在漏风的工地上吃土。

可惜他插翅难逃，他爸爸把他的银行卡给冻结了，车钥匙也没收了，连身份证都给他扣留了。

他如果不听他爸爸的安排，只能自己上街找兼职，或者选择骑自行车一路骑到北城去。

迟允委屈，明明他在北城创业创得好好的，他爸爸一个电话说自己体检报告不好，让他回家来接班，等他回来了，他爸爸又说要让他从基层磨炼，先搬三个月砖。

他也太惨了点。

他在家抗议闹绝食，他奶奶整了个满汉全席来诱惑他，迟允岿然不动，忍着口水在卧室里听外面人声鼎沸，闻着那撩拨人心的阵阵肉香。

门外忽然安静了一会儿，迟允从床上坐起来，走到门后耳朵贴着门板听外面的声音。

只听见有说话声和脚步声在走廊响起，越来越近。

迟允立马窜回床上，把被子拉过头顶盖住。

门被推开，迟允他爸声音里透着不快："几点了还睡！看看谁来……"

迟允把被子一扔，和他爸犟嘴："爱谁谁！"

这就是时隔八年后，迟允再次见到冯可可的场景，他的青梅竹马，他曾经最好的朋友。

迟允呆若木鸡，揉了揉眼睛："我这是见鬼了吗？冯可可你回来怎么不跟我说一声？"

迟爸爸不打扰他们叙旧，知趣地退出门去，给他们留出空间，但还是忍不住骂了迟允一句："梳梳头！瞧瞧你那个样子！"

冯可可在迟允乱糟糟的房间里挑了个干净的皮椅坐下，跷起腿，像个大姐大一样，拇指和食指放在脸边："迟允，你今年多大了，还玩绝食那一套？"

迟允赤着脚跳下床奔到她面前，伸手不客气地对着她精致的脸蛋一顿揉："真的是你，冯可可？你不是再也不回来了吗？"

"放开我。"冯可可拍掉他的"爪子"，皱眉，"回不回来还不是我爸说了算。"

冯家业大，原本冯可可一家去往海外生活，但冯家家主和继承人相继病逝，家产重分，业务洗牌，冯可可她爸成了新的家族领头人。

比冯可可回来更劲爆的消息是，她是带着联姻的任务回来的。

更劲爆的是，这个联姻对象十有八九是迟允。

迟允抱胸，拒绝："我不。都什么年代了，婚恋自由懂不懂？什么封建糟粕，我才不要被送去'和亲'！"

迟允他爸恨铁不成钢，他把这臭小子召回来接班的重要原因之一就是冯家跟他沟通合作的时候聊起来两家孩子是一起长大的，要不要亲上加亲。

结果这败家玩意儿对冯可可这个香饽饽不感兴趣，非要跑回北城创业。

冯可可对迟允的态度也有点微妙，没说不喜欢，但也不是非他不可的样子，一副全听她爸安排的乖巧姿态。

迟允见不得好友这么任人鱼肉，教她要勇敢反抗。

冯可可拨拉着他家鱼缸里的小金鱼："有什么好反抗的，对象满意我就好好过，对象不满意我们就各过各的，不是很简单的事吗？"

迟允拿手盖住鱼缸口，和她对视："哎呀，哎呀，你怎么国外走了一圈给你脑子走坏了，哪有那么简单？"

冯可可抽了张纸巾擦手，依旧是云淡风轻地说："我爸他们争话事人的关键阶段，我如果能帮到他当然要帮，婚嘛，实在过不下去就离呗。"

迟允看不惯她这副不把自己幸福当回事的样子，一咬牙，接受了家里的安排，跟冯可可订了婚，成了她的挡箭牌。

迟爸爸喜笑颜开，也不让他去睡工地了，送了他一套婚房暂住，只是工程还是得跟，三个月的砖还是要搬。

不仅他要去工地，冯可可作为项目负责人也得三天两头过去。

迟允又不高兴了。

"凭什么你是我上司？我也要当经理！我不要当苦力！"

冯可可不搭理他："凭我大学读的是钢结构工程，而你是个四肢发达、头脑简单的体育生。"

迟允被噎到："冯可可，你现在一点都不可爱，你这个样子是交不到朋友的！"

"我不需要朋友。"冯可可把工程清单合上，看一眼手表，"你去冲个澡换身衣服，陪我去个拍卖会。"

迟允感觉她这次回来变了个人似的，气场全开，完全不是小时候被他欺负了就哭鼻子的那个女孩了。

迟允在北城当了一年朴素的创业大学生，跟着冯可可重回纸醉金迷的生活居然有点不适应了，像是她的小跟班一样，让干什么就干什么。

慈善拍卖会上，他充当她的举牌器，看她眼色举牌叫价，半场下来没给她拍到一个满意的，有点心虚。

他俩休息去吃茶歇，迟允忍不住问她："要是都不喜欢，咱们就别在这里浪费时间了呗。"

冯可可挽着他的胳膊，踮脚在他耳边低语，形状亲密："看见那个系蓝色方巾的老头子了没？林总，今天有幅朱耷的花鸟画，咱们拍下来跟他套个近乎，林茂置业……"

"迟允？"

她还没跟迟允交代完今天的任务，忽然被眼前路过的女人打断。

女人走到他们身边，再次确认："真的是你啊，好巧。这是可可吧？"

冯可可眼睛微微眯了一下，认出来这女人是向婉儿，现在好像是个舞台剧演员，从前是他们的校花，也是……

冯可可扭头看了一眼迟允，也是这家伙的梦中情人来着，他还托她送过情书。

迟允听冯可可说话说一半，还没听明白呢，被人打断，有些不耐烦，敷衍地招招手："嗨，好久不见，我现在有点忙，以后再聚。"说完就打算跟冯可可换个地方继续聊。

冯可可眼尖地发现林总朝着向婉儿走过来，屈肘捣了捣迟允的腰："老同学见面，忙什么忙，再忙也得先顾同学啊，是吧，婉儿？"

她叫得如此亲密，叫完还拧了迟允腰一把，让他不得不龇着牙重新和老同学打招呼："是，婉儿，最近好吗？"

向婉儿也没因为他刚才的怠慢不高兴，微笑着介绍近况："最近演出不多，我陪我家先生来看看字画。"

她说着，林总已经走到她身边，伸手搭在她的腰间，问："是你的朋友吗？"

向婉儿嫣然看向林总："是呢，快十年没见的老同学了。"

这下不用破费买画了，迟允上道地邀请了他们俩共进晚餐，推杯换盏间把项目合作的话头提了提，约定好改日登门拜访。

他们这顿饭吃得宾主尽欢，挥手告别以后迟允送冯可可回家。

刚才还大着舌头一脸醉意就差和向婉儿拜把子的冯可可，一秒钟恢复了正常，松开迟允搀扶她的手："不用扶，我没事。"

迟允被她吓了一跳："你这个女人，学过变脸吗？装得也太像了。"

冯可可只是没有烂醉，但喝下去的那些酒还是实打实的，她有一些醺醺然，轻佻地用食指勾了勾迟允的下巴："姑奶奶我千杯不倒。"

迟允仰着头，手却还是架住了她的胳膊："行行行，姑奶奶，小的送你回家。"

夜风习习，冯可可仰头看着点点星光，忽然跟迟允说："你们男人，真是薄情啊！那会儿那么喜欢向婉儿，还让我给你送情书，结果你现在连人家姓什么都忘了。"

确实忘了，他去饭店之前在车上问她那姑娘是不是姓"夏"。

迟允干笑了一声，回头看了眼身后跟着他们龟速前进的车，又看看跟跄不稳的冯可可："可可，你要不要去车上坐着？我怕你扭了脚。"

"不用！我脚好着呢，你看，这不是直的？直线，走很好！"冯可可努力挺直腰板走直线，直是直的，就是斜着直插绿化带。

迟允赶紧把人捞回来，没让她倒插葱栽进灌木丛里。

冯可可站稳了，掐着腰问迟允："你刚才叫我什么？'可可'是你叫的吗？"

她越醉，迟允越清醒，替她看着脚下的路，随口哄她："那叫什么，女王大人？"

冯可可似乎是思考了下这个称呼，点头答应："可以。"

她沉浸在这个身份里，喊他也变成了"小允子"，说起从前的事来："那时候校篮球队长喜欢她，年级第一喜欢她，你也喜欢她，还抄英语情诗，还练了花体字。"

迟允被她骂了半天薄情寡义了，忍不住回嘴："你怎么知道，你看过？"

冯可可脑子和舌头一样不打弯："我替你送信！你这是什么态度，你就这么跟你的大恩人说话吗？"

迟允低头"嗯"了一声："大恩人，你那些信真给我送出去了吗？怎么收信人好像一封都没见到？"

冯可可愣住，酒醒了一半："你怎么知道的？"

她这个问法，就等于是间接承认了他的话。

迟允无奈地笑，她小时候故意和他对着干，给他搞破坏的事迹数不胜数，这只是其中一件罢了。

怎么知道的，当然是从当事人口里知道的。那时候向婉儿选择了篮球队长，他不服气，毕业典礼上找向婉儿要一个理由，结果人家压根就没收到过他的情书。

迟允可能记不清向婉儿姓什么了，但冯可可干过的坏事他可一件没忘。

被抓包的冯可可不再骂他了，但气势上不能输，蛮横无理地说："没给你送怎么了？我这千金之躯是给你当跑腿的？还不是你自己懒，不怪别人！"

迟允看她说着说着又要往灌木丛里走，把人抓过来用胳膊搂住不让她乱跑。

冯可可的小脸蹭着他胸口仰起来，红扑扑的，水灵的大眼睛望着他，让他有片刻失神。

她嘴唇微启，他以为她会说什么，结果她一巴掌拍他脸上："我可是女王大人！"

冯可可只在醉酒那晚表现出些许娇憨，清醒以后又变成了干练的包工头。

迟允坐在工地的板房里，啃着刚从冷水里镇过的西瓜，吹着摆头电风扇的小热风，跟冯可可说起正事来。

也不能算特别正的事吧——

"就是向婉儿，她好像想跟我发展一些超友谊。"

林总有个儿子，他跟前妻离婚以后和向婉儿在一起三年多了，说是为了儿子的心理健康考虑一直没有再婚。

冯可可听了他的话，也没表现出什么情绪，只是用水果刀切着西瓜精致地一口一口吃着："你可想好了，再续前缘没问题，要是惹怒了林总，把项目搞黄了，我可不答应。"

她言语未尽，把刀插在西瓜皮上，擦了擦手，纸巾上的红色汁水看得迟允后背发凉。

"那我肯定是想好了，不会乱来的。"迟允说完，又补充了一句，"我也是有未婚妻的。"

未婚妻本妻很满意他的态度，但琢磨了一会儿又给他支招："你也别一口回绝，万一惹毛了她，她去林总那边煽风点火。你啊，机灵点，该陪吃陪喝陪玩的，该送礼物的出手大方点，她要是愿意帮忙，也有助于咱们的业务。"

迟允有点不乐意了："怎么听起来，我好像是个牛郎。"

冯可可"啧"了一声："反正你给我把这个'七仙女'伺候高兴了，听见没？"

迟允不情不愿地点点头，手里的瓜都不甜了。

领了这个"任务"之后，迟允不用见天往工地跑了，攻略地图变成了剧院和商场，隔三岔五地去看向婉儿演出，然后一起吃饭，顺便送几个包包。

他这光明正大、问心无愧的姿态给冯可可她大哥都看蒙了，在餐厅遇到他的时候愣是没敢认自家妹夫，只在角落里偷拍了张照片发给冯可可：【什么情况？】

冯可可：【无事发生。】

冯大哥腹诽妹妹大度，他可不惯着臭小子这毛病，直接上了迟允那一桌，胳膊搭在迟允的肩膀上："哟，妹夫，真巧啊，可可呢？"

迟允恭敬地叫了声"哥"，要站起来，被冯大哥又给按着坐下了。

迟允告诉大哥："可可在公司，有点事没忙完。"

大哥就这么压着他的肩，说话声在他耳边格外清晰："哦，这样。她之前就跟我说你们现在干的这个项目是你接你爸班的第一场仗，得好好表现才能立威。我看她这没白天黑夜地加班，还要给你求爷爷告奶奶地拉关系，你的威是立住了，她这'迟太太'的名头还保不保得住可真不好说啊！"

向婉儿局促不安地解释："大哥，您误会了，我和迟允还有可可是同学，我们只是……"

"别瞎叫。"冯大哥冷漠地对向婉儿说，"这儿没你的事。"

说完，他也不再留这里找气生了，重重拍了拍迟允的肩，先走一步。

就在这一晚，迟允让人给揍了。

冯可可赶到迟家，看见躺在床上颧骨青紫一团的迟允，倒吸一口凉气："谁干的？我哥？还是林总？"

迟允神情恹恹的，好看的脸蛋并没有因为受伤变丑，反而带着点我见犹怜的忧郁气质。

他说："不知道。"

冯可可急了："怎么会不知道呢？打你那人蒙着脸啊？有监控没？报警没？"

迟允不说话，冯可可冷静一想，确实不方便报警。

可迟允这个样子算怎么回事，迁怒她生她的气？

她恨铁不成钢地坐在床边，看他的伤："就算是我哥干的，也绝对不是我指使的。你说你这么大块头，还练体育的，怎么会被打到脸？"

迟允替自己辩解了句："打我的人也没占到便宜。"

"你还挺牛的呗？"冯可可凑近了看，手指在他的伤处轻轻戳了戳，被迟允捏着她的手扯开。

两人四目相对，他的手还捏着她的食指，没有松开。

冯可可注意到了他小指的戒指，那还是她出国前送他的，他好像一直戴着。她记得当年他嚷嚷着什么"清热解毒"，是说戒指戴在不同手指上的含义，食指是情人，中指是热恋，无名指是结婚，小拇指是单身。

这次回来，他们订婚的时候也有一对戒指，但只在订婚那天的仪式上用过，之后他就摘掉了订婚戒指，而她的手上也是空空如也，两人仿佛一对互帮互助的合伙人。

就在冯可可低头看他戒指的时候，迟允忽然向前凑了凑，凑到她的面前，距离大概也就一个拳头那么近。

冯可可不由得往后退了几分。

他又向前。

冯可可结巴了："你……你干吗？"

迟允把那块青贴到冯可可嘴边："好疼，给我呼呼。"

"……"冯可可被"胁迫"，呼呼吹了两口气。

吹完了，迟允也没有更过分的举动，退回床头上倚着，转着小指上的戒指玩："戴习惯了，摘下来感觉怪怪的，手指发痒。"

"哦。"冯可可不知道要说什么。

冯可可回国这么久了，迟允好像都没有仔细看看她，总是被一件又一件事地推着向前，他心里其实认定了她说的这次回来就不走了，所以好像从来不着急去辨别什么情绪，或是追问什么缘由，只是成日和她厮混在一起，像小时候那样形影不离。

迟允用视线描摹了一遍冯可可的脸，看得她莫名地脸发烫。她沉默半天，说了句："你不对劲。"

确实不对劲。

迟允脸上这一拳就是被冯大哥打的。

昨晚大哥离开以后又觉得气不过，开车到迟允家前面那段马路边等着，等他深夜归来，给他一顿揍。

"你以为冯可可为什么非要回来？为了我爸？是为了你这个臭小子！你就这么回报她？"

迟允就记得这一句了。

然后就不再还手，乖乖挨大舅哥的揍。

这一拳头击穿了蒙在迟允面前的那层窗户纸，他一直没有正视他们的关系，"帮她的忙所以订婚"这种可笑的理由也不知道是骗谁。

他想起安然跟他说的话，爱情这东西，拥有的时候不自知，非要失去了才恍然大悟。

他们一起长大的那些年，称兄道弟的那些回忆，她离开以后他心里空落落的那种难受，还有她回来这段日子他名正言顺做她小跟班的安全感。

这些或许不只是爱情那么简单，但他确定，她一定是独一无二的，让他不想再放手的人。

迟允把手上的戒指摘下来，问她："你的那枚呢？"

冯可可疑惑："什么我的那枚？"

迟允已经自顾自地把戒指戴到无名指上了，尺寸不合适，戴不上："别装傻，和我这个是一对的，我那天在你家看到了，项链吊坠。"

冯可可恼羞成怒："你干吗偷看我东西！"

迟允吊儿郎当："你干吗偷偷喜欢我？"

冯可可猛地从床上站起来，然后又坐下，已经很成熟的妆容透出些少女的忸怩。但她还是强装镇定地说："我看你最好去医院拍个片子，脑子可能被揍傻了。"

迟允笑而不语，只是忽然握住了她的手。

冯可可挣了两下没挣开，扭过头看墙，也不知墙上有什么，能让她的脸色越来越红。

她听见自己的心跳声，也听见迟允试探着问她："你之前说婚随便结，过不下去就离？"

不等她回答，他又说："我觉得这样非常不好，为了不让其他男同胞受这个苦，就让我牺牲一下自己的幸福吧。"

冯可可这次把手挣出来了，她傲娇地哼了一声。

迟允好奇地问："我这枚戒指刻着坚持到底，那你的那枚刻的啥？"

冯可可："刻了'迟允傻'。"

迟允："哦，能刻笔画这么多的字呢，师傅手艺挺好。"

他俩打打闹闹地说笑，在沉寂的明朗阳光中默许了一些心照不宣的情愫。

她当初送他戒指时确实还做了一个吊坠。

他的刻着"last forever（坚持到底）"，她的刻着"love will（将爱）"。

love will last forever（将爱坚持到底）。

那时候的少女心事单纯又热烈，草率地掩饰，别扭地拉扯。

还好，青春虽然离场，爱情永不落幕。

—全文完—